드라마극본

연변동서방문화연구회 편찬

춤 없인 못 살아

이 책은 중국 동포작가의 작품으로, 작품 본래의 맛을 살리기 위해
작가가 사용한 표현을 그대로 실었음을 미리 밝힙니다.

드라마극본

연변동서방문화연구회 편찬

춤 없인 못 살아

리광수 著

KSI 한국학술정보(주)

차 례

춤 없인 못 살아

나오는 사람

영수: 무용수

린나: 호텔 경리

사장: 홍콩 모 호텔 사장

순녀: 안무가

은주: 순녀의 둘째딸

김 단장: 가무단 단장

성화: 금주의 남편

숙자: 미란의 어머니

전 경리: 모회사의 경리

김철: 김 단장의 아들

미란: 무용수

용남: 호텔 사무원

상철: 영수의 아버지

금주: 순녀의 큰딸

준호: 가수

영애: 김 단장의 아내

정일: 무용수

영팔: 숙자네 이웃

미라: 금주의 딸

[노래]

춤이 없인 못 살아 춤 없인 못 살아
자나 깨나 앉으나 서나 춤 없인 못 살아
활개치며 걸으면 걸음이 춤 되고
잠자리에 누우면 부동이 춤 되네
앉아도 춤 서서도 춤
타고난 춤쟁이 춤 없인 못 살아

춤이 없인 못 살아 춤 없인 못 살아
즐거우나 괴로우나 춤 없인 못 살아
기쁠 때면 웃음이 그대로 춤 되고
슬플 때면 눈물이 그대로 춤 되네
기뻐도 춤 슬퍼도 춤
타고난 춤쟁이 춤 없인 못 살아

제1회

북경

* 비행기에서 내리찍은 북경시 전경.
* 유표하게 안겨오는 천안문 광장.

수도극장 중앙민쪽가무단

* 천천히 다가오는 '수도극장' 간판.
* 서서히 안겨오는 극장.
* 감미로운 음악소리가 세인을 극장 안으로 끌고 간다.

극장

* 아름다운 무용곡에 맞추어 영수와 미란이 쌍무 「도화동의 봄날」을 추고 있다.
* 순녀는 관중석에서 눈 깜박하지 않고 영수와 미란의 춤동작을 상세히 관찰한다.
* 영수와 미란의 춤이 끝나자 순녀는 박수를 치며 축하를 보낸다.

무대 휴게실

* 순녀는 영수와 미란에게로 달려간다.

순녀: 적임! 적임이요! 우리 무용서사시 『장백 정』의 남여주인공으로 적임이란 말이요! 어떻소? 담당해줄 수 있겠소?

미란: 다른 분도 아니고 선생님이 요구하신다면 만사를 제쳐놓고 달려가겠습니다.

순녀: 영수도?

영수: 되겠습니까? 제가? 요즈음은 자꾸 몸까지 나다보니…

순녀: 살 빼기를 좀 하면 되니깐! 고향 사람들의 성의를 받아주기 바라오!

　　* 세 사람 이야기를 주고받으며 극장을 나간다.

학원 숙소 정원(밤)

　　* 둥근달이 유유히 밤하늘에 흘러간다.
　　* 영수와 미란 정원을 걷고 있다.

영수: 미란이, 연길로 갈 생각이 있소?

미란: 갈 생각뿐이겠습니까? 난 지금이라도 막 날아가고 싶습니다. 원래 민족학원을 졸업하면 난 연길로 돌아가겠다고 하지 않았습니까? 그래도 학교에서 배운 재능을 마음껏 발휘하자면 춤 노래의 고향 연변으로 가는 게 유일한 선택이라고 봅니다. 같이 갑시다. 예?

영수: 연길에서 겨우 빠져나와 이젠 제대로 북경사람이 됐는데…다시 연길로 되돌아간다는 게 퇴보가 아닐까? 잘 생각해보오!

미란: 퇴보인 게 아니라 진보라고 생각합니다. 고향에서 나와서 재간을 익히고 그 재간을 가지고 고향으로 되돌아가서 고향의 무용예술을 위해 공헌하는 것… 이것이 그래 진보 아니고 퇴보입니까?

영수: 옛날부터 '짐승은 골짜기로 사람은 들로'라는 말이 있소! 사람은 그래도 큰 도시에서 살아야…

미란: 또 낙엽귀근(落叶归根)이라는 말도 있지 않습니까? 잎은 떨어져도 뿌리를 못 떠난다고… 그래서 귀심사전(归心似箭)이란 말도 있지 않습니까? 고향으로 달리는 마음 시위 떠난 화살 같다고 말입니다.

　　* 미란은 은은한 목소리로 노래 부른다.

[노래]

고향아 고향아 그리운 고향아
태를 묻고 자라난 정든 고향아
아— 가고파라 날아가고파
어머님 기다리는 정든 고향아

* 미란 춤까지 추면서 노래를 부르다가 돌아보니 영수 바지호주머니에
손을 찌르고 돌아가고 있다.

미란: 영수씨!

* 미란 영수를 부르며 뒤쫓아 간다.

미란: 영수씨 싫으면 가지 마시오! 나 혼자 가겠습니다. 그러나 한 가지
만은 똑똑히 짚고 넘어갑시다. 난 이번에 가면 영영 연길에서 살
테니깐 북경인가, 이 미란인가 둘 중에 하나를 선택하시오!

* 미란 뒤도 보지 않고 가버린다.
* 영수 억이 막혀 히다가 하는 수 없이 미란을 따라간다.

북경 역

* 순녀, 영수, 미란 북경역으로 들어간다.

열차 안

* 열차가 기적을 울리며 떠나간다.
* 미란 창 밖을 내다보며 속으로 외워본다.
* "잘 있어라. 북경아! 잘 있어라! 안녕히!"
* 준호와 은주 짐을 메고 들고 들어와 자리를 찾아 앉는다.
* 면바로 영수네와 한 침대차 칸이다.
* 모두들 아는 사이, 인사가 복잡하다.

영수: 너희들 어디 갔다 오는 길이니? 어디 가니?

준호: 어디 가긴? 졸업해서 연길로 가지!

미란: 오! 너희들 졸업했겠구나! 그렇지!

은주: 양! 졸업이요! 상해음악학원 연수 영광스럽게 끝났소!

순녀: 잘됐구나! 우리 가무단에 또 새로운 인재가 더 붓게 되었구나! 참, 우리 가무단에서 금년에 대형가극을 한다더라!

은주: 「사랑의 노래」 옳지. 예?

순녀: 언제 벌써…

은주: 언니한테서 벌써 몇 번이나 전화가 왔습니다. 우리더러 졸업하는 길로 곧장 돌아오라고 말입니다.

순녀: 그래그래… 네 언니 금주가 노래 지도를 맡았다더라!

준호: 그런데 형님네는 왜 연길로 가오? 잔치하러 가오?

영수: 응!

미란: (영수에게 눈을 흘기며) 잔치는 무슨… 놀러 가오!

순녀: 이번에 우리 가무극원 원부와 주정부의 지지로 내가 대형무용서 사시 『장백 정』을 하는데 주역으로 초청해가는 길이요.

준호: 야! 잘됐구면!

은주: 축하하오!

열차

* 열차가 광대무변한 벌판을 누비며 질주한다.
* 준호네의 노랫소리 터져 나온다.

열차 안

* 준호와 은주의 선창에 따라 영수, 미란, 순녀도 함께 부른다.

[노래]

꽃피는 들을 지나 어서 가자

산새 우는 영을 넘어 어서 가자
쌍무지개 곱게 피는 저기 저 언덕
우리 희망 꽃피워갈 저 언덕으로
날라라라… 날라라…
어서 가자 달려가자 꽃피는 언덕으로

열차 식당차 칸

* 린나와 용남 한상 가득 차려놓고 술을 마시면서 이야기하고 있다.

린나: 이번에 북경에 와서 잘 봤지, 양? 괜찮다하는 호텔마다 다 가무청이 있지 않고 뭐요? 식사를 하고는 가무청에 들어가서 가무를 보다가 흥이 나면 저희들도 나가서 노래 부르고 춤추고…

용남: 우리도 이제 가면 인차 가무청을 꾸립시다.

린나: 용남이 잘 설계해보오! 우리 호텔에 가무청까지 꾸려놓으면 호텔 손님이 지금보다 얼마나 더 많이 찾아들 거요. 같은 값이면 비단치마라지 않소?

용남: 네! 잘 꾸려봅시다.

침대차 칸

* 순녀 영수와 미란에게 『장백 정』의 경개에 대하여 진지하게 설명해 주고 있다.

순녀: 『장백 정』은 무용극도 아니고 무용묶음도 아니요. 말 그대로 서사시! 무용시란 말이요. 어찌 보면 화면 있는 시를 읽어보는 것처럼 시흥도 도도하고 또 무용으로도 독특한 그런 특색을 살려 보자는 거요! 그러면서 전반 무용서사시를 통하여 장백산에 뿌리내린 우리민족의 수난사, 투쟁사, 발전사를 폭 넓게 보여준단 말이요…

　* 이따금씩 차창 밖을 내다보며 무료해하던 영수 시계를 가리키며 식사
　하러 가잔다.

영수: 선생님, 식사하지 않겠습니까?
순녀: 정말… 저녁 먹을 시간이 됐구먼! 먹기요.

　* 미란 영수를 탁 친다.

미란: 남은 한창 정서 나서 듣는데 좀 참을 게지 왜 그럽니까?

　* 순녀와 미란 역에서 사온 음식들을 꺼내놓는데 영수 약간 투정을 한다.

영수: 저녁에도 또 라면 자시겠습니까? 식당차로 갑시다. 제가 내겠습
　니다.
순녀: 식당차는 무슨? 여기서 사가지고 온 거나 먹기요.
영수: 술이라도 좀 해야지. 그저 식사만 하겠습니까? 갑시다.
순녀: 난 술을 못하겠소! 그럼 저네나 가오! 정말… 준호 같이 가서 술
　동무를 해주오!
미란: (영수에게) 동무도 가지 말고 여기서 자십시다!

　* 영수 준호를 끌고 간다.

영수: 우리끼리 갑니다.

　* 출입문 밖으로 사라지는 영수와 준호.

식당차 칸

　* 린나와 용남의 맞은편에서 식사하던 두 사람이 식사를 끝내고 나가기
　에 영수와 준호 그 자리에 가 앉는다. 영수 복무원을 부른다.

영수: 아가씨! 술 두병에 가장 빠른 볶음 채 두 그릇 주시오!

준호: 형님, 술 두병 우리 둘이 다 먹소?

영수: 먹고 올라가 자겠는데 한 병씩도 못 먹니? 너 못 마시면 내 마실게!

  * 이때 은주 고추장과 오이를 가져다준다.

은주: 언니 가져다주라더군!

준호: 은주야! 너도 여기서 먹어라!

은주: 싫다! 내 무슨 술꾼이니?

  * 은주 돌아가고 복무원 아가씨 술과 안주를 가져다준다.
  * 영수를 찬찬히 들여다보던 린나 용남에게 짐짓 조선말로 묻는다.

린나: 용남이! 술 더 마시오!

용남: 됐습니다. 벌써 얼빤해 납니다.

  * 영수 린나와 용남을 그때에야 찬찬히 본다.

영수: 두 분… 조선족입니까? 반갑습니다. 이 술을 같이 마십시다. 여기 고추장도 있습니다. 네! 오이도…

린나: 네! 감사합니다. 우린 진짜 거의 다 됐습니다. 그런데 두 분 어디까지 가십니까?

준호: 네! 연길까지 갑니다.

린나: 그렇습니까? 우리도 연길로 가는데 연길에서 사업하십니까?

준호: 네! 지금 막 사업하러 갑니다. 네! 이분은 중앙민족학원에서…

영수: (준호의 말을 꺾으며) 연변가무극원입니다. 우리 둘 다!

준호: 네! 이 형님은 무용수고 나는 아~ 노래하는 사람입니다.

린나: 네! 그렇기에 어딜 보나 예술 티가 팍팍 난다고 속으로 생각하고 있었습니다. 알고 보니 진짜 예술인들입니다. 네?

  * 린나 인차 명함장을 꺼내 영수와 준호에게 준다.

린나: 저의 명함장입니다. 서로 알고 지냅시다.

  * 영수와 준호 린나의 명함장을 보며 거의 동시에 소리 내어 읽는다.
  * "변강호텔 총경리"

침대차 칸

  * 순녀, 은주 이미 식사를 끝내고 소제까지 깨끗이 다 한다.

미란: 이분들이 어째 아직도 안 옵니까? 또 술에 취하지 않는가?

  * 미란 일어나 식당 칸으로 건너가려는데 영수와 준호 얼근해서 비틀걸음을 하며 들어온다.

영수: 린나라 했지? 그 여자 이름이? 그 여자 그게 괜찮더라!…
준호: 양! 나이도 서른다섯 살이라는 게 벌써 그 큰 호텔 총경리 어디요? 양? 대단하지?

  * 미란 다가가 영수를 부추겨 온다.

미란: 무슨 술을 이렇게 많이 마십니까? 빨리 올라가 쉬시오!

  * 은주도 달려와 준호를 맞아간다.

은주: 야, 준호야! 너 술주정뱅이야? 술이 쌀뜨물인가 하니?
준호: 술이 그래 쌀뜨물이 아니고 뭐야?

은주: 듣기 싫다. 혀 싹 꼬부랑노친이 됐다. 빨리 침대에 올라가 자라!

준호: 은주야! 내 네 아들이니? 말 좀 주의해라! 저는 내 엄마요?

은주: 응! 내 네 엄마 아니고 뭐야? 빨리 자라!

준호: 양! 엄마, 내 자오 양?

* 준호 침대에 기어 올라가 쓰러진다.

연길 역

* 기적을 뽑으며 역에 들어서는 열차

연길 역 출찰구

* 순녀네 일행이 출찰구를 나와 택시를 찾는데 린나 어느새 나왔는지 자가용 승용차를 타고와 영수 앞에 멈춰 선다.

린나: 올라타시오! 함께 갑시다.

영수: 아니, 우리 함께 온 사람이 여럿이 돼서… 먼저 가십시오!

린나: 그럼 꼭 놀리 오십시오! 먼저 갑니다.

* 린나 승용차를 타고 떠나간다.
* 미란 영수 옆으로 다가간다.

미란: 누굽니까?

영수: 아, 저… 식당차 칸에서 만난 사람이요. 나도 잘 모르오!

미란: 귀부인 같습니다.

영수: 양! 변강호텔 총경리라오!

미란: 그렇기에…

은주: 택시 옵니다. 빨리 갑시다.

* 모두들 택시에 앉아 떠난다.

극원 청사

(방백): 북경과 상해에서 온 무용수와 가수를 환영하는 대회를 시작하겠습니다.

극원 회의실

* 김 단장 영수네 일행을 소개한다.

김 단장: 중앙민족대학 무용계를 졸업한 영수동뭅니다.

* 영수 앞으로 나가 인사를 하고 선다.

김 단장: 역시 중앙민족대학 무용계를 졸업한 미란동무입니다.

* 미란 영수 곁에 가 서서 인사한다.

김 단장: 다음은 상해음악학원에서 연수를 끝마치고 자진하여 우리 가무단으로 온 성악배우 준호 동무와 은주 동무입니다.

* 준호와 은주 앞에 나가 인사를 한다.
* 이름을 소개할 때마다 터져 나오던 박수소리 오랫동안 계속 울린다.

극원 청사 안

* 김 단장이 영수네를 안내하여 가무단 청사 안을 돌아본다.

김 단장: 여기는 작은 회의실인데 이 벽에 붙은 사진과 증서는 모두 국가급 상을 받은 연예인들의 사진과 증서요!

녹음실

김 단장: 여기는 녹음실인데 작년에 설비를 몽땅 현대화로 바꾸어서 지금 연변에서는 시설이 제일 좋소!

* 미란이며 준호, 은주는 가무단을 돌아보며 혀를 차는데 영수는 아무런 흥미도 없어서 방법 없이 끌려 다닌다.

성악실

김 단장: 여기서부터는 성악실인데 한방에 피아노 한 대, 지도교원 한 명, 성악배우 한 명씩 쓰게 되어 있소.

* 준호와 은주 희한해서 칸칸을 들여다본다.

무용실

* 순녀의 지도아래 무용배우들 기본기능 훈련을 하고 있다.
* 미란 훈련정황을 눈 박아 보는데 영수 뒷짐을 지고 건들건들 돌아본다.
* 계속되는 기본기능 훈련.

성악실

* 금주 피아노를 치는데 은주 준호와 함께 들어온다.

은주: 언니 얘 이름이 준호요! 내 편지에서 말했지? 남자친구라고!
금주: (손을 내밀며) 양! 반갑소! 준호!

* 준호 대뜸 금주의 손을 잡지 못하고 우물댄다.

은주: 준호야! 뭘 하니? 언니 악수하잔데?

준호: (그제야 금주의 손을 잠간 잡았다 놓으며) 네! 앞으로 많이 도와 주시오!

은주: 이 준호 집이 흑룡강에 있소! 남도치 돼서 좀… 뭐랄까? 어쨌든 우리와 좀 다르오! 한족성격 같으루 한 게…

준호: 네! 조선족 예절이랑 아직 잘 모릅니다. 그런데 선생님, 조선족 예절에는 여자들이 약혼한 남자와 '야, 준호야! 앉아라, 먹어라, 죽어라!' 이렇게 반말을 맹탕 써도 됩니까?

은주: 한반 동갑인데 그래 '야, 자,' 하지 않고 '여보시오, 이보시오' 이러라니?

준호: 글쎄… 남들은 그러더라! 미란 누나도 영수 형님과 '예, 예' 하지 않더니?

은주: 야야… 듣기 싫다. 너는 어째 나하고 그냥 '응, 응' 하니?

준호: 남자는 그런다더라!

은주: 영수 미란언니와 '응, 응' 하데?

준호: '양, 양' 하지! 양?

은주: 보기 싫다.

금주: 내 보기엔 둘 다 말투를 고치는 게 좋겠소!

은주: 준호 먼저 고치면 나도 고치오!

준호: 나도!

＊ 은주 시끄러워 앵돌아진다.

거리

＊ 영수와 미란 천천히 걸어가며 이야기하고 있다.

영수: 미란이! 우리 결혼식은 언제 하겠소?

미란: 오자마자 또 결혼얘깁니까? 천천히 봅시다.

영수: 천천히? 언제까지? 민족대학을 졸업할 때 미란이 뭐라 했소? 사업 배치만 끝나면 하겠다고 했지? 그러던 게 여기로 올 때는 뭐라고 나한테 도전했소? 북경입니까? 납니까? 그래서 내 미란이를 위해 북경을 버리고 여기로 왔지! 그런데 또 천천히요? 결혼 날이 의붓아비 제삿날이요? 도대체 결혼할 생각이 있소? 없소?

미란: 야, 정말… 금방 가무단에 와서 아직 배역분배도 못 받았는데 좀 천천히 하면 안 됩니까? 나라고 왜 결혼 생각이 없겠습니까?

영수: 생각이 있다면 우리 저마다 좀씩 자신을 희생하고 결혼식을 치르자는 거요! 나도 떠나기 싫은 북경을 희생하고 미란이는 목숨처럼 중히 여기는 무용을 좀 희생하고… 그러면 되는 게 아니요?

미란: 그러다가 연습이 가장 바쁠 때 혹 임신이라도 하면 어쩝니까?

영수: 그럼 연습 때문에 아이도 안 낳겠단 말이요? 연습이 헐할 때라는 게 어느 때요? 안되오! 이제 더 밀리면 안 되오! 지금 우리 아버지는 근 8년째 혼자서 가정 일을 돌보고 있소! 8년! 항일진쟁도 8년이니깐 끝이 났는데 우리 아버지도 이젠 며느리를 맞아 주방에서 해방되어 나와야 할 게 아니요? 이제 집에 가보오! 눈 뜨고 그냥 보기 대단히 민망스럽소! 그리고 저도 숙소에 있겠소?

상철이네 집

* 상철 앞치마를 두르고 세탁기를 돌려놓고 채소를 다듬는다.

슈퍼마켓

* 미란 눈에 닥치는 대로 자꾸 집어넣는다.

영수: 그만 사오! 식당 꾸리겠소?

미란: 그래도…

상철이네 집

* 상철 채 몇 가지를 볶아 상 위에 올려놓고 마지막 채를 볶고 있는데 영수와 미란 들어온다.
* 미란 채를 볶고 있는 상철을 보고 빼앗아 제가 하기도 뭣하고 그대로 보고만 있기도 안돼서 어쨌으면 좋을지 모르는데 영수 미란이를 앉아있으라 하고 자기가 주방에 들어가 상철을 거들어 저녁상을 차린다, 그러고는 상철의 앞치마를 벗겨들고 상철을 모시고 나와 미란을 인사시킨다.

영수: 미란이. 인사 올리오. 아버지요! 아버지, 미란입니다.

미란: 안녕하십니까?

상철: 양! 앉소! 앉소!

* 모두들 자리에 둘러앉는다.
* 상철 영수와 미란을 자꾸 번갈아본다.

준호 숙소

* 은주 준호를 거들어 숙소를 정리하고 있다.

준호: 야, 이게 내 집이야?

은주: 응! 여기 있던 남자 결혼하고 전번 달에 나갔단다.

준호: 그러니 나 혼자 사는 독집이란 말이지?

은주: 응! 좋니?

준호: 응! 못… 좋다.

은주: 뭐? 못 좋다? 그런 조선말이 어디 있니? '안 좋다' 혹은 '좋지 않다' 이렇지!

준호: 좌우간 글쎄 못 좋다.

은주: 어째? 어디 맞갖지 않니?

준호: 응! 집은 나무랄 데 없이 영 좋은데… 딱 한 가지… 모자라서…

은주: 무시게 모자라니? 내 사줄게!

준호: 정말?

은주: 응! 말해라! 내 사줄게! 얼마나 드니?

준호: 돈은 일전도 안 드는 건데…

은주: 도대체 뭐야? 신경질 나게 노니?

준호: 만사구전인데 딱 동풍 한 가지가 없구나!

은주: 동풍?

준호: 응! 여자 없단 말이…

은주: 너… 뭐라니?

준호: 너까지 여기 와서 같이 살았으면 딱…

  * 은주 준호의 가슴을 팍 쥐어박는다.

은주: 보자보자 하니 너 정말 못 좋게 노는구나.…

준호: 못 좋기는? 그랬으면 좋겠다는데…

은주: 안 된다 안돼! 잔치한 다음에도 고험기를 일 년 주고 표현을 봐
      서 표현이 우수해야…같이 산다는 게다.

준호: 안되기는 무슨… 좌우간 시간문제지! 시기상조!

은주: 너 그냥 놀리겠니? 밸이 나면 지금 간다?

준호: 가지 말라. 내 안 그럴게! 너 가면 내 심심해서 일이 손에 잡
      히니?

  * 둘은 다시 집 정돈을 한다.

산촌마을

  * 버스 멈춰서고 미란 버스에서 내린다.

숙자네 집 뜰

* 숙자 돼지뜨물을 들고 나와 돼지우리마다에 뜨물을 쏟아주고 있다.
* 미란 사립문을 열고 들어와 그러는 숙자를 측은한 눈길로 바라본다.

미란: 어머니!
숙자: 어머니?

* 숙자 미란을 알아보고 행주치마에 손을 닦으며 달려온다.

숙자: 미란아! 네가 여기 어떻게? 언제 왔니?
미란: 며칠 되는데 늦게 와서 미안합니다.
숙자: 엄마와 미안하다니? 그래 며칠 쉬게 왔니?
미란: 연길로 영 왔습니다. 연변가무극원에!
숙자: 북경엔 안가고 영 연길에서 살게 왔단 말이지? 잘 됐구나! 어머니도 널 더 자주 볼 수 있게 됐구나! 빨리 집으로 들어가자!

* 숙자 미란을 끌며 밀며 집으로 들어간다.

순녀네 집 안(저녁)

* 순녀와 금주 물만두를 빚으며 준호 얘기를 하고 있다.

순녀: 준호가 우리 은주의 남자친구라고? 그런데 은주가 왜 북경에서부터 연길까지 준호와 한 기차를 타고 오면서 그렇다는 말은 한마디도 안했다니? 못돼 먹은 년!
금주: 오늘도 어머니와 말하지 말라고 그러던데 어머닌 모른 척 하시오!
순녀: 모른 척 안하면 어쩌겠니? "사위 왔소? 내 가시어머니요!" 이러라니? 그런데 알면서 모른 체 하기도 바쁠 거다.
금주: 바쁠 것도 없습니다. 걔네 둘은 지금도 동무처럼 '야, 자' 하면서

　　　노는데 무슨…

순녀: 그런데 진짜 그런 사이면야 말투도 고쳐야지. 그냥 '야, 자' 하면
　　　어쩌니? 남 보기 창피하게…

　* 이때 밖에서 "어머니!" 하는 소리 들려온다.

순녀: 왔다왔다. 어쩔까? 나는…
금주: 그저 학생이 놀러왔거니 하시오!
순녀: 그래도 글쎄… 벌써 들어왔다. 빨리 나가보자.

　* 준호와 은주 식품구럭을 들고 들어온다.

금주: 왔구먼! 빨리 올라오오!
순녀: 왔소? 반갑소! 빨리…
은주: 준호! 넌 또 인사도 못하고 멍해 서있니?
준호: 응? 네! 저… 두 선생님 안녕하십니까? 준호 놀러 왔습니다.
은주: 무슨 인사 그러니? 놀러오지 않고 그래 일하러 왔니? 하수도 파
　　　내는 일 하겠니? 위생실 청소하는 일 하겠니?
준호: (성을 내며) 너 뭐라니? 아무데서나 그저… 정말 못 좋다?
금주: 인사 그렇게 하면 됐지 무슨… 자! 빨리 올라오오.…

　* 준호 은주에게 눈을 흘기며 올라간다.

금주: (은주에게) 너 좀 장소에 따라 말 주의해라! 남의 자존심도 봐줘
　　　야지?
은주: 괜찮소! 저러다가 마오! 준호야, 우리는 이쪽 방에!

　* 은주 준호를 끌고 자기 방으로 들어간다.

숙자네 집 안(저녁)

* 숙자 솥에서 펄펄 끓는 콩물에 간수를 치고 순두부 한 사발을 떠서 미란에게 준다.

숙자: 자, 뜨끈뜨끈할 때 데껵 한 사발 재껴라! 북경에서야 고급요리는 먹을 수 있었어도 이런 진짜 초두부야 언제 보기나 했겠니? 자, 어서!

* 미란 순두부를 훌훌 불며 맛나게 먹는다.

숙자: 너 어릴 때 순두부를 무척이나 좋아하던 게! 아버지 손님들이 한 구들 앉았는데도 콩물에 간수 치는 기미만 보이면 기어코 한 사발 떠가지고 저 곡간에 가 먹곤 했지!

* 미란 어느새 순두부 사발을 비우고 내려앉는다.

숙자: 한 사발 더 하겠니? 더 먹어라!
미란: 좀 있으면 또 모두부를 먹어야 하겠는데 순두부로만 포식을 해놓고 모두부는 어느 배로 먹습니까? 아쉽지만 그만 합시다.

* 이때 영팔이 돼지다리 한쪽을 쳐들고 들어온다.

영팔: 우리 마을 봉황새가 돌아왔다면서… 미란아! 어디 보자! 야, 예쁘게도 번졌구나! 당장 시집을 가야겠구나!
미란: 아저씨 안녕하셨습니까?
영팔: 안녕하구말구! 영원히 팔자 트이라고 우리 아버지가 내 이름을 영팔이라고 지어준 게 그 이름이 복 이름이란 말이다. 그런데 숙자, 우리 마을 봉황새가 북경에서 날아왔는데 혼자만 기뻐해서야 되겠

소? 온 동네 사람들이 다 기뻐하게 해야지! 자, 이 고기로 채도 좀 볶고 그 모두부도 몇 사발 올려놓고 오늘밤을 꼬박 패보기요. 어떻소? 내 지금 나가서 동네 분들에게 알릴 테니 그렇게 하기요. 양?

* 영팔이 대답도 기다리지 않고 뛰어나가며 소리친다.

영팔(소리): 여러분들 빨리 숙자아주머니 집에 모여오시오! 우리 마을 봉황새 미란이가 왔습니다.

* 마주보며 웃는 숙자와 미란.

상철이네 집(밤)

* 상철이와 영수 객실에서 결혼문제를 토론하고 있다.

상철: 결혼이란 일생에서 가장 중대한 문제이니 너무 조급하게 서두를 필요는 없다고 본다. 미란의 말이 전혀 도리가 없는 것도 아니지 않니? 이제 집에 가서 어머니와 어떻게 토론하고 올지는 모르겠는데 미란의 의견도 많이 존중해주는 게 좋겠다.

영수: 그런데 아버지, 제가 북경에서 아버지와 떨어져 있을 때는 보지 못해서 괜찮았는데 이번에 와서 아버지가 어머니질까지 하는 걸 보니 정말 더 이상 참고 볼 수가 없습니다.

상철: 난 습관이 돼서 괜찮다고 하지 않니? 그러니 나 때문에 너무 서두르지 마라!

영수: 안됩니다. 벌써부터 그 여자 하자는 대로 하다간 결혼 후에도 재미가 없을 겁니다.

상철: 너도 봉건이냐?

영수: 봉건이 아니라 전통입니다. 미풍양속이란 말입니다.

숙자네 집 안(밤)

* 동네사람들이 구들이며 밖에 가득 모여왔다.
* 영팔 두 팔을 휘저으며 사회를 한다.

영팔: 동네 여러분, 아지미들, 아저씨들, 여사들, 남사들! 오늘은 우리 마을에 대경사가 생긴 날입니다. 조국의 수도 북경! 경애하는 호금도 총서기의 신변으로부터 우리 마을의 봉황새 미란 아가씨가 연길로 왔다가 나서 자란 고향이 그리워서 존경하는 어머니가 보고파서, 그리고 동네 여러분들을 기가 막히게 만나보고 싶어서 불원천리하고 우리 동네까지 찾아준 것입니다. 미란 아가씨, 인사!

* 미란 일어나 곱게 인사한다.

미란: 안녕하셨습니까? 동네 여러분! 아주 많이 보고 싶었습니다. 바로 여러분들의 사랑과 덕을 입어서 한낱 시골소녀였던 제가 조국의 수도 북경에 가 학습하는 행운을 얻었고 어엿한 무용수로 자라나게 된 것입니다. 앞으로도 그 어디 가나 그 무얼 하나 영원히 동네 여러분들과 함께 있을 겁니다. 감사합니다.

* 집안과 뜰이 떠나갈 듯한 박수소리 속에 영팔이 또 팔을 휘두르며 사회를 계속한다.

영팔: 아주 의미심장한 말이었습니다. 미란 아가씨는 말로만은 자기의 심정을 다 표현할 수 없다면서 무용으로 표현 못한 심정을 더 표현해 드리겠답니다. 그래서 우리 민족의 장구독무 「풍년 벌에 울리는 장구소리」를 춰올리겠답니다. 여러분, 우렁찬 박수!

* 미란 일어선다.

* 미란 녹음기를 틀어놓고 장고를 메고 나와 곱게 인사한다.
* 음악이 흘러나오자 미란 절주에 맞추어 장구춤을 추기 시작한다.

[노래]

산을 보랴 들을 보랴
그 어데를 가보아도
어거리 대풍이라
춤 노래 절로 난다
에헤야 에헤야 좋다
둥기당당 좋구나.
농사도 풍년 웃음도 풍년
만풍년이란다

* 연이어 터져 나오는 박수소리
* 춤추며 돌아가는 미란
* 해맑게 웃어주는 둥근달

금주네 집 밖(밤)

* 금주와 은주 준호를 바랜다.

준호: 이젠 들어가시오! 은주야! 빨리 들어가라!
은주: 글쎄 빨리 가라! 그래야 우리도 들어가지! 내 데려다 달래?
준호: 내 또 너를 데려다 주게?
은주: 싫으면 말아라! 빨리 가라!

금주네 집 안(밤)

  * 금주와 은주 준호를 바래고 들어온다.

은주: 언니, 어떻습데? 준호!
금주: 좋더라! 영 솔직하고 거짓이란 게 없을 것 같더라!
은주: 나하고 맞겠습데?
금주: 그런 거야 네가 더 잘 알지 내가 아니? 지내보지 못한 게!
은주: 뭐나 다 지내봐야 아오? 보기 싫다…

  * 은주 거짓 뾰루퉁해 자기 방으로 들어간다.

금주: 나도 빨리 집에 가야 되겠다. 너네 아저씨 또 와당탕 하겠다.

  * 금주 옷을 찾아 입고 나간다.

숙자네 집(밤)

  * 모녀간이 이불을 펴고 나란히 누워있다.

숙자: 미란아, 시집이 그런 정황이면 서둘러 결혼식을 치르는 게 좋겠
     다. 여자들은 혼자서 살아도 좀 덜 괴롭지만 남자들은 다르단다.
     그 자질구레한 일을 8년이나 했다니 너네 시아버님 될 사람도
     이젠 철저히 해방을 받아야지! 더구나 모모한 무용이론연구원이
     라는 분이 가무에 바삐 돌다보면 이론은 언제 연구하겠니? 내
     생각에는 빨리 결혼을 하는 게 옳은 것 같다.
미란: 그런데 사업에서 아직 아무런 성과도 못 냈는데…
숙자: 결혼과 사업은 대립되는 게 아니다. 사업과 혼인을 잘 처리하는
     여자라야 똑똑한 여자란다.

미란: 어머닌 제가 빨리 시집가는 게 좋은 모양입니다. 네?

숙자: 그래! 좋다! 그래야 손자도 빨리 보지!

미란: 어머니…

   * 미란 응석스레 숙자를 껴안는다.

무용실

   * 순녀 영수와 미란에게 『장백 정』 중의 제1장 「사랑의 씨앗」에서의 남
     여주인공의 쌍무 장면을 배워준다. 미란 정신을 도사리고 참답게 연습
     하는데 영수 정서가 온당하지 못하고 오르내린다.

순녀: 영수! 정서, 정서! 정서가 올라갔다 내려갔다 하오! 정서를 주의하
     면서 옳소! 옳소! 됐소! 군무와 같이 해보겠소! 군무! 준비－

   * 군부를 추는 부용수들 나온다.
   * 음악과 함께 쌍무와 군무가 시작된다.

   [노래]

   어화둥둥 너는 내 사랑
   어화둥둥 나는 네 사랑
   너는야 꽃이 되고
   나는야 나비 되어
   어화둥둥 놀아보자
   천생배필 우리 사랑아

   어화둥둥 너는 내 사랑
   어화둥둥 나는 네 사랑
   정은야 원앙 같고
   사랑은야 바다 같이
   어화둥둥 놀아보자

천생배필 우리 사랑아

* 무용이 끝나자 순녀 매우 만족해한다.

순녀: 됐소! 오늘은 이만하기요! 영수 방금 군무와 함께 출 때처럼 정
　　　서를 잘 잡아줬으면 좋겠소.

* 순녀와 무용수들 하나둘씩 나가고 영수와 미란이 남는다.
* 미란 옷을 갈아입는데 영수 미란이 옷 입는 것을 거들어준다.

영수: 미란이! 어머니가 뭐랍데?
미란: 뭘 말입니까?
영수: 우리 둘의 결혼문제 말이요.
미란: 어머니는 빨리 결혼했으면 합디다.
영수: 그런데?
미란: 또 무슨 '그런데' 라는 게 있습니까?
영수: 어머니는 빨리 했으면 합디다. 그런데 미란이는 어떤가 말이요?
미란: 나도 어머니 생각과 한가집니다. 어머니 딸인 게 무슨…
영수: 정말?
미란: 장난입니까?
영수: 오케이

* 영수 방금 연습한 쌍무의 한 장면처럼 미란을 건듯 들고 춤을 춘다.

숙자네 집 안

* 숙자와 미란, 상철과 영수 서로 마주앉아있다. 사돈보기다.

상철: 귀하게 키운 따님을 이처럼 선선히 맡겨주어서 그 감사한 말씀
　　　어떻게 했으면 좋을지 모르겠습니다.

숙자: 천만에 말씀! 무슨 그런 황송한 말씀을 하십니까? 우리 미란이
　　　일찍 어려서 집을 떠나다보니 가정교육이란 걸 전혀 못 받았습
　　　니다. 아마도 사돈님께서 교육하면서 키워야 될 것 같습니다. 친
　　　딸 가르치듯 엄하게 교육해주십시오!

상철: 피차피찹니다. 저… 약소하지만 이걸 받아주십시오!

　*상철 붉은 종이에 싼 돈 묶음과 곱게 포장한 금반지, 금목걸이를 내놓는다.
　*두 사돈 맞절을 한다.

산길(밤)

　*상철이와 영수 택시를 타고 연길로 돌아가고 있다.

상철: 영수야! 너의 장모님은 아주 아량 깊고 예절 바른 분이시더라!
　　　너도 장모님 앞에서 언사랑 조심해야겠다.

영수: 그렇게 하겠습니다. 난 어머니도 없는데… 장모님을 어머님처럼
　　　모실 겁니다.

상철: 음! 그래야지! 그래야 하구말구!

영수: 미란이도 아버지를 친아버지처럼 모시겠답니다. 미란이도 아버지
　　　사랑이 없지 않습니까?

상철: 고맙다. 그런데 내가 아버지노릇을 과연 잘 해낼까?

영수: 될 겁니다. 됩니다.

　*불을 길게 켜고 산길을 돌아가는 택시.

숙자네 집밖(밤)

　*창문에 비친 숙자의 그림자
　*숙자 소리를 극력 죽여 가며 다듬이질을 하고 있다.

무대

* *『장백 정』* 중의 군무 「달밤의 다듬이소리」가 한창이다. 무용수들 저마
  다 방치들을 하나씩 놓고 앉아 절주에 맞추어 다듬이 춤을 춘다.

숙자네 집 안(밤)

* 다듬이질을 하다가 가끔 눈굽을 찍곤 하는 숙자.
* 어린 미란을 키우던 옛일이 주마등처럼 스쳐간다.
* 미란에게 책가방을 메워주고 손목잡고 학교로 가는 숙자.
* 미란의 생부 해금을 켜고 숙자 장구를 치면서 미란에게 춤을 가르친다.
* 다 큰 미란이와 함께 시험장으로 찾아가는 숙자.
* 시험장에서 멋지게 춤추며 돌아가는 미란.
* 미란이를 싣고 북경으로 떠나가는 열차를 오래도록 손 저으며 배웅하
  는 숙자.
* 오늘은 또 미란을 시집보내야 한다. 그래서 미란이 이불안을 다듬이질
  하며 눈물을 흘리는 숙자.

무대

* 다듬이 춤이 천천히 끝난다.

숙자네 집(밤)

* 숙자 다듬이질을 한 이불감을 펼쳐보고 볼에 비빈다.

      [노래]

      기뻐서 흘리는 눈물
      섭섭해서 지어보는 웃음
      울면서 웃으면서 딸을 시집보낼 때
      어머니의 가슴은
      불일까 물일까

곱게곱게 키운 딸을 시집보내는

아… 어머니 마음

변강호텔

* 영수 택시를 타고 변강호텔에 와서 내린다.
* 영수 곧장 호텔로 들어간다.
* 민족복장을 화사하게 차려입은 아가씨가 영수를 안내한다.

총경리실 밖

* 아가씨가 영수를 총경리실까지 안내해준다.
* 영수 노크를 하고 안으로 들어간다.

총경리실 안

* 린나 뜻밖에 찾아온 영수를 반갑게 맞아준다.

린나: 엄미야! 무용기선생님이 어떻게 연계도 없이 이렇듯 문득… 빨리 오시오! 반갑습니다.

* 린나 비서를 불러 커피를 타오게 한다.

린나: 귀한 손님이 오셨는데 알아서 들여보내오!

* 비서가 나가자 린나는 영수와 마주 앉는다.

린나: 무슨 일입니까? 찾아온 용건이?
영수: 일이 없으면 못 옵니까? 일이 바쁘신 분이 돼서?
린나: 아니, 그런 것도 아닙니다. 갑자기 찾아주니 너무나 반가워서… 요즘 바쁩니까?

영수: 네! 하는 일 없이⋯ 안 그러면 진작 찾아 봤겠는데⋯

　　* 비서 과일이며 커피를 들여보낸다.

린나: 자, 커피 마십시오!

　　* 영수 가지고 온 결혼청첩장을 린나에게 꺼내준다.

린나: 이번 일요일에 한단 말입니까?
영수: 네! 혼례청사는 이 호텔의 혼례청사를 쓰려고 하는데 되겠습니까?
린나: 무슨 말씀을⋯ 안 돼도 되게 해야지요.⋯ 영수 선생님처럼 모모
　　　하신 분들이 우리 혼례청사에 와서 결혼식을 올리는 거야말로
　　　우리 호텔의 영광이 아닙니까?
영수: 그럼 부탁합니다.
린나: 네! 꼭 만족해 드릴 겁니다. 백 프로⋯ 아니, 이백 프로로 말입
　　　니다.
영수: 그럼 그날 다시 만납시다.

　　* 영수 나가자 린나 영수를 배웅하고 들어와 청첩장을 한참이나 들여다본다.

무대

　　*『장백 정』제2장 「사랑의 연분」의 함지 춤, 바가지 춤이 펼쳐진다.

숙자네 집 밖

　　* 꼬리를 물고 들어오는 채색차량들

무대

　　* 동네사람들의 환영 춤

숙자네 집밖

* 미란의 손을 잡고 차에 오르는 영수

무대

* 부채를 들고 신랑신부 등장

혼례식장

* 영수 미란의 손을 잡고 혼례식장으로 들어온다.
* 린나 멀리에서 영수에게 축하를 보낸다.
* 눈길로 화답하는 영수.

무대

* 신랑신부 꽃 속에 묻혀 맞절을 하고 선물을 교환한다.

혼례식장

* 부모님께 큰절을 올리는 영수와 미란.

무대

* 신랑신부 쌍무에 꽃바구니 든 여성군무 합류한다.

혼례식장

* 춤판이 터진다.

무대

* 청년남녀들 신방을 훔쳐보며 부러워한다.

영수네 신방

* 영수 미란을 안아다 침대에 앉힌다.

무대

* 신랑신부의 행복에 겨운 쌍무.
* 신랑이 신부의 옷고름을 풀어준 후 신부를 안고 들어간다.

[노래]

잊을 수 없어라 행복한 이 한밤
연분이면 이 밤아 새지를 말아라!
검은 머리 파뿌리 백년해로하면서
한생을 영원히 이 밤처럼 살고지자
아…
잊을 수 없어라 행복한 이 한밤을

영수네 신방(밤)

* 영수와 미란 자리에 누워 불을 끈다.

숙자네 마을전경(새벽)

* 아담하고 오붓한 마을이 잠에서 깬다.

숙자네 집밖 (새벽)

* 숙자 옷을 걸치며 밖으로 나온다.
* 노을을 펼치며 아침 해가 솟으련다.

숙자: 얘가 제때에 일어나 시아버님 조반이나 짓는지? 말은 똑똑히 해
　　놓고 왔지만…

* 목청을 뽑아 홰를 치는 수탉.

영수네 신방

* 미란 기지개를 켜다가 눈을 떠보고 와뜰 놀란다. (너무 늦잠을 잔 것이

나 아닌가?)

* 미란 부랴부랴 옷을 주어입고 주방부터 달려가 본다.
* 다행히 시아버님이 보이지 않는다.
* 그제야 안도의 숨을 쉬며 팔을 거두고 아침을 짓기 시작한다.
* 모든 동작이 그대로 춤이다.

거리

* 거리에는 새벽달리기를 하는 사람. 새벽체조를 하는 사람들로 벌써 새 아침의 개시를 예고하고 있다.
* 상철 오랜만에 주방에서 해방되어 처음 식전거리를 나온 기분이라 가슴을 쭉쭉 펴며 팔다리를 놀려본다. 달리기를 하던 한 친구가 옆에까지 달려와 말을 건다.

친구: 선생님이 며느리를 삼더니 첫날부터 벌써 생활절주가 달라집니다. 새벽단련을 다 나오시고…

상철: 네! 어쩌다 새벽공기를 마시니 기분이 대단히 좋습니다.

친구: 무슨 새벽공기 때문에 그렇겠습니까? 꽃같이 예쁜 며느리를 맞아드려서 그렇겠지요! 안 그렇습니까?

상철: 네! 그게 다 사실인 것 같습니다.

* 상철이네 집 안 주방
* 미란 무용을 하며 아침을 짓는다.
* 아침 짓는 모든 동작이 다 그대로 무용이다.
* 그러는 미란의 입에서 콧노래가 절로 나온다.

영수네 침실

* 영수 엉덩짝을 다 내놓고 자고 있는데 미란 춤을 추며 들어와 영수를 깨운다. 영수 쉽게 일어나지 않자 미란 영수의 입에 키스를 하고 엉덩짝을 장단 치듯 뚜들긴다. 할 수 없이 눈을 뜨며 일어나는 영수.

주방

* 밥상에 맛 나는 채들이 가득 올랐다.
* 미란 가지고 온 놋숟가락과 놋젓가락을 상철에게 드린다.

미란: 아버지! 진지 드십시오!
상철: 오? 그래그래! 고맙다!

* 수저를 받아드는 상철의 눈시울이 조용히 젖어난다.

금주네 집 안

* 금주 아침상을 차려 덮어놓고 여덟 살 난 딸 미라의 손을 잡고 아직
  늘어지게 자고 있는 성화에게 소리친다.

금주: 빨리 일어나시오. 오늘은 어디 가서 일감을 좀 찾아야지 실업을 당
     했다하고 그저 마시고 놀기만 하겠습니까? 빨리 일어나시오. 네?
성화: (시끄럽다는 듯 돌아누우며) 양! 일어날게!

* 금주 도시락을 들고 미라의 손을 잡고 밖으로 나간다.

준호네 숙소

* 준호 이부자리를 거두고 라면에 보온병 물을 쏟는다. 그리고는 푸득푸
  득 까치세수를 하는데 금주 도시락을 들고 들어온다.

금주: 일어났구먼! 그래도 괜찮소! 누가 깨워주지 않아도 저절로 척척 일
     어나고… 어머나(나면을 보고) 벌써 아침까지 다 지어놓았구만!
준호: (수건으로 얼굴을 닦고) 선생님, 거기 앉으십시오! 독신생활을 너무
     오래해서 기숙사생활엔 확 줄이 서있습니다. 서당집개도 3년이면
     풍월을 짓는다는데 독신생활이 벌써 몇 해쩹니까?
금주: 그럼 장가들지 말고 혼자 살아도 되겠구만!

준호: 아니 아니… 그건 절대 안 됩니다. 늙어 죽을 때까지 독신생활을 할 수 있지만 그렇게 되면 인생의 가장 중요한 생활이 하나 빠지게 돼서 섭섭해 못삽니다. 못… 좋지요!

금주: 가장 중요한 생활이라니? 그게 뭐요?

준호: 선생님 다 알면서.

금주: 양? 알만하오. 이건 집에서 담근 김치와 명란 젓 그리고 소고기 졸임인데 반찬 없을 때 보태 먹소! 내 먼저 성악실에 나가볼게!

 * 준호 밖으로 나가는 금주를 배웅한다.

준호: 선생님, 잘 먹겠습니다.

 * 준호 도시락뚜껑을 열고 김치를 쪽 쪼개어 먹어본다.

준호: 야! 별맛, 천하별맛이구나!

성화네 집

 * 성화 부스스 일어나 덮어놓은 밥상을 열어보고는 다시 덮는다. 그리고는 옷을 대충 걸쳐 입고 밖으로 나간다.

식료품상점 안

 * "아주머니 있습니까?" 하는 말을 앞세우고 성화 식료품상점으로 들어온다.

성화: 아주머니, 또 술 반근에 명태대가리 하나 주시오!

주인: 또 외상이요?

성화: 예! 잘 적어만 놓으시오! 아래윗집에서 살면서 빚 남겨놓고 어디 달아날까봐 그럽니까? 빨리 주시오! 지금 술충이 막 올리밀어서…

* 상점 아낙 명태 하나에다 술 반근을 떠다준다.
* 성화 단모금에 반근 술 절반을 낸다.

성화: 야, 고게 정말 명약이다. 명약! 안궁환보다 낫구나! 누가 처음 술이
라는 걸 발명했는지 그 사람에게 원래 노벨 특등상을 줘야 됩니다.
네! 그 덕분에 아주머니 장사도 잘 되는 게 아니겠습니까?

* 성화 또 중독이 발작해 혀 꼬부랑 소리를 해댄다.

무용실

* 미란이가 땀을 흘리며 기능훈련을 하고 있는데 영수 뒤늦게 들어온다.

미란: (춤을 멈추고 땀을 훔치며) 왜 인제야 옵니까?
영수: 오다가 옛날 친구들을 만나서…
미란: 순녀 선생님 벌써 두 번이나 왔다갔습니다.

* 이때 순녀 들어온다.

순녀: 오. 영수 왔구만! 잘 됐소. 우리 오늘부터 『장백 정』 제3장 「사랑의
시련」 중의 태아춤을 연습하겠소! 처음엔 남자주인공만 나오는 장
면이니 미란이는 먼저 돌아가도 좋겠소! 영수는 빨리 준비하고 나
오오!

* 영수 경의실로 들어간다.
* 미란 옷을 거둬들고 나가며 순녀에게 인사한다.
미란: 선생님, 먼저 가겠습니다.
순녀: 양! 가보오!

* 미란 나가고 영수 연습옷차림으로 나오자 순녀 연습을 시작한다.

성악실

* 금주 피아노를 치고 준호 노래를 부른다.

[노래]

달이 뜬다 달이 뜬다
둥근 달이 뜬다
이십 성상 자던 달이
때가 되어 둥실 뜬다
아⋯아⋯신성한 우리 사랑
달이 되어 달이 되어
마음속에 둥실 뜬다

* 후렴구를 반복할 때 어느새 들어왔는지 은주도 함께 부른다.

아⋯아⋯신싱한 우리 사랑
달이 되어 달이 되어
마음속에 둥실 뜬다.

은주: 언니, 어떻소? 잘하지? 준호!
금주: 응! 괜찮다. 그런데 아직 벨칸토 맛이 너무 진하게 나서 민족특
색에 손색이 가는데 두 창법을 딱 맞춤하게 잘 결합시키는 면에
서 좀 더 노력해야 되겠다. 준호 한번 들어보오. 양?

* 금주 피아노로 음을 튕긴 후 자기가 부른다.

금주: '아⋯아⋯신성한 우리 사랑' 그 다음 이걸 들어보오! (음을 달리하
여) '아⋯아⋯신성한 우리 사랑' 완전히 다르지? 그러니깐 어떻게
묘하게 결합할 것인가? 잘 생각해 보오!
은주: 준호야, 고까짓 처리도 못하겠니? 그 두 창법의 가장 적합한 교
차점! 그 교차점을 찾으란 말이다.

금주: 남의 말 하지 말고 너나 잘해라! 너도 지금 제대로 안 된다.

  * 준호 기회라 하고 은주에게 입을 삐쭉해 보인다.
  * 은주 금주를 믿지 않게 가로보며 입이 삐쭉해진다.

무용실

  * 순녀의 지도 아래 영수 「태아춤」을 추고 있다.
  * 미란 살며시 들어와 본다.
  * 영수 별로 무겁게 몸을 놀린다.
  * 미란 못 마땅해 하며 도리머리를 젓는다.

순녀: 됐소! 그만 하기요! 맥이 없는 모양이구만!

  * 미란 수건을 들고 도드리를 하면서 영수에게로 다가가 땀을 닦아준다.

미란: 영수씨 기능훈련을 바짝 해야 되겠습니다. 이 몸이 나기 시작하
    는 걸 보시오!
영수: 그럼 오늘 점심부터 굶지, 무슨. 단식은 살 까기의 기본 밀방이
    라면서…
미란: 누가 굶으면서 살 까랍니까? 여보시오? 점심에 나와 같이 어디
    안 가겠습니까?
영수: 안되오! 약속해둔 일이 있어서! 혼자 가오! 안 그러면 다음날로
    미루던지…
  * 영수 옷을 주어입고 급히 나간다.

미란: 여보시오… 서시오! 거기…

  * 한발을 퉁 구르며 애나하는 미란.

냉면옥 안

* 준호와 은주 냉면을 기다리고 있다.

은주: 준호야! 연길에 와서 처음 한턱낸다는 게 고작 이렀니? 국수 한 사발? 준호, 언제 이리 근검 소박해졌니?

준호: 뭘 더 먹개? 말해라! 맥주, 소주, 양주?

은주: 오후에 또 연습하는데 누가 술 먹겠다니?

준호: 그럼 콜라, 쉐삐, 쌕쌕? 살구주스, 야자주스, 사이다?

은주: 됐다. 됐다. 국수 먹기 전에 물배부터 채워놓고 어떻게 국수를 먹니?

* 이때 복무원아가씨 국수를 가져다준다.
* 둘은 국수를 먹기 시작한다.
* 준호 국수오리를 입에 물고 은주를 빤히 쳐다본다.

은주: 국수는 안 먹고 보기는?

준호: 은주야! 너네 언니 딱 몇 살이야?

은주: 나보다 다섯 살 이상이니 너보다도 다섯 살 이상이다. 어째? 불시로 우리 언니 나이는 왜 묻니?

준호: 응? 아니, 그저… 나이보다 영 젊어 보인다. 응?

은주: (젓가락을 탕 놓으며) 그럼 내가 나이보다 늙어 보인단 말이니?

준호: 아니 아니… 너는 또 너무 어려 보인다. 딱 애기 같은 게… 그런데 너네 아저씨는 뭘 하니? 대단히 멋있게 생겼지?

은주: 인물만 잘 써서 뭘 하니? 직업이 알코올이다.

준호: 그런 직업이 다 있니?

은주: 있다더라! 알코올중독! 직함은 1급! 고급알코올중독이다.

준호: 알코올중독이라는 게 정신병이라던데…

은주: 응! 옳다! 정신병자다. 술만 들어가면…

준호: 그래 우리 선생님이 정신병자와 산단 말이니?

은주: 그렇다는데 어째? 너 우리 언니 뒷조사를 그렇게 상세하게 해
뭘 하니? 국수오리 싹 퍼진다. 빨리 국수나 먹어라!

준호: 나의 선생님인데 알건 좀 알아야지… 우리 선생님 애기도 있니?

은주: 애기라는 게 뭐니? 소학교 일학년 다니는 딸이 있다.

준호: 우리 선생님 닮아서 영 곱지?

은주: (또 젓가락을 놓으며) 너 오늘 좀 잘못 되잖았니? 또 우리 언니 말
을 꺼내겠니?

준호: 아니 아니… 국수나 먹자! 내 말 안할게.

　* 둘은 잠간 묵묵히 국수를 먹는다.
　* 그러다가 준호 은주의 눈치를 살피며 또 한마디 걸어본다.

준호: 우리 오늘저녁에 선생님네 집 가볼까?

　* 이번엔 은주 젓가락을 영 내려놓고 일어선다.

은주: 또 언니야? 가겠으면 네 혼자가라.

　* 은주 말을 마치고 총총걸음으로 나가버린다.

준호: 은주, 은주야…
　* 준호도 먹다말고 일어난다.
　* 그 바람에 국수그릇이 준호의 옷에 쏟아진다.

준호: 아차!

제3회

변강호텔 식당 단칸방

* 영수 린나와 술을 마시고 있다.

영수: 진작 와서 인사를 해야 했는데 너무 늦어 미안합니다.

린나: 인사는 무슨 인삽니까? 우리가 할 수 있는 만큼 한 건데…

영수: 그래도 너무너무 여러 가지로 잘 마련해주어서 참 고맙습니다.

린나: 고마울 건 없고요. 부인님 참 예쁩디다. 원래 무용수라서 체형은 더 말할 것도 없고 어쩌면 정말 선녀 같습디다. 영수씨 참 행복하겠습니다.

영수: 경리님도 아주 미인이십니다. 우리 처도 처음 경리님을 보고서 귀부인 같다고 칭찬했습니다.

린나: 저야 뭐… 영수씨 부인과는 아예 대비도 못하죠! 장미꽃과 할미꽃?

영수: 어쩌면 그렇게 비유합니까? 내 보기엔 장미꽃과 모란꽃…두 분 다 독특한 서로의 매력을 가지고 있다고 봅니다.

린나: 모란꽃? 호호호… 오늘 기장밥을 해야 할 것 같습니다. 할미꽃이 일약 모란꽃으로 되었으니까요.

영수: 진짭니다. 경리님은 우리 처한테는 없는 그런 풍도와 성숙미가 있습니다.

린나: 됐습니다. 짧은치마를 너무 올려 추지 마십시오! 밤에 실면을 해서 잠도 못 자겠습니다. 자, 술이나 듭시다.

* 영수와 린나 술잔을 좇는다.

* 영수가 잔을 비울 때까지 린나 영수의 얼굴을 홀린 듯 쳐다본다.
* 영수 술잔을 내리다가 그러는 린나의 시선을 감촉한다.

영수: 아니, 왜…
린나: 네? 아니…
영수: 빨리 마십시오!
린나: 네!

* 린나 술을 댔다 떼고 영수를 다시 쳐다본다.

린나: 한 가지 상의해볼 일이 있는데…
영수: 말씀하십시오! 무슨 일인지?
린나: 예술을 하는 분이기에 토론해볼까 하고 그러는데 우리 호텔에서 이번에 가무청을 새로 꾸리게 됩니다. 손님들이 밖에 나가서 노느라 말고 호텔 안에서 마음껏 놀 수 있게 말입니다.
영수: 네! 좋지요! 좋은 생각입니다. 북경의 호텔들은 거의 다 그렇습니다.
린나: 가무청을 꾸리려면 악대요, 배우요, 사회자요, 또 무슨 효과라던가 하는 등등 있을 부서가 다 있어야겠는데 이 모든 걸 총관할 사람이 없단 말입니다. 그래서 영수씨의 도움을 좀 받았으면 하는데…
영수: 맘대로 시키십시오! 능력만큼 해드리겠습니다.
린나: 야, 영수씨 같은 분이 와서 지도를 해준다면야 얼마나 멋지겠습니까? 우리 가무청의 차원이 이내 전업단체 차원으로 승급할 겁니다.
영수: 너무 그렇게 크게 기대하지는 마십시오! 기대가 너무 크면 낙심도 그만큼 크다지 않습니까?
린나: 그럼 식사 후 가무청을 한번 돌아보지 않겠습니까?
영수: 글쎄… 좋도록 합시다.

무용실

* 미란이와 순녀 영수를 기다리고 있다.

순녀: 어디 간다는 말은 없었소?

미란: 네! 그저 약속이 있다고만 하면서 나갔는데… 아이참!

* 미란 발을 구르며 안타까워한다.

호텔 가무청

* 가무청은 한창 장식 중이다. 용남이 여기저기로 뛰어다니며 여기에는 감을 놔라 저기에는 밤을 놔라하며 지휘하고 있다.
* 영수와 린나 가무청으로 들어온다.
* 용남이 달려와 인사를 한다.

용남: 총경리 오셨습니까? 지금 한창 장식 중이여서 어지럽습니다.

린나: 인사하오! 가무단 무용선생님.

용남: 네! 전번에 찻간에서… 좌우간 반갑습니다. 또 만나서…

린나: 오늘부터 이 영수씨가 여기 일을 돕기로 했으니 예술에 관한 문 제는 일체 이분과 토론하도록 하오.

용남: 네! 알았습니다.

* 영수 린나와 함께 빙 둘러본다.

무용실

* 군무배우들까지 다 와서 기다리고 있다. 순녀 기다리다 못해 연습을 시 작한다. 순녀 속타하는 미란을 위안한다.

순녀: 미란이, 영수 무슨 피치 못할 일이 생겼겠소! 우리끼리 먼저 연 습하기요. 내 영수자리를 메워줄게!

* 순녀 군무배우들에게 소리친다.

순녀: 모두 나와서 준비하시오! 연습을 시작하겠습니다.

* 모두들 주역도 없는데 어떻게 하느냐며 수군거리는데 순녀 녹음을 띄워놓는다.
* 군무가 시작되고 순녀 영수가 설 자리에 가 선다.
* 이때 영수 들어온다.
* 미란 달려가 영수의 팔을 끌고 온다.

미란: 빨리, 빨리 준비하시오! 얼마나 기다렸는지 모릅니다. 빨리!

* 순녀 녹음테이프를 앞으로 돌려놓고 영수가 위치에 가 서자 다시 틀어놓는다.
* 음악과 함께 『장백 정』의 제3장 「사랑의 시련」 태아춤이 시작된다.

성악실

* 금주 준호에게 준비됐느냐고 묻는다.

금주: 준비됐으면 하기요!
준호: 네! 됐습니다.
금주: 「사랑의 노래」 제1장 남주인공의 독창부분 「사랑은 국계도 없어라!」

* 금주 피아노를 친다.
* 준호 피아노에 맞추어 노래를 부른다.

[노래]

사랑은 국계도 없어라

사랑은 민족계선도 없어라
사랑은 마음과 마음의 결합
나는 사랑해 내 맘속의 처녀를

금주: 괜찮은데 병집은 아직도 그냥 그 병집이요! 벨칸토창법과 민족
창법의 결합!

준호: 선생님, 창법문제는 능히 고칠 수 있는데 이 두 번째 줄 가사를
약간 고쳤으면 좋겠습니다. '사랑은 민족계선도 없어라'를 '사랑
은 연령계선도 없어라' 이렇게 고치면 나 정말 제대로 부릅니다.
들어보겠습니까?

* 준호 벨칸토창법과 민족창법을 묘하게 결합시켜 부른다.

준호: 사랑은 연령계선도 없어라… 보십시오! 감정이 해결되니 노래도
제대로 나오지 않습니까? 고칩시다. 네?

금주: 그건 안 되오. 작품의 요구가 그러니깐.

* 준호 입이 삐쭉해서 돌아선다.

퇴근길

* 영수 가무단 청사에서 나오는데 미란 뒤쫓아 뛰어온다.

미란: 여보시오! 좀 서시오!

* 잠간 서서 돌아보는 영수.
* 미란 달려와 영수의 팔을 끼고 걷는다.

미란: 우리 걸어가면서 잠간 얘기 좀 합시다.

영수: 무슨 얘기?

미란: 오늘은 왜 아침 점심으로 지각을 했습니까? 거기다 또 출근시간
　　　에 마시지 말라는 술까지 마시고…

영수: 까짓 지각 뒤 번 한 게 무슨 큰문제요? 여기 와 해주는 것만도
　　　대덕이지!

미란: 누가 누굴 해준다고 그럽니까? 우리 이미 전근수속까지 다 하지
　　　않았습니까? 이젠 철두철미 여기 사람이란 말입니다.

영수: 그래도 난 그냥 남의 동네에 온 기분이요.

미란: 그러면 됩니까? 이왕 온 바에 안착하고 잘 해야지…

영수: 안착? 안착이 되오? 대우라는 게 헌 걸레짝 주어온 대우지! 환경
　　　이라는 게 서울에서 시골에 온 환경이지 어떻게 안착이 되오?

미란: 안 되면 그럼 어쩝니까? 되돌아가겠습니까? 북경으로?

영수: 모르지! 북경도 아닌 외국에 갈지…

　　* 영수 택시를 부른다.

미란: 어디 갑니까? 여보시오? 어디…

　　* 택시 떠나가 버린다.
　　* 맹랑해서 멀어져가는 택시를 쏘아보는 미란.

채소시장

　　* 금주 채소 몇 가지를 골라 산다.

식료품상점

　　* 준호 애들이 즐겨먹는 과자에 콜라 등을 한 구럭 가득 산다.

소학교 교문

　　* 금주 대문 밖에서 기다리다가 미라가 나오자 미라의 손을 잡고 걸어간다.

식료품상점 안

* 성화 비틀거리며 들어온다.

성화: 아주머니, 또 명태대가리 하나!

주인: 어디서 마셨구면 또 무슨 명태대가리요?

성화: 아직 모자라니깐 더 먹자는 게 아닙니까? 빨리 주시오!

* 주인 또 술 반근과 명태를 가져다준다.

성화: 이 명태눈깔 누가 빼먹었재임둥? 어째 눈깔이 하나도 없슴둥?

주인: 어째 없겠소?

성화: 있슴둥? 그럼 있겠지 무슨…요 겐가? 아야? 명태눈깔도 쌍꺼풀이다? 이게 여자명태… 아니, 명태여자… 아니다? 명태아가씨? 또 틀린다.…옳지! 아가씨명태눈깔이구나! 여기다 또 한잔 먹자!

* 성화 명태눈깔 하나를 뽑아들고 술 절반을 축낸다.

성화: (명태눈깔을 먹자다가) 아니다. 요 명태아가씨 쌍꺼풀눈깔을 꼴딱 먹는다는 게 좀 아깝다. 내 아가씨눈깔 빼먹으면 뭐야? 그렇지! 빨아주자!

* 성화 소금 빨듯 명태눈깔을 빨고 또 나머지 술을 다 마신다.

성화: 야, 잘 마셨음둥!

* 성화 명태대가리를 상점주인에게 도로 맡긴다.

성화: 얻습니다. 요 명태대가리는 다음번에 또 와서 먹게 거기다 넣어두시오! 저축이꼬마 예? 이건 다시 돈을 안 냅니다.

주인: 어느 건 냈소? 이게 무슨 양주라고 먹다 남으면 또 보관했다가 와서 먹는다오?

성화: 사람이란 게 맹탕 낭비하지 말고 나처럼 이렇게 근검절약 간고 소박해야 합니다. 가겠습니다.

　＊ 성화 다리를 꼬며 나간다.

주인: 에구… 저 알코올을 어쩔까? 미라 에미 어떻게 사니? 진저리 나서?

금주네 집 안

　＊ 금주 미라와 함께 집으로 들어온다.
　＊ 금주 오자바람으로 집을 대충 거두고 저녁 지을 차비를 하는데 성화 눈이 계슴츠레해서 들어온다.

성화: 아야, 오늘은 빨리 왔다. 내가 먼저 와서 저녁이랑 착 해놓고 위신을 얻을까 했는데 가마목직업도 실업을 당했구나!

　＊ 성화 금주를 따라다니며 쉴 사이 없이 두덜거린다.

성화: 오늘은 식당 가자는 남자 없습데? 초저녁에 요렇게 일찍 들어오니깐 그게 또 별나다. 요즈음 남자들이 돈지갑이 다 말랐는가? 요렇게 애싹한 아가씨도 청하는 게 없니? 지금 여자들은 청하는 남자 없으면 자기 먼저 남자한테 전화를 친답데! "여보시오? 김 국장입니까? 오늘 저녁에는 어째 행사라는 게 없습니까? 달러 가물이 들어가지구?" 그러면 또 다른 남자를 찾는다오. "여보시오? 이 경리입니까? 예! 네! 저녁행사는 어디다 안배했습니까? 네? 출장? 출장은 무슨 출장입니까? 벌써 다른 아가씨를 차고 놀면서. 됐습

니다!" 그러면 또 전화번호 책을 들추지? 아, 옳다! "여보시오? 왕
사장이시죠? 저예요. 저 오늘 저녁엔 무슨 절목이 없으세요? 있다
구요? 어디예요? 네! 알았어요. 곧 갈게요." 좌우간 여자들 좋은
세월이지! 그런데 당신 전화번호 책에는 어째 내 모를 남자들 전
화번호 없더라? 요새 좀 베낀 게 있소? 내 보기요.

* 금주 원래 술만 한잔 들어가면 말로 술을 깨는 성화의 습관을 아는지라 아
  무런 대꾸도 하지 않고 제 할 일만 하는데 성화 시끄러울 정도로 치근댄다.

성화: 내 좀 보기요! 가방에 있소? 바지주머니에 있소?

* 성화 금주의 바지주머니를 들추려 하자 금주 이번에는 참다못해 소리친다.

금주: 저기 가시오! 술 마셨으면 곱게 놀아야지 뭡니까?
성화: 내 지금 곱게 논다는 게 이런데 어떻게 더 곱게 놀라오?
금주: 에구, 그렇게 두 번만 더 곱게 놀았으면 온몸이 닭의 살이 되겠
　　　　습니다.
성화: 그럼 요렇게 곱게 놀라오?

* 성화 일하는 금주의 허리를 꼭 끌어안는다.

금주: 야, 이 허리 놓으시오! 빨리…

* 이때 초인종소리 울린다.
* 성화 엉겁결에 손을 풀자 금주 물에 뛰어든 물고기처럼 씽 문 열러 달
  아간다.

성화: 어떤 머저리 딱 요럴 때 오니?

* 준호 식품구력을 가득 들고 들어온다.

준호: 안녕하십니까? 준호라고 합니다.

　　＊ 성화 게슴츠레한 눈으로 준호를 훑어본다.

성화: 준호? 어디서 또 요런 젖먹이와 친했니? 제 총각이지?
금주: 상해음악학원을 진수하고 우리 가무단으로 자원해온 가숩니다.
성화: 가수? 가수보다는 무용했으면 좋겠다! 인물, 체격 다 먹었구먼…
금주: 그런데 그저 올 것이지 이런 건 왜 사들고 오오? 이후부턴 그저
　　오오!

　　＊ 금주 준호가 들고 온 식품구럭을 받아놓는다.

성화: 그래도 처음 오는데 어떻게 빈손으로 오오? 보기요!

　　＊ 성화 그 구럭을 헤친다.

성화: 여기 술이 있소?

　　＊ 성화 술병을 꺼내 쳐들며 소리친다.

성화: 야, 있구나! 술! 제 정말 남자요! 여기 올라와 앉소! 술 먹기요!
　　미라야! 그 밥상 내라!

　　＊ 성화 미라가 숙제하는 밥상을 빼앗아 놓고 금주에게 호령한다.

성화: 여보! 빨리 술상!

상철이네 집

　　＊ 저녁 식탁
　　＊ 상철이와 미란 저녁상에 마주 앉는다.

상철: 영수는 어디 갔니? 왜 같이 오지 않았니?

미란: 급히 볼 일이 있다면서 어디로 갑디다. 어디 가는지는 저도 잘
모릅니다.

상철: 부부간에 무슨 비밀이 있다고 어디 간단 말도 안 하더니? 자식!

미란: 아버지, 빨리 식사하십시오!

  * 멋없이 저녁식사를 하는 상철이와 미란.

호텔 가무청

  * 영수 가무청 조명가설을 지휘하고 있다.

영수: 자, 내가 지금 선 이 위치에 비춰주시오! 네! 됐습니다. 고정!

  * 용남 옆에서 부지휘질을 한다.

용남: 고정시키랍니다. 고정시키시오.

영수: 자, 면광! 면광은 여기다 대고 비춰주시오!

용남: 뭘 합니까? 면광 여기다 비추라지 않습니까? 면광!

영수: 네! 좀 더! 좀… 됐습니다.

용남: 고정!

영수: 잠간만! 아직 색종이를 대지 않았소.

용남: 고정 취소!

  * 린나 저 멀리 숨어 서서 영수가 하는 일을 미덥게 바라보고 있다.

금주네 집 안

  * 성화의 성화에 못 이겨 준호 술상에 가 앉는다.

준호: 정말 난 술을 못합니다.

성화: 술 못하는 남자 어디 있소? 지금은 여자들도 술 반 근 같은 건 히죽 웃으며 마시는 세월인데!

준호: 정말 잘 못합니다.

성화: 뭐라오? 잘 못한다? 그러니 하긴 한단 말이지? 자, 건배!

    * 성화 준호야 마시건 말건 자기 혼자 마셔버린다.

성화: 나도 술을 반가와는 하지만 많이는 못 마시오! 그런데 술이란 게 많이 마셔야 맛인가? 나처럼 적게 마셔도 알딸딸하게 기분이 잡히면 되는 거지! 어이, 방금 이름이 장호라고 했던가?

금주: 에그, 조금 마신게 그렇겠습니다. 장호는 무슨 각설이 같은 장홉니까? 준호!

성화: 준호? 장호나 비슷하구만 무슨 'ㅈ'자는 맞으니깐 한글자도 아니고 반 글자 틀린 것도 틀린 건가? 장호… 아니, 준호! 술이란 건 내처럼 배울 때 잘 배워야 되오! 제 지금 배우는 술이지? 옳소 양? 술도 음식을 과식하면 안 되는 것처럼 과음하면 절대 안 되오! 맞춤하게 취하지 않을 정도로 요렇게 마시라는 게요! 난 어떤 사람들이 술을 제대로 못 배워서 술에 취해가지고 그 술이 깰 때까지 지부렁 지부렁하는 꼴을 보면 사람종자 같지 않더라니!

    * 금주 밥을 떠가지고 올라온다.

금주: 준호! 식사하오. 그 나그네 술안주에 들면 끝이 없소.

성화: 가만! 미라, 아직 밥 먹지 마! 너 이 삼촌한테 인사했니?

금주: 여보시오! 벌써 세 번이나 시켰습니다.

성화: 안된다. 내 못 봤다. 아버지 앞에서 다시! "아저씨 덕분에 잘 먹겠습니다!" 빨리!

미라: 아저씨, 잘 먹겠습니다.

성화: 어째 덕분에 라는 말은 빼놓아? 다시! "아저씨 덕분에 잘 먹겠습니다."

미라: 아저씨 덕분에 잘 먹겠습니다.

금주: 됐다. 빨리 밥 먹어라.

성화: 가만! 미라야! 너 덕분이란 말이 무슨 말인지 아니?

미라: 모릅니다.

성화: 그럼 밥 못 먹는다. 너 무슨 말인지도 모르고 쓰면 되니? 덕분이란 게 무슨 말인가? 덕을 주신 분이란 말이다. 알만하니? 덕분! 덕이란 건 알만하지? 학교에서 지덕체 할 때 그 덕! 그 덕을 주신 분이 바로 덕분이란 것! 다시 한번 인사해라!

금주: 됐습니다. 어째 밥도 못 먹게 애를 그렇게 들볶습니까? 미라야, 밥 먹어라! 배고프겠다. 빨리!

* 미라 성화의 눈치를 슬슬 보며 밥을 떠 넣는다.

거리(밤)

* 금주 준호를 배웅한다.

준호: 선생님, 선생님 남편이 그냥 저렇습니까?

금주: 우리 남편이 어떻소?

준호: 좋은 술을 마시고 저게 뭡니까? 한 말을 또 하고 또 하고 들을 것도 없는 말을 쉴 새 없이 하면서… 신경질이 나서 어떻게 받아냅니까?

금주: 습관이 되면 다 괜찮소! 빨리 가오! 잘 가오!

* 준호 인사하고 떠나간다.

금주네 집 안(밤)

* 성화 그냥 상을 차고앉아 술을 마시며 쉴 새 없이 듣지도 못할 말을 시부렁거린다.
* 금주 설거지를 하며 재촉한다.

금주: 좀 빨리 마시시오. 걷어치우게.

성화: 이제 시작인데 벌써 걷어치운다고? 그 여자 웃기오! 어떻게 시작 하자마자 끝나는가? 시작이 있으면 과정이 있다가 끝이 나지.

* 이런 때에 식료품상점주인 들어온다.
* 손에는 쇠줄에 꿴 명태대가리 한 드럼을 들고 있다.

주인: 에그. 미라에미 있구만!

금주: 네! 그런데 무슨 일이 있기에 그런 걸 손에 들고 들어옵니까? 명태대가리 거두러 다닙니까?

주인: 그런 게 아니라 이게 다 이 집 미라애비 술 마시고 외상표식을 해놓은 외상명세요.

성화: 이 아주머니 내 먹은 건 내 처리한다고 오지 말라했는데 어째 집까지 찾아오면서 이리 군색스러운 양 함둥? 갑소! 내 내일 처리하꾸마!

금주: 가만! 아주머니, 그 외상명세라는 게 무슨 말입니까?

주인: 양! 이 미라애비 술 습관도 별랗습데 양? 술을 마실 때면 딱딱 명태대가리안주만 찾지 않소? 그리고 명태대가리도 다 잡숫는 게 아니라 딱 명태눈깔만 빼 자십데! 그래서 내 결산하기 헐하게 이 눈깔 없는 명태대가리를 이렇게 쇠줄에 꿰놓았소! 이 명태대가리 딱 스무 개요. 그러니깐 술 열 근! 명태눈깔 값은 안 받겠으니까 술 열 근 값만 내오!

금주: 얼맙니까? 모두!

주인: 양! 12원인데 10원만 주오!

*금주 10원짜리 한 장에 2원짜리 한 장해서 12원을 다 준다.

주인: 10원만 달라는데! 아래윗집에서…

금주: 있을 때야 제대로 드려야지 그런 법이 있습니까? 다 받으시오!

주인: 감사하오! 그럼 난 가겠소 양?

성화: 10원만 받겠다는데 당신 무슨 돈이 흔한 것처럼 2원이나 더 주오?

금주: 내 몇 번 말했습니까? 남 창피하게 상점에 가 외상술을 마시지 말라고 안했습니까?

성화: 당신 몰라 그렇지. 주충이 올리밀 때면 방법 없소! 외상술로라도 주충을 눌러놔야지… 내 몸에 다른 병은 하나도 없는데 주충이 딱 안 떨어진단 말이요! 의사 말하는 게 회충약, 돼지 촌백충약을 먹어도 주충은 안 떨어진다오.

금주: 그럼 당신 수충과 사시오! 난 주충 있는 남자와 못 살겠습니다.

성화: 못 살면 어찌요? 부분데!

금주: 이혼하면 부부 아니지 않습니까?

성화: 무슨 이리 아뜩한 소리를 하오? 내 몸에 주충이 있다고 그래 10년 거의 산 우리 부부가 이혼한단 말이요? 되지도 않을 소리…

금주: 진짭니다. 예? 당신 계속 술풍을 못 고치면 정말 못삽니다. 그런 줄 아시오!

성화: 아니, 남자들이 술 좀 먹는 것도 이혼조건에 드는가? 너무 엄중하재이오? 내 술을 끊고 어떻게 사오? 술인가? 아내인가? 술이냐? 아내냐? 술도 아깝고 아내도 아깝고 둘 다 아까운데 하필 딱 하나만 가지고 하나는 잃어야 하는가? 그럼 난 술이다. 아니 아니, 그래도 아내다. 아니, 그럼 술을 못 먹어 어떻게 사니? 그러니깐 술인가? 아내인가? 아낸가? 술인가? 모르겠다. 있는 술이나 먼저 먹고 보자!

* 성화 또 술을 꿀럭꿀럭 마신다.

무용실

* 미란 영수와 함께 들어온다.

미란: 오늘은 순녀 선생이 오기 전에 연습준비를 다하고 기다립시다.

* 미란 영수를 끌고 경의실로 들어간다.

성악실

* 준호와 은주 같이 들어와 청소부터 한다.
* 준호 청소를 마치고 은주를 부른다.

준호: 은주야! 내 어제 선생님네 집에 갔었다.

은주: 우리 언니네 집에? 잘 했구나!

준호: 그런데 은주야! 너네 그 아저씨란 사람이 좀 알코올이 아니야?

은주: 알코올도 일반 알코올인줄 아니? 영 지독한 알코올중독이다. 준호야, 네 좀 말해봐라! 아저씨를 미워하는 처제 어디 있니? 응? 그런데 나는 우리 아저씨를 아무리 곱게 보자고 해도 곱게 못 보겠단 말이다.

준호: 글쎄 말이다. 나도 잠간 앉아있는 게 막 신경질이 나더라!

은주: 그렇게 신경질이 나면 우리 언니 벌써 정신병자 된지도 오라겠다. 그 아저씨 우리 언니를 어떻게 죽여 살리는지 아니? 어디 가서 밤중까지 술을 마시다 와서도 꼭꼭 우리 언니를 깨워 앉힌다. 그리고는 자지도 못하게 한 말을 또 하고 금방 한 말도 또 다시 시작하고 술이 깰 때까지 말한다. 그러노라면 새벽쯤 되지? 그러면 술이 다 깼다고 또 술을 마시고야 잔다.

준호: 그럼 우리 선생님은 언제 자니?

은주: 잔다는 게 뭐야? 아침에는 또 일찍 일어나서 미라를 밥 해먹이고 학교까지 데려다주고 그 다음엔 출근하고… 언제 잘 새 있니? 그 대신 아저씨는 술기운에 온 오전 죽게 잔단 말이다.

준호: 그런데 우리 선생님 어째 그런 남자와 결혼했니?

은주: 말은 제대로 하지만 우리 아저씨 총각 때는 날랬다. 인물체격도 쪽 빠진 게… 하기에 결혼하기 전에 벌써 과장까지 급을 쳤다. 그러던 게 결혼을 하고 술을 줄기차게 퍼마시던 게 인젠 영 알코올중독환자 다 됐다.

준호: 그러면 우리 선생님 어떻게 그런 사람과 계속 사니? 알코올중독이란 게 정신병의 일종이라면서? 죽을 때까지 못 고친다더라.

은주: 그래서 내 그냥 이혼하라 하는데 미라 때문에 못하겠다지 않니?

준호: 미라를 데리고 나오면 되지 무슨?

은주: 미라는 또 죽어노 안 준난나.

준호: 그건 순 우리 선생님 이혼을 못하게 붙들어 두자는 게다. 정작 미라를 둬두고 나와 봐라! 한달이나 사는가? 두 손으로 안아다가 바칠 거다.

은주: 말 말라. 우리 언니 오는 것 같다.

  * 아닌 게 아니라 금주 들어온다.

금주: 오늘은 내 늦었구먼! 빨리 시작하기요! 제2장 마지막 노래 「사랑의 꽃 피워가자」 이중창이요! 자기 성부를 주의하면서 시작!

    [노래]

    눈보라 몰아쳐도
    시련의 고갯길 넘어가리라

폭풍이 울부짖어도
세월의 파도를 헤쳐가리라
아…아…
우리사랑 그 누구도 막지 못하리
사랑의 꽃 아름답게 피워 가리라

무용실

* 영수가 솔로를 맡은 태아춤이 끝나간다.

순녀: 미란이! 그 다음 어머니춤 계속!

* 영수 태아춤을 끝내고 나와 땀을 닦는다.
* 미란이 솔로를 맡은 「어머니의 품」 춤이 시작된다.
* 어머니 조롱조롱 달린 자식들을 업어도 주고 안아도 주고 머리도 쓸어
  주면서 애지중지 키워간다. 자식들 어머니의 치마를 감돌며 네발걸음으
  로 어머니를 따라 뱅뱅 돈다. 따사로운 품으로 자식들을 포근히 껴안아
  주는 어머니…

가무단 회계실

* 월급을 발급하는 날이다.
* 회계와 출납이 명세에 따라 월급을 발급한다.
* 준호와 은주 서명을 하고 월급봉투를 받는다.
* 출근해서 처음 받는 월급이라 준호와 은주의 얼굴에 모란꽃이 활짝 핀다.

가무단 복도

* 영수 걸어 나오는 데 미란 영수를 부르며 뛰어온다.

미란: 여보시오? 당신 월급까지 내가 타왔습니다.
영수: 얼만데?

미란: 보시오!

* 미란 영수에게 월급봉투를 보여준다.
* 영수 대충 훑어보더니 큰소리로 떠든다.

영수: 왜 70%밖에 안 준다오? 그리고 연습비요, 위생비요, 보건비요 하는 건 아무것도 없단 말이요?

* 지나가던 사람들 하나둘씩 멈춰서며 돌아다보자 영수 더구나 큰소리로 말한다.
* 미란 극구 말려보려 하나 헛수고다.

영수: 요까짓 돈을 가지고 뭘 한단 말이요? 최저한도 먹고 살 돈이나 되는가 말이요? 우리 맥이 펑펑 샘처럼 솟아서 땀동이를 쏟으면서 뛰는가 하지 않소? 난 내일부터 안 뛰겠소. 고끼짓 월급을 주면서도 무슨 지각 한번 하면 얼마씩 떼낸다고? 개 뭐라고 하오!

* 영수 월급봉투를 미란에게 뿌려주고 나간다.
* 미란 봉투를 주어들고 영수를 따라 나간다.

미란: 여보시오! 서시오!

가무단 뜰

* 미란 뜰에서 영수를 따라잡는다.

미란: 여보시오! 어쩌라고 숱한 사람들 앞에서 그렇게 소리를 지르면서 그럽니까?
영수: 소리치는 데는 어째? 사람을 놀리는가? 우리를 북경에서 데려올

때는 어떻게 데려오고 정작 오니깐 이게 뭐요? 과외선전대요?
우리?

미란: 북경과 아무래도 못비기지 어떻게 북경과 여기를 비합니까?

영수: 하기에 내 뭐랍데? 잘 생각해보고 오잔데 뭘 하러 기를 쓰고 아
득바득 찾아와서 괄시를 받는가 말이요?

미란: 괄시는 무슨? 누가 우리를 괄시합니까? 우리 딱 돈 보고 왔습니
까? 우대를 바라고 왔습니까? 우리 무슨 장사꾼입니까? 보호동물
입니까? 오자마자 우리 둘을 다 그 큰 무용서사시의 주인공으로
써줬으면 됐지 또 무슨 우대를 더 해주겠습니까? 배우에 대한 제
일 큰 우대가 바로 좋은 역을 맡겨주는 게 아닙니까?

영수: 됐소! 나와 정치를 풀겠소?

* 영수 미란을 떨어뜨려놓고 징징 가버린다.

미란: 또 어디로 갑니까? 빨리 집에 갑시다.

* 영수 들은 체 만 체 택시를 타고 가버린다.
* 이해할 수 없어서 머리를 가로 젓는 미란.

제4회

백화청사 안

* 미란 백화청사를 돌아보다가 한복을 파는 매대 앞에 와 멈춰 선다. 고운 한복들이 모델의 몸에 입혀져 있다. 미란 그 한복을 바라보며 월급 봉투를 꺼내 가슴에 댄다.

숙자네 집 안(상상)

* 미란 한복을 숙자에게 입혀준다.
* 한복을 곱게 입어 한결 젊어 보이는 숙자
* 미란 숙자의 손을 잡고 춤을 춘다.

　　　　[노래]

　　　　익포나 단장 멋이로다
　　　　사람의 날개는 옷이란다
　　　　치마나 자락은 손에 쥐고
　　　　저고리 고름은 입에 물고
　　　　에헤라 좋다 춤을 추며
　　　　서방님 마중 가리란다

미란: 어머니 그렇게 입고 시집가도 되겠습니다.

* 이때 영팔 남자한복을 쭉 빼입고 들어와 숙자와 함께 춤을 춘다.
* 미란 한 편에 비켜서서 손뼉을 치며 노래한다.

[노래]

의포나 단장 멋이로다
사람의 날개는 옷이란다
나젊은 사람은 예뻐지고
나먹은 사람은 젊어지고
에헤라 좋다 춤을 추며
인생길 함께 가리란다

백화정사 안

* 미란 부지중 모델 앞에까지 가서 한복을 만지작거린다.
* 그러자 판매원 면바로 손님을 만났다고 올려준다.

판매원: 한 벌 사 입으십시오. 지금 새롭게 유행되는 색상입니다. 어머
   나, 원래 인물체형이 무용수처럼 이렇게 쭉 내리선 게 이 한복까
   지 입으면 영화배우 같겠습니다. 한 벌 사시오! 네?
미란: 아닙니다. 그저 보느라고…, 네! 먼저 좀 봐두느라고 후에 봅시다.

* 미란 부랴부랴 한복 매대에서 떠나간다.
* 미란 이번에는 남자들 양복 매대에 와 멈춰 선다.
* 판매원 또 씽 달려온다.

판매원: 양복을 사시자고 그럽니까? 누구 양복을 삽니까? 남편 겁니
   까? 이게 좋습니다. 모두 이 양식이 좋다면서 영 잘 사갑니다.

* 판매원 어느새 색갈이 서로 다른 양복 몇 벌을 내보인다.

미란: 남편 입을 옷이 아니고 한 육십 되는 노인들이 입을 옷을 봅시다.
판매원: 네! 아버님 아니시면 시아버님께 드리는 거겠습니다. 예? 여기
   좋은 게 있습니다.

* 판매원 또 양복 몇 벌을 내놓고 광고연설을 한다.
* 미란 그새 마음에 드는 양복 한 벌을 골라잡는다.

미란: 이걸 사겠습니다. 얼맙니까?
판매원: 원래는 8백 80원인데 8백 원에 가져가십시오.

* 그 돈을 꺼내고 나니 월급봉투가 갑자기 해산한 여인네 배처럼 홀쭉해진다.

상철이네 집 안

* 미란 상철을 부르며 들어온다.

미란: 아버님!

* 서재로 가보나 상철이 없다.
* 베란다로 나가보이도 보이지 않는다.
* 미란 무슨 냄새를 맡았던지 양복을 놓고 주방으로 가본다.
* 상철 앞치마를 두르고 채소를 썰고 있다.
* 미란 급히 달려가 상철의 칼을 빼앗아놓는다.

미란: 아버지, 제가 뭐라고 했습니까? 며느리를 삼은 다음에는 이 주방
이 며느리의 사인점유로 되기 때문에 함부로 들어오면 안 된다
고 하지 않았습니까? 빨리 나가세요!

* 미란 상철이를 밀고 객실로 나온다.
* 미란 양복저고리를 상철에게 입혀본다.

미란: 아버지! 이 저고리 입어봅시다. 맞는가? 안 맞으면 내일 가서 바
꿔오겠습니다.

* 상철 미란의 성화에 못 이겨 저고리를 입는다.

미란: 야! 품이고 길이고 딱 맞습니다.

상철: 그런걸 보면 네 눈이 그저 보통 눈인 게 아니라 계산기구나! 전자계산기!

미란: 아닙니다. 아버지 체형이 딱 표준체형이 돼서 그렇습니다. 그런데 아버지! 저고리 입으니 절반 멋밖에 안 납니다. 이 바지까지 같이 입어봤으면 좋겠습니다. 내 5분 동안 저쪽 방에 나가있겠으니 데꺽 바꿔 입으세요. 네?

  * 미란 밖으로 나간다.
  * 거울에 비껴드는 상철,
  * 이미 바지까지 다 입었다.
  * 상철 거울을 들여다본다.
  * 저절로도 의젓해 보이는 듯 상철 빙그레 웃는다.
  * 미란 문을 살며시 열고 들여다보다가 소리치며 들어온다.

미란: 야! 아버지! 뒤로 보면 아버진지 영수 씬지 분간하기 어렵습니다. 정말 멋집니다. 그리고 사진 한 장 딱 박았으면 좋겠습니다.

상철: 사진은 무슨? 혼자서 멋쩍게…

미란: 네?

  * 상철이 상처해서 기분 나빠 하는걸 보고 미란이는 더 떠들지 못한다.
  * 상철이도 미란의 생각이 무거워질까봐 옷을 벗으며 말머리를 돌린다.

상철: 영수는 왜 안 왔니? 같이 퇴근 안 했니?

미란: 네! 같이 퇴근해오다가 이 양복을 사서 먼저 가지고가라고 나한테 주고는 어디 퍼뜩 볼일이 있다고 갔습니다.

상철: 그럼 저녁은 또 밖에서 먹겠구나!

미란: 네! 아마 그럴 것 같습니다. 아버지 시장하지. 네? 제가 제꺽 저녁을 지어 올리겠습니다.

* 미란 나간다.

호텔 가무청(밤)

* 영수와 용남이 요청해온 무용수들을 훈련시키고 있다.
* 영수 눈살을 찌푸리며 보다가 소리친다.

영수: 그만!

용남: 그만하라지 않는가? 못 들었소? 그만!

* 영수 무용수들을 훈계한다.

영수: 현대무라고 해서 네 각을 마음대로 그렇게 놀리는 겐가? 현대무
도 무용이라는 것! 무용은 네 각으로 추는 게 아니라 온 몸의 감
각으로 추는 것이요. 그러니 현대무도 무용인만큼 감각을 찾아서
추란 말이요! 이제 내가 추거든 잘 보오!

용남: 모두 눈을 똑 바로 뜨고 잘 보란 말이요!

* 영수 제대로 몇 장단 멋지게 춘다.
* 린나 또 그 자리에 나타나 영수를 훔쳐본다.
* 영수 이번에는 무용수들이 추던 춤을 흉내 내어 춘다.
* 영수 그 춤도 끝내고 또 몇 마디 훈계를 준다.

영수: 어떻소? 저네 추는 것과? 확실히 다르지?

용남: 다르나마나 더 말이 있소? 쟤들이 지금 추는 건 춤도 아니오!
소아마비환자요! 소아마비. 이게 뭐요?

* 용남 흉물스럽게 흉내 내어 춤을 춘다.
* 숨어보던 린나마저 피씩 웃는다.

순녀네 집(밤)

* 순녀 책상에 마주앉아 안무도를 그리는데 은주 들어와 웃옷을 벗어던
  지고 순녀를 일으킨다.

은주: 어머니. 좀 쉬기도 할 겸 여기 와 앉으십시오!

* 순녀 은주의 몸에서 술 냄새가 나는 것을 보고 이상하게 생각한다.

순녀: 너 술 마셨구나!

은주: 네! 마셨습니다. 술 마시는 게 무슨 그렇게 이상합니까?

순녀: 여자라는 게… 그것도 아직 처녀라는 게 분내 대신 그렇게 술내
를 물씬물씬 풍기며 다녀도 되니?

은주: 현대 처녀들 중 술 안 마시는 여자 어디 있습니까? 술도 음식이
아닙니까?

순녀: 음식이래도 그렇지! 그래 누구랑 마셨니?

은주: 김 단장이랑 그리고…

순녀: 뭐라구? 우리 김 단장과 맞잔을?

은주: 네! 우리 성악대 박 대장이 가자하기에 따라 갔는데 김 단장이
랑 있습디다. 술 마시고 노래방에 가서 춤도 추고… 야! 재미나
게 잘 놀았습니다.

순녀: 점점… 점점… 그래 김 단장과 같이 춤도 췄단 말이니?

은주: 네! 김 단장이 보기와 다르게 춤을 못 춥디다. 예? 딱 장대기처럼 춥
디다. 어떻게 단장질 하는지 몰라. 그런 예술세포를 가지고…

순녀: 아무 말이나 그저? 그나저나 너 언행을 좀 조심하는 게 좋겠다.
너무 개방하지 말고! 그러면 준호가 좋아하니?

은주: 그런 걸 가지고 말거리를 만드는 남자면 나도 싫습니다.

순녀: 됐다. 됐다. 장밤 들어도 네 말은 한마디도 들을 말이 있을 것
같지 않으니 빨리 가서 자라!

은주: 안 그래도 지금 술기운이 올라서 주무시자던 중입니다.

＊ 은주 벗어던졌던 옷을 들고 제방으로 가려다가 돌아서서 월급봉투를
 꺼내 순녀에게 준다.

순녀: 첫 달 월급인데 내놓지 말고 너나 써라!
은주: 첫 달 월급이기에 더군다나 어머니한테 받쳐야 한다는 것! 이런
 도리는 술을 마셔도 다 압니다. 받아 넣으시오!
순녀: 그럼 쓰고플 때 달래서 써라! 내 임시 보관해줄게.

＊ 은주 어느새 제방으로 가고 없다.

린나 사무실(밤)

＊ 린나 영수를 기다리면서 서성거리는데 용남 들어온다.

용남: 총경리! 분부대로 영수를 데려왔습니다.
린나: 그럼 들여보내오!

＊ 용남 문을 열어주자 영수 들어온다.

린나: 용남이는 이젠 일이 없으니 나가보오.

＊ 용남이 나간다.

린나: 앉으시오! 얘기 좀 하려고…

＊ 린나 음료를 영수에게 가져다주며 영수 가까이에 가 앉는다.

린나: 우리 가무청이 오래잖아 개업하게 되겠는데 이제부턴 모든 게

정규화로 나가야 될 것 같습니다. 그래서 영수씨를 우리 가무청 경리로 임명하고 싶은데 어떻습니까?

영수: 가무단에서 나와서 전업으로 하란 말입니까?

린나: 글쎄 그건 영수씨가 먼저 경리를 책임지고 해보면서 차차 생각해보십시오!

영수: 그럼 임시는…

린나: 점심저녁으로 와주었으면 하는데 되겠습니까?

영수: 글쎄 말입니다. 단위에서 어떻겠는지?

* 린나 일어나 서랍에서 미리 준비해 넣어두었던 돈을 꺼내다 영수에게 준다.

린나: 먼저 가져다 쓰시오! 3천 원입니다.

영수: 이건 무슨 돈입니까? 전 영문 없는 돈을 받을 수 없습니다.

린나: 영문 없는 돈이 아닙니다. 그건 여태까지의 수고비입니다. 영수씨가 없었더라면 우리의 가무청이 언제 모양새를 갖추었겠는지 모르겠습니다. 또 막상 꾸려봤다 해도 그 차원이 말이 아닐 겁니다. 그러니 그 돈이 절대 영문 없는 돈이 아닙니다. 시장경제라는 게 바로 이런 게 아닙니까? 월급만 받는 사업단위와는 완판 다를 겁니다. 우리 자리를 옮겨서 계속 좀 얘기해보지 않겠습니까? 자, 이 돈은 넣으시오!

* 린나 기어코 돈을 영수의 양복 안 호주머니에 찔러 넣는다.

순녀네 집 (밤)

* 순녀 그리던 안무도를 덮고 일어나는데 금주 훌쩍거리며 들어온다.

순녀: 너 왜 그러니? 이 밤중에 훌쩍거리며 여기로 오다니? 무슨 일이 있었니? 또 그 미라애비 때문이니? 말해라. 말해야 알지!

* 금주 잠간 진정을 하고 말한다.

금주: 어머니, 난 인젠 저 알코올중독과 정말 못살겠습니다. 어젯밤에
　　　도 장밤 나를 못살게 굴던 게 오늘밤에는 또 더 합니다. 가장치
　　　기까지 해대면서… 난 정말 못삽니다. 이제 더 살면 내가 정신병
　　　원에 가 살아야 됩니다.

순녀: 그런데 미라는 그럼 어쩌니?

금주: 그 미라 아니면 내 무슨 여태껏 그 알코올과 살았겠습니까? 그저 그
　　　게 불쌍해서 참고참고 또 참고 살아왔는데 인젠 정말 못살겠습니다.
　　　그저 그 미라가 불쌍해서… 어머니 난 어쩌면 좋습니까?

순녀: 이혼이라는 게 말이 쉽지 그 후유증이 대단히 많다더라! 그러니
　　　참던 바하고 좀 더 깊이 생각해봐라!

금주: 안됩니다. 어머니! 난 정말 더 이상 저 집에서 더 못살겠습니다.
　　　이미니, 니 좀 살려주세요. 네? 어머니…

* 모녀가 서로 끌어안고 훌쩍기린다.

식당 안(밤)

* 린나와 영수 술을 마신다.

린나: 지금 보면 어떤 사람들은 먼저 사업에 열중해서 이름을 얻지만 어
　　　떤 사람들은 또 먼저 돈을 벌어놓고 사업을 합니다. 구경 어느 것
　　　이 더 좋겠는지? 난 후에는 뭘 하든 먼저 돈부터 벌어놓고 보자는
　　　그런 부류를 제창합니다. 젊어서 한창 벌 때 돈은 안 벌고 이름만
　　　벌어 놓았다가 늘그막엔 그 이름 팔아서 돈 벌겠습니까? 돈을 팔
　　　아 이름을 벌수는 있지만… 영수씨는 어느 부류입니까?

영수: 글쎄 말입니다. 어느 부륜지 나도 잘 모르겠습니다.

린나: 내 영수씨를 얕잡아서 하는 말이 아닌데 남자들이 무용을 전공
해서 최고로 성공하면 어느 쯤 됩니까? 안무가? 무용이론가? 아
니면 무용가협회주석? 중국에서 남자가 무용해서 제일 잘 된 남
자 누굽니까?

영수: 글쎄… 어떻게 된 게 제일 잘 된 건지…

＊ 영수 술을 한 모금 마시고 나서 속심 말을 털어놓는다.

영수: 무용이라는 게 남자나 여자나 젊어서 한때 해먹을 노릇이지 장
구하게 해먹을 건 안 됩니다. 여자는 결혼을 하고 아이나 낳고
체형이나 변해보시오! 끝입니다. 남자는 애초부터 무용이란 걸
하지 말았어야하는 건데 어렸을 땐 무척 좋은 것 같아서 그만
발을 잘못 들여놓았지요.

린나: 지금도 늦지 않은 것 같습니다. 영수씨 나이 이제 얼맙니까?

영수: 아닌 게 아니라 나도 생각이 많습니다. 더구나 전 사회가 시장경제
화 된 지금에 와선 더구나 그렇습니다. 솔직하게 말해서 계획경제
시대 같으면 예술인들의 위치가 괜찮을 것이지만…

린나: 물론 그렇지요! 그땐 또 예술인들이 잘 살지 않았습니까?

영수: 그런데 지금은 알짜 거지가 됐습니다. 음악가가 콩나물장사군보
다 못하고 연극가가 결혼식 사회자보다 못합니다. 향간에선 원자
탄연구가들 생활이 달걀 파는 할망구들의 생활보다 못하다는 말
이 돌고 있지 않습니까? 이만하고 술이나 마십시다.

린나: 오늘 영수씨 기분을 잡쳐놓아서 미안합니다. 술도 엔간히 된 것
같은데 기분전환이나 좀 합시다.

＊ 둘은 식당에서 나간다.

순녀네 집 안(밤)

＊ 순녀와 금주 자려고 이불을 펴는데 초인종이 울린다.

순녀: 한밤중에 누군가?

금주: 미라아버지 일겁니다. 문 열어주지 마시요!

순녀: 어떻게…

＊ 순녀 가서 문을 열자 성화가 자는 미라를 업고 들어온다.
＊ 순녀 얼른 미라를 받아 눕힌다.

순녀: 밤중에 이게 웬 일이요?

＊ 성화 금주를 쏘아보고 소파에 가 앉는다.

성화: 가시어머니, 여기 와 좀 앉으시오.

＊ 순녀 성화 앞에 가 앉는다.

순녀: 얭! 말하오! 무슨 일이요?

성화: 어머니, 10년 거의 한 이불 속에서 살다가 이렇게 간다하면 훌쩍 떠나 제 집에 와 살 내기도 있습니까? 애새끼고 남편이고 다 내 버리고 자기 혼자 이렇게 달아나도 되는가 말입니다.

＊ 금주 한마디 앵 쏜다.

금주: 남의 말부터 꺼내지 말고 당신 어떻게 행사하고 다니는가부터 반성하시오! 내 심심해서 여기까지 쫓겨 왔습니까?

성화: 내 당신을 쫓았는가? 내 언제 쫓았소? 말하오!

금주: 내쫓는 것보다 더 하지! 당신 언제 사람 살게 합니까? 알코올!

성화: 어머니, 저것 보시오! 늘 저럽니다. 이 세상 남자들치고 술 안
먹는 남자 몇이나 됩니까? 내 또 남들처럼 술 먹고 주정이나 합
니까? 술안주를 안 해줘도 먹다 남은 김치면 김치, 장국이면 장
국, 아무것도 없으면 손가락을 빨면서 마셔도 내 언제 안주를 안
끓여준다고 투정을 부립니까? 어이, 제 말해보오!

금주: 그렇게 하루에도 몇 번씩 먹는 술을 어떻게 번번이 그냥 안주를
볶아 바칩니까?

성화: 어머니, 들었지. 예? 내 이렇게 안주 투정이란 게 없는 남잡니다.
그리고 내 술 먹고 당신 엉덩짝 한번 때립데? 영 밸이 나면 그저
곱다고 귀싸대기이나 살짝 만져줬지. 그리고 내 지금까지 언제 한
번 다른 여자를 끼고 다니며 바람을 피웁데? 그 바람 한번 피우고
나면 며칠 술 먹을 돈이 후닥닥 날아나는데 내 그런 머저리 돈을
쓰자고 하는가? 그리고 당신 공연하러 외지에 나가있으면 내 저
미라를 끓여 먹이면서 학교를 보냈지… 남편이란 게 이쯤하면 되
는 거지 뭘 어쨌다고 이혼하잔 말이요? 어머니, 내 술 좀 좋아해
그렇지 나쁜 남자 아닙니다. '술 좋아하는 사람치고 마음 나쁜 사
람이 없다.' 이 말은 진리 중의 진립니다.

순녀: 양! 미라애비도 마음이야 얼마나 곱소? 그저 그…

성화: 어머니, 사람이란 게 마음이 고우면 사람 된 거지… 마음이란 게
기본이 아닙니까? 기본이 좋으면 좋은 건데 왜 하필 술 먹는 것
같은 부차적인 문제를 기본문제처럼 들고 나오면서 이혼을 하겠
다고 하는가 말입니다.

  * 성화 눈굽을 찍으며 훌쩍거리기 시작한다. 그리고 순녀의 손을 잡아 쥔다.

성화: 어머니, 난 이혼 못합니다. 내 금주 같은 여자를 내놓고 어디 가서
또 저런 여자를 얻습니까? 대낮에 초롱불을 켜들고 다녀도 절대
못 찾습니다. 그리고 우리 이혼하면 저 불쌍한 미라는 어떻게 합

까? 어머니, 내 이제부터 꼭 술버릇을 고칠 테니까 이혼만 하지 말
게 해주시오! 난 이혼하고는 못삽니다. 어머니…

* 미라 말이 나오자 금주도 돌아앉아 훌쩍거린다.
* 은주 잠옷 바람으로 눈을 부비며 나온다.

은주: 밤중에 누가 이렇게 부산하게 놉니까? 남 자지도 못하게… 어마
나, 아저씨 온 걸 모르고 잠옷 바람에…

* 은주 비틀거리며 도로 자기 방에 들어간다.
* 순녀 금주를 달랜다.

순녀: 금주야, 빨리 이 사람과 돌아가라. 이혼이란 게 말이 쉽지 어디
애들 장난이니? 그리고 이 사람도 방금 술버릇을 고친다고 하지
않았니?
금주: 어머니, 술꾼 맹세 개 맹세란 말 모릅니까? 저런 맹세를 이젠 내
앞에서 백번도 넘어 했습니다.
순녀: 그럼 글쎄 어쩌니? 나노 모르겠나.

* 순녀도 방법 없이 맥을 버리고 돌아앉는다.

노래방 안(밤)

* 영수 앉아서 맥주를 마시고 린나 노래를 부른다.

[노래]

해당화 피고 지는 섬마을에
어찌하여 오셨나 총각선생님
열아홉 살 섬 색시가 순정을 바쳐

사랑한 그 이름은 총각선생님
서울엘랑 가지를 마오
가지를 마오

영수네 침실(밤)

* 미란 뜨개를 뜨며 자꾸 시계를 들여다보고 있다. 그러다는 또 자기 베
  개 옆에 놓인 영수의 베개보를 잘 여미어놓는다.

노래방(밤)

* 영수와 린나 꼭 끌어안고 춤을 춘다. 린나 점점 더 영수의 목을 끌어안
  으며 얼굴을 영수의 낯에 붙여댄다.
* 영수 어색해하며 계속 춤을 춘다.

영수네 침실(밤)

* 미란 뜨개를 뜨다가 다시 시계를 보는데 문 기척소리 나서 뜨개를 놓
  고 일어난다.
* 영수 들어온다.
* 미란 영수의 옷을 받아 건다.

영수: 아직 안 잤소?
미란: 당신이 옆에 없으니깐 잠이 오지 않아서…
영수: 범이 물어 갈까봐?
미란: 네! 범이 쳐들어 올까봐!

* 미란 영수의 허리에 매달린다.

영수: 가만, 이걸 놓소! 내 좋은 걸 줄게!
미란: 네? 무슨 좋은 걸?

* 영수 돈 3천 원을 꺼내 미란에게 준다.

미란: 무슨 돈입니까? 이렇게 많이?

영수: 변강호텔 총경리 알지? 그 여자경리…

미란: 그 여자가 줍디까?

영수: 양! 수고비라오! 내 요즈음 그 호텔 가무청 일을 해주지 않았소?

미란: 그런데 이렇게 많이 줍디까?

영수: 시장경제는 그렇다오. 내 없었다면 그 가무청이 그렇게 멋있게 높은 차원으로 꾸려질 수 없었다면서 응당한 보수라오.

미란: 당신 한 한달 해줬습니까?

영수: 한달 채 안 될 거요.

미란: 그런데 당신 서너 달 공자만큼이나 준답니까?

영수: 시장경제는 철저한 안노분배라오! 자 그만 자기요!

* 영수와 미란 침대에 올라가 불을 끈다.
* 미란 돈을 탁상에 뿌려 던진다.

무용실

* 순녀 미란에게 무용을 연습하게 한다.

순녀: 무용서사시 『장백 정』에서 제일 중요한 장이 바로 3장 「사랑의 시련」인데 그중에서도 「어머니의 품」은 여주인공이 고향을 사랑하고 나라를 사랑할 수 있는 사상적 근본을 말해주는 부분이요. 처녀였던 여주인공이 결혼을 하고 아이를 낳아 어머니로 된 후 자기의 모든 사랑, 모든 생명으로 자식들을 키워가는 그런 형상! 미란이는 아직 어머니로 돼보지 못했기 때문에 진정한 모성애라는 게 어떤 것인가를 모를 거요! 이 세상에 많은 사랑이 있지만 그 어떤 사랑도 어머니가 자기 자식을 사랑하는 그런 모성애에 못 비기오!

미란인 지금 영수와의 사랑이 가장 최고처럼 생각되겠지만 이제 아이를 낳아보오! 그 사랑은 부부사랑보다도 몇 갑절 더 강열한거요! 그러니 「어머니의 품」을 출 때에는 이런 깊은 내재적 감정을 가지고 춰 달라는 거요! 알만하지? 한번 다시 해보기요!

* 순녀 녹음기를 누르자 음악이 흘러나온다.
* 미란 정서를 잡는다.
* 미란 음악에 맞추어 춤을 추기 시작한다.

[노래]

하늘이라면 하늘이 낮아 보입니다
바라다면 바다도 얕아 보입니다
하늘보다 높고 바다보다 깊은
아— 어머니 사랑 어머니 품이여

* 미란 한창 멋있게 춤을 추다가 문득 정서가 깨여진다.
* 순녀가 아직 무슨 영문인지를 모르는데 미란 "선생님…"하며 뒷말을 잇지 못하고 달려 나간다.

복도

* 미란 무용실에서 뛰어나와 정신없이 위생실로 달려 들어간다.
* 활짝 열렸다가 닫히는 위생실 문

신화서점

* 신화서점으로 들어가는 미란

신화서점 안

* 미란 이 책 저 책 뒤지다가 『임신수첩』을 꺼내든다.
* 돈을 치르고 돌아서는 미란

성악실

* 금주 준호와 은주에게 2중창 「갈라져 어찌 살랴?」를 지도한다.

금주: 이 노래는 가극에서 두 주인공이 이별을 앞두고 부르는 노래기 때
　　　문에 그 이별의 아쉬움, 그리고 떨어질래야 떨어질 수 없는 그런
　　　감정을 제대로 표연해야 되겠소! 방금 부를 때에는 그런 감이 없고
　　　별로 섭섭해 하지도 않는 것 같고 어찌 보면 오히려 갈라졌으면
　　　하는 생각을 하면서 부르는 것 같소! 자, 감정을 살리면서 다시!

* 금주 피아노를 치고 준호와 은주 노래를 부른다.

[노래]

　　　마음도 몸도 우리는 하나
　　　이상도 꿈도 우리는 하나
　　　하늘이 맺어준 우리는 하나
　　　천생의 배필 우리는 하나
　　　갈라져 어찌 살랴 우린 못 살아
　　　죽어도 살아도 우리는 하나
　　　저 세상에 간대도 우리는 하나

금주: 안 되겠소! 여전히 감정문제요! "죽어도 살아도 우리는 하나 저 세
　　　상에 간대도 우리는 하나"란 게 어디 하나 같소? 그만하기요!

* 이때 한 처녀 들어와 단장이 금주와 은주를 단장실로 오란다고 전달한다.

처녀: 김 단장이 두 분을 잠간 단장사무실로 왔다가랍니다.
금주: 두 분이라니? 나하고 은주?
처녀: 네!

* 처녀 나가자 금주와 은주도 인차 따라 나간다.
* 멋쩍어진 준호 피아노 앞에 앉아 피아노를 치며 노래한다.

[노래]

갈라져 어찌 살랴 우린 못살아
죽어도 살아도 우리는 하나
저 세상에 간대도 우리는 하나

단장 사무실

* 김 단장 전화를 받는데 금주와 은주 노크하고 들어온다.
* 김 단장 앉으라고 손짓한다.
* 금주와 은주 걸상에 앉는다.
* 김 단장 전화를 놓고 말을 뗀다.

김 단장: 오라고 한건 다름이 아니고 오늘 저녁에 귀한 손님을 대접해
야겠는데 동석 좀 해달라는 거요! 될 수 있겠소?

은주: 무슨 귀한 손님이기에 아가씨까지 요구한답니까?

김 단장: 관내에서 기업을 하는 사람인데 우리의 『장백 정』에 협찬해줄
의도가 있단 말이요. 그런데 구경 얼마나 하겠는가 하는 건 오늘
두 분의 수준에 따라서 오르내리고 할 것 같소! 수고해주겠소?

은주: 합시다. 단장님 시키는 일인데 죽어도 해야지 안하면 됩니까?

김 단장: 금주는? 남편이 동의하겠소?

금주: 사업을 하는데 반대하면 됩니까?

김 단장: 그럼 저녁에 수고해주오!

* 금주와 은주 밖으로 나온다.

복도

* 준호 기다린 것처럼 나타나 은주를 부른다.

준호: 은주야! 내 좀 보자!

* 금주 제 갈 데로 가고 은주 준호한테로 간다.

은주: 어째?

준호: 김 단장이 어째 보자더니?

은주: 저녁에 김 단장이 귀한 손님을 청하는데 언니하고 나를 같이 가
　　　자더라.

준호: 그 손님 배석하게?

은주: 응! 술도 권하고 노래도 부르고 또 춤도 춰주라더라!

준호: 너 그래 진짜 배석아가씨노릇을 한단 말이야?

은주: 응! 어째? 하지 말래?

준호: 하지 말라는 건 아닌데 그런 걸 하면 좋니?

은주: 응! 좋지 않구! 공짜로 먹고 노는 게 얼마나 좋니?

준호: 못 좋은데… 여자라는 게 술 먹고 춤추고 남자들과 희락거리면
　　　기실은 못 좋은 게 아니야?

은주: 그래 도대체 어쩌라는 거야? 가래? 가지 말래? 남자라는 게 여
　　　자처럼 우물쭈물하면서 그게 뭐야? ‘못 좋은데… 못 좋은 게 아
　　　니야?’ 남자라는 게 맞갖지 않으면 ‘가지 마! 가면 그저 죽인다.’
　　　이렇게 나와야지 너는 뭐야? 여자 같지도 않고 남자 같지도 않
　　　은 게?

준호: 너 그래 내 가지 말라면 안 가는 성미야?

은주: 글쎄 그런 성질인줄 알면 차라리 시원하게 ‘응! 가라! 가서 잘
　　　놀아줘라!’ 이러는 게 옳지.

준호: 응! 가라, 가라! 가서 잘 놀아라!

은주: 옳다! 이제 좀 비슷하다.

준호: 그런데 너무 과하게 하지 말라?

은주: 어째? 어째 또 꽁지를 다니? 내 토끼야?

준호: 됐다! 가라, 가라! 내 가라재이야?

   * 준호 눈을 부릅뜨고 꽥 소리친다.

   * 화닥닥 놀라는 은주.

제5회

호텔 가무청

* 호텔 가무청 개업 날이다.
* 모든 준비를 다 하고 기다리는데 영수가 나타나지 않는다.
* 용남 정신없이 뛰어다니며 영수가 왔는가고 물어보나 모두들 도리질이다.

린나 사무실

* 린나 여기저기에 전화를 걸고 있는데 용남 들어온다.

린나: 영수 왔소?

용남: 글쎄 손님들이 다 모였는데 영수가 안와서 그렇습니다.

린나: 왜 선화를 못 치오?

용남: 단위에서는 나갔다지. 집에는 안 왔다지…

린나: 휴대폰은?

용남: 그치에겐 휴대폰이 없습니다.

린나: 이건 딱 대목에…

* 이때 여복무원 들어온다.

여복무원: 총경리! 가무청 경리 왔습니다.

린나: 됐구만! 인차 시작하오!

* 모두들 급히 나간다.

가무청 안

* 모두들 조용해진 뒤 영수 무대로 나온다.

영수: 여러분, 안녕하십니까? 저는 본 가무청의 경리입니다. 여러분들
이 모처럼 우리 가무청의 개업식에 왕림하여 주신데 대하여 충
심으로 되는 감사를 표시합니다. 금후 우리의 가무청을 널리널리
선전하시고 또 우리의 가무청을 많이많이 이용해주시고 아껴주
시기를 바라면서 오늘저녁 공연프로 시작하기로 하겠습니다.

* 밑에 앉아 보는 린나 자못 시름을 놓으며 입귀에 미소를 담는다.
* 뒤이어 막이 열리고 공연프로 시작된다.
* 린나 청해온 손님들에게 손짓을 해가며 설명을 해 올린다.
* 정채로운 연예표현.
* 그런데 효과가 드문드문 찌르륵거린다.
* 린나 귀에 거슬려 손으로 귀를 덮는다.
* 우레처럼 터지는 박수소리가 효과기의 찌르륵 소리를 압도한다.

식당(밤)

* 금주와 은주 무료히 앉아있다.

은주: 언니, 오늘 온다는 손님이 관내의 기업가라고 했지. 양?
금주: 그러는 것 같더라!
은주: 한족일가 조선족일까? 늙은 남잘까 젊은 남잘까? 괜히 호색한은
아닐까? 메스껍게 놀면 난 가버리겠소!
금주: 그러면 되니? 김 단장 면목도 봐줘야지!

* 이때 김 단장 손님을 모시고 들어온다.
* 금주와 은주 인차 일어선다.
* 김 단장 서로 소개를 시킨다.

김 단장: 내가 말하던 심 경리요! 우리 가무단의 자매성악가입니다. 금
　　　주, 은주라고 합니다.

손님: 네. 대단히 반갑습니다. 금주, 은주! 아주 예쁜 이름입니다.

김 단장: 자, 앉읍시다.

　* 넷은 자리를 정돈하여 앉는다.
　* 복무원이 다가온다.

복무원: 채를 올려도 되겠습니까?

김 단장: 네! 올리시오!

　* 그 사이 심 경리 명함장을 꺼내 삑 돌린다.

술집(밤)

　* 린나와 영수 술을 마시고 있다.

린나: 영수씨 덕분에 개업식이 아주 멋들어지게 됐습니다. 그런데 영수
　　씨 찾기가 너무 애나서…, 영수씨를 기다리는 게 애산장이 싹 타
　　서 번져지는 것 같습니다.

영수: 제가 시간을 알고 그러는데 공연히 애를 태웠습니다.

린나: 그래도 딱 고 시각에 나타나는 법이 어디 있습니까? 사람 애나
　　게… 참.

　* 린나 핸드백에서 돈을 꺼내준다.

린나: 내일 당장 핸드폰을 하나 사 가지시오! 영수씨 찾느라 애태우지
　　않게 말입니다.

영수: 아니, 이래도 되는 겁니까?

린나: 사업상 수요니깐 물론 되지요.

영수: 그런데 총경리! 가무청의 음향효과가 엉망입니다. 어떻게 돈을 좀 들이더라도 새것으로 바꿀 수 없습니까?

린나: 글쎄 말입니다. 옥에 티라고 할까 다른 건 다 좋은데 그 찌르륵 소리가 정말 귀 거슬리게 들립니다. 바꾸기로 합시다. 까짓 몇 푼 더 들겠습니까?

영수: 효과까지만 바꾸면 모든 게 제대로입니다.

린나: 영수씨, 우리 오늘밤에 땀도 흘리고 술도 마셨는데 2차를 해보지 않겠습니까?

영수: 어디로 가겠습니까?

린나: 나 따라 갑시다.

* 둘은 자리에서 일어난다.

노래방(밤)

* 김 단장과 심 경리에게 맥주를 부어 올리고 금주와 은주 나가서 마이크를 잡는다.

금주: 먼 곳에서 우리 조선민족의 예술사업을 대폭 지지해주시고 또 몸소 우리 가무단까지 찾아오셔서 많은 협찬을 해주신 심 경리님을 위하여 우리 자매가 노래 한 켤레 선물해 올리겠습니다.

손님: 감사합니다.

[노래]

달이 뜨는 밤이 오면
고향이 그리워
해양 건너 계시는 어머님 보고 싶소
세상엔 달님이 하나뿐이니

어머님도 달밤이면 이 아들 그릴 테이지

아- 음-

잠 못 드는 타향의 타향의 달밤이여

* 간주가 계속될 때 금주와 은주 심 경리를 청해 춤을 춘다.

* 은주가 금주더러 심 경리와 추라하고 자기는 김 단장과 춘다.

은주: 언니 저 손님과 추오! 내 김 단장과 출게! 빨리!

* 금주 심 경리를 청한다.

금주: 심 경리, 춤춥시다.

* 은주도 김 단장을 끌고 나온다.

실내 수영장(밤)

* 시간이 지나선지 수영장 안에 사람들이 그다지 많지 않다.

* 린나와 영수 수영복을 입고 나온다.

린나: 영수씬 헤엄을 잘 치지요?

영수: 개발헤엄이나 치는 수준입니다. 총경리는 여기로 자주 다닙니까?

린나: 다니긴 자주 다니는데 헤엄은 우습게 못 칩니다.

영수: 자주 다니는 분이 왜 헤엄칠 줄 모르겠습니까? 어디 좀 봅시다.

* 영수 린나를 물에 밀어 넣고 자기도 뛰어든다.

* 영수 린나의 손을 끌며 깊은 곳으로 헤어간다.

린나: 안됩니다. 정말 헤엄 칠 줄 모른다는데 그럽니까? 이 손 놓으시
오! 나가게!

영수: 그럼 놓습니다. 놓습니다.

　* 영수 손을 놓자 린나 물속으로 꼴깍 빠져 들어간다.
　* 린나 솟구쳐 나와 허우적거린다.

영수: 총경리! 진짭니까? 놀립니까?
린나: 진짜! 진짭니다. 빨리!

　* 영수 다가가 린나의 허리를 안고 헤어 나온다.
　* 린나 두 손으로 영수의 목을 꼭 안고 딸려 나온다.
　* 영수 먼저 린나를 물 밖으로 떠밀어 올리고 자기도 물에서 나온다.
　* 등받이 의자에 훌렁 쓰러지는 린나.
　* 당황해난 영수.

영수: 어떻습니까? 괜찮겠습니까?
린나: 보시오. 헤엄 칠 줄 모른다는데…
영수: 그럼 내가 이후부턴 헤엄치는 걸 배워드립시다. 아는 것만큼.
린나: 네! 그럽시다. 오늘은 대신 절 집까지 데려다 주시오.

거리(밤)

　* 거리를 달리는 승용차.
　* 린나 영수의 어깨에 기대여 앉아있다.
　* 승용차 멈춰서고 영수 린나를 부추겨 내린다.

린나네 집(밤)

　* 린나 웃옷을 벗어던지고 소파에 가 쓰러진다.

린나: 그 찬장에 양주가 있습니다.

　* 영수 찬장을 열고 양주를 가져다 린나한테 준다.

린나: 같이 마십시다.

영수: 난 이젠 집으로 가야 되겠습니다.

린나: 잠간 한잔하고 가면 안 됩니까? 앉으시오!

* 영수 하는 수 없이 소파에 앉자 린나 영수의 잔에 양주를 부어준다.

영수네 침실(밤)

* 미란 『임신수첩』을 열심히 보고 있다.
  '어떤 사람은 임신 후 해산하는 날까지 구토가 나고 메스껍지만 어떤
  사람은 또 아무런 반응도 구토도 없다.'
  '정상적이던 경도가 폐경 되었을 때는 임신의 경우가 많으므로 제때에
  병원에 가 검사해보아야 한다."

미란: 내가 정말 임심했단 말인가? 설마 내가 어떻게 벌써 임신할 수
　　　가 있을까? 모를 일이야! 아니겠지!

린나네 집 안(밤)

* 린나 일근히 된 것 같다.
* 린나 영수의 손목을 끌며 침실로 들어간다.

영수: 주무시겠습니까? 그럼 난 가겠습니다. 집에서 아내가 기다립니다.

린나: 누가 가지 말랍니까? 그런데 여기 좀 앉았다가 내가 잠든 다음
　　　에 가시오! 안 그러면 나 무서워서 못 잡니다. 꼭 내 잠든 다음
　　　에 가시요. 네?

* 린나 옷을 벗을 만큼 벗고 침대에 그대로 누워버린다.
* 걸상에 앉아있는 영수 뜨거운 솥뚜껑 위에 앉은 듯 안절부절못한다.
* 영수 살며시 발끝을 세워 발레를 추듯 침실에서 빠져나오는데 린나 잠
  에 취한 듯 묻는다.

린나: 내 잠든 다음에 가라고 하지 않았습니까? 내 아직 안잡니다.

영수: 네! 안 갑니다. 술을 마셨더니 목이 말라서 물 좀 먹자고… 물 먹고 인차 들어가겠습니다.

　* 영수 침실에서 나오자 도적고양이처럼 뺑소니친다.

린나네 집 밖(밤)

　* 영수 가만히 나와 살며시 문을 닫는다.
　* 그리고는 문에 기대여 서서 후— 안도의 숨을 내쉰다.
　* 잠간 후 영수 머리를 설레설레 저으며 층계를 내려간다.

노래방

　* 심 경리와 금주, 김 단장과 은주 서로 쌍이 되어 춤을 춘다.

금주: 연길이 어떻습니까?

손님: 네! 아주 좋습니다. 우린 문만 나서면 한어를 해야 되는데 여기 오니 몽땅 조선말로 서로 통하지… 참 좋습니다. 오랜만에 고향에 돌아온 그런 심정입니다.

금주: 금후에도 우리 예술사업을 많이 도와주시오! 이번엔 정말 감사합니다.

손님: 아무렴요! 우리가 관내에서 많은 돈을 벌어 어디다 쓰겠습니까? 고향의 번영발전과 우리 민족예술의 발전에 자그마한 힘이라도 이바지하려 합니다.

금주: 고맙습니다.

　* 둘은 다시 말없이 춤을 춘다.
　* 이번엔 은주 자꾸 김 단장과 말을 건다.

은주: 오늘 보니깐 김 단장도 꽤 시원시원합니다. 예? 그리고 인정도 좀

있고… 난 김 단장이 군대군관들처럼 무뚝뚝하고 인정머리 없다고
생각했는데 오늘 인상이 좀 달라졌습니다. 요렇게 새파란 아가씨
를 끌어안고 춤을 다 추면서! 좋습니까? 나하고 춤을 추니깐?

김 단장: 내 사업을 도와줘서 감사하오!

은주: 감사하기는? 후에도 이런 일이 있으면 찾으시오! 부르면 오고
오면 싸우고 싸우면 꼭 승리하겠습니다. 그런데 김 단장 사모님
은 뭘 합니까? 영 곱지. 예? 제 한번 김 단장네 집에 놀러 가도
됩니까?

김 단장: 오고 싶으면 오오! 내 청하라오?

은주: 그러면 더 좋고 안 청해도 나 절로 갈수 있습니다. 혹시 사모님
없을 때 가도 쫓아내지 마시오?

＊ 이럴 때에 곡이 끝난다.

김 단장: 오늘은 이만하지 않겠습니까? 심 경리도 피곤하시겠는데.

손　님: 네! 그럽시다. 단장님과 두 아가씨 덕분에 오늘 참 잘 놀았습
니다. 감사합니다.

＊ 금주 심 경리의 팔을 잡고 은주 김 단장의 팔에 매달리다시피 하고 모
두들 노래방에서 나간다.

영수네 침실(밤)

＊ 미란 『임신수첩』을 보다가 기척소리를 듣고 책을 침대깔개 밑에 넣고
일어나 문을 연다.
＊ 영수 들어온다.

미란: 이제 옵니까?

영수: 아직 안 잤소? 미안하오! 밤마다 늦게 다녀서!

미란: 일이 있어 늦어지는 거야 어쩌겠습니까? 가무청 개업식은 잘 됐
습니까?

영수: 잘 됐소! 잘 됐다고 총경리가 한 턱 낸다며 식당에 수영장에 청
하는 바람에 늦었소.

미란: 잘 됐다니 기쁩니다. 곤하겠는데 빨리 쉬시오!

　* 영수 옷을 벗고 침대에 눕는다.
　* 영수 밤새껏 자지 않고 자기를 기다려주는 미란이 고마워 한 팔로 미
　란의 목을 안으며 이불속에 든다.

금주네 집 앞(밤)

　* 택시 금주네 집 앞에 와 멈춰 선다.
　* 금주 택시에서 내린다.

금주: 단장님, 잘 놀았습니다.

김 단장: 괜찮겠소? 남편이?

금주: 네! 근심 말고 빨리 가보시오!

　* 택시 다시 떠나간다.

거리(밤)

　* 거리를 달리는 택시

은주: 내 김 단장을 바래고 갑시다.

김 단장: 그런 법이 어디 있소? 아가씨부터 모셔야지!

은주: 어디 그렇습니까? 책임자부터 모셔가야지! 김 단장은 저의 상급
이 아닙니까?

김 단장: 그래도 안 되오! 밤중인데 은주네 집부터 먼저 가야지!

은주: 그럼 우리 둘 다 가지 말고 중간에서 내립시다.

김 단장: 내리다니?

은주: 김 단장과 좀 더 놀고 싶어서! 양고기산적 먹고 갑시다.

김 단장: 이제? 몇 신데?

은주: 사모님 무서워 그럽니까? 김 단장 남자라 했는데 또 보기와 다릅니다. 네? 그럼 집에 가시오.

김 단장: 아니, 아니… 기사 동무, 가다가 산적점 앞에 좀 세워주시오!

은주: 김 단장 확실히 남잡니다.

* 은주 김 단장의 손을 쥐며 김 단장 어깨에 골을 기댄다.

금주네 집 안(밤)

* 일대 난리가 났다.
* 성화 펄쩍펄쩍 뛰며 고래고래 소리를 지른다.

성화: 봐라! 지금이 몇 신가? 아무리 사업이래도 여편네들이란 게 오밤중까지 떠돌아다니면서 술 퍼마시고 춤 춰대고 희희낙락거리는가? 단장이란 것도 개 무스게라 해라! 내 내일 당장 단장을 찾아가지 않는가 봐라!

금주: 단장이 뭘 잘못했다고 단장까지 껴들어 욕합니까? 욕하겠으면 나를 욕하고 때리겠으면 나를 때리시오!

성화: 네 탓은 없는가 하니? 내가 술 좀 마신다고 이러니저러니 정신병자취급을 하면서 너는 행실이 이게 뭐야? 나도 널 바람 난 계집 취급을 해도 일없단 말이야?

* 미라 깨여나 울어댄다.
* 금주 미라를 껴안는다.

금주: 하기에 우리 둘은 같이 못 산다지 않습니까? 내일 이혼을 합시다.
성화: 하면 했지. 내가 못할 것 같은가? 까짓, 하자!

산적점(밤)

  * 김 단장과 은주 맥주를 마신다.

은주: 김 단장, 제가 엉뚱한 걸 물어봐도 제대로 대답해주겠습니까?
김 단장: 말하오! 내 아는 게면 대답해줄게!
은주: 김 단장 꼭 압니다. 뭔가 하면 부부간의 연령차이는 얼마면 제일
　　　좋습니까?
김 단장: 이런 문제는 딱 맞게 대답하기 바쁜데?
은주: 그럼 제가 인도해드릴게 대답해보시오네? 남자와 여자 나이가
　　　동갑이거나 비슷하면 안 좋지. 예? 친구 같은 게. 남편 같은 멋
　　　이 없고 존경감이 안 든단 말입니다. 말도 안 통하고…
김 단장: 글쎄 남자 나이가 좀 더 많은 게 좋지!
은주: 그렇다면 몇 살 위이면 합당합니까? 두세 살? 대여섯 살? 열
　　　살? 열다섯?
김 단장: 글쎄?
은주: 김 단장님은 사모님보다 몇 살 위입니까?
김 단장: 한 살.
은주: 나쁩니다. 내 보기에는 현대부부 나이 차이는 열 살 좌우가 가장
　　　합당하다고 봅니다.
김 단장: 그게 좋을까? 모르겠소.
은주: 저의 실천경험이 그렇습니다. 내 지금 준호와 3년이나 연애를 해
　　　왔는데 하나도 재미없단 말입니다. 우선 우러러보이지 않습니다.
　　　그 다음 동갑이면 언제나 남자가 여자보다 어리 궂게 논단 말입
　　　니다. 그런데 이상 분들을 만나면 우선 존경심이 앞서고 말 한마

디를 들어도 귀에 쏙쏙 들어온단 말입니다.

김 단장: 됐소! 오늘 이런 화제는 훗날에로 미루고 다른 화제를 바꾸는 게 어떻소?

은주: 보시오! 벌써 다르단 말입니다. 준호 같으면 '그게 어디 맞니? 망태기. 망태기!' 하면서 나를 이겨보겠다고 떠들어 댈 겁니다. 그런데 김 단장은 보시오! 분위기에 맞지 않은 것 같으니깐 다른 데로 쓰윽 유도해가지 않습니까?

김 단장: 췄다 깎았다 데리고 노오? 그만 가기오.

* 김 단장 먼저 일어난다.

은주: 아니, 김 단장! 조금만…

* 김 단장 먼저 나가기에 은주 방법 없이 쫓아나간다.

성악대 큰 연습장

* 오늘은 종합연습을 하는 날이다.
* 방창 배우와 군중역 배우들도 몽땅 왔다.
* 김 단장과 예술위원회며 창작실 사람들도 모두 관중석에 앉아있다.
* 연출인 듯한 사람이 금주에게 준비됐느냐고 묻는다.

연출: 금주 선생님, 준비 다 됐습니까?

금주: 네!

연출: 그럼 시작하겠습니다. 이미 연습한데만큼 복장이랑 제대로 입고 한번 해보겠습니다. 가극 『사랑의 노래』 시-작!

* 반주가 시작되고 방창이 터진다.

[노래]

아- 사랑노래 사랑의 노래
눈물 없이 부를 수 없는 사랑의 노래

* 준호와 은주 나란히 나오며 노래한다.
* 무용수들 반무를 해준다.

달이 뜬다 달이 뜬다
둥근달이 떠오른다
이십 성상 자던 달이 때가 되어 둥실 뜬다

* 무대에 환하게 둥근달이 떠오른다.

아- 신성한 우리 사랑
달이 되어 달이 되어
마음속에 둥실 뜬다

* 방창과 무용

아… 신성한 우리 사랑
달이 되어 달이 되어
마음속에 둥실 뜬다

은주: 여보세요? 사랑해요!
준호: 나도 사랑해!

* 준호와 은주 천천히 키스를 한다.
* 은주 갑자기 준호를 밀쳐버린다.

은주: 너 진짜로 하니?

준호: 방금 연출 선생님이 제대로 하라고 그러지 않아?

은주: 노래나 제대로 할 거지 그런 것까지 제대로 하라니? 숱한 사람
들 앞에서 보기 싫게!

* 그 바람에 반주며 무용이며 다 정지된다.
* 연출 성이 나서 일어선다.

연출: 뭐하는 거요? 숱한 영도들과 선생님을 앉혀놓고 놀리오? 처음부
터 다시! 몽땅 제대로 하오!

* 뿌루퉁해 제자리로 돌아가는 준호와 은주.

준호 숙소

* 준호 은주를 끌고 들어온다.

준호: 오늘은 뭐 어째? 키스는 처음 하는가? 우리 키스 한두 번만 했
니? 그 잘난 입 좀 맞추는데 뭐 어쨌다고 연습도 제대로 안 해
서 연출한테 욕을 얻어먹는가 말이다.

은주: 우리 둘이 한거야 남이 안 보는데서 했지? 환한 광장에서 했니?
무대에서 했니? 그저 하는 것처럼 하다마는 게 아니라 뭐야? 진
짜로 막… 남들 보기에 얼마나 메스꺼웠겠니?

준호: 예술이 아니야? 너처럼 생각하면 키스하는 영화랑은 어떻게 찍
니? 너는 나보다 더 개방적이라는 게 어떤 땐 또 그렇니?

은주: 어떤 땐 딱 안 된다는 게다. 김 단장이랑 앉아 보는데서…

준호: 김 단장이랑 있는데 어째? 단장이 이 대본을 못 봐? 그래 제 시
켜놓고 시킨 대로하면 또 메스껍게 본단 말이야? 내 단장과 가
서 물어볼게!

은주: 됐다. 됐다! 머저리 아니야? 김 단장과 뭐라고 물어보게? '우리
 입 맞추는 게 메스껍습데까?' 이렇게 물어보게?

준호: 메스꺼우면 대본을 고쳐 달라자!

은주: 됐단데? 남자란 게 어째 그렇니? 계속하게?

준호: 그만하겠으면 그만하자! 내 먼저 그러자 했니? 제 쪽에서 먼저
 화를 냈지!

은주: 됐지? 난 간다. 응?

준호: 점심이나 같이 먹자.

은주: 먹기 싫다.

 * 은주 나가버린다.

준호: 애기도 아니고 뭐야?

 * 머리를 가로 젓는 준호.

거리

 * 영수와 미란 점심퇴근을 한다.

미란: 여보시오! 오후에는 우리 무용서사시를 검사한답니다.

영수: 하라지. 무슨. 어째? 겁이 나오?

미란: 아니, 무슨 죄진 일이 있다고 겁이 나겠습니까? 그저 좀 긴장할
 까 해서 그러지.

 * 이때 핸드폰소리 울린다.
 * 영수 핸드폰을 꺼내 편다.

영수: 네! 영숩니다. 누구신지? 네! 총경리! 네? 그런데 오후에 우리 무

용서사시를 영도에서 심사한다 해서… 네! 인차 가겠습니다. 네!
그렇게 합시다.

* 영수 핸드폰을 끄자 미란 신기한 듯 핸드폰을 만져본다.

미란: 핸드폰을 어디서 샀습니까?

영수: 양! 전번 날 총경리 사줍데! 날 찾기 바쁘다면서!

미란: 총경리가 당신 찾기 바쁘다고 핸드폰을 사주더란 말 입니까? 주
의하시오! 자꾸 미끼를 넣는지 모릅니다. 전번엔 또 수고비라고
3천 원이나 줬지! 그저 일 같지 않습니다.

영수: 우리 총경리 그런 사람이 아니오!

미란: 우리 총경리? 당신 딴 데 가서 나를 말할 때도 '우리 미란이' 이
렇게 말합니까?

영수: 이쩨 또 없는 문장을 만들어낼까 하오? 제 작가요? 내 또 그런
미끼에 얼리울 남잔가?

미란: 갑시다. 주의하라는 겁니다.

* 둘은 다시 나란히 걸어간다.

무용실

* 순녀 무용대원들을 지도하여 오후 종목심사 준비를 하고 있다.

순녀: 빨리빨리 준비하오! 오후에 극원지도부에서 지금까지 연습한 정황
을 검사하니깐 준비를 잘 했다가 멋지게 회보하잔 말이요!

무용실

* 순녀 영수와 미란을 초조히 기다린다.

순녀: 왜 아직도 안 올까? 미란이는 언제나 제일 첫 사람으로 오군 했
    는데 혹시?

  * 이때 미란 생각에 잠겨 들어온다.

순녀: 미란이 왔구만! 빨리 준비하오! 두시부터 극목검사를 한다오!

린나 사무실

  * 린나와 영수 앉아있다.

린나: 오늘 오후 비행기로 북경에 효과기계를 사러 가기로 했습니다.
    효과기계에 대해서는 영수씨 밖에 아는 사람이 없으니 영수씨가
    나와 같이 가야 되겠습니다.
영수: 오늘 오후에 당장 말입니까?
린나: 네! 비행기표는 이미 다 예약돼있습니다.
영수: 안됩니다. 오후에 극원지도부에서 종목검사를 하겠다고 했는데
    내가 빠지면 안 됩니다.
린나: 정식공연도 아니고 연습검산데 일 있습니까? 전화로 말미를 맡
    고 빨리 떠납시다.
영수: 안됩니다. 절대 말미를 주지 않을 겁니다. 나 한 사람 때문에 단
    위행사를 변경할 수 없습니다.
린나: 다 연습해놓은 종목인데 오늘 못 보면 다음 날 검사해도 되지
    않습니까? 빨리 전화해보시오!
영수: 안되는데…

  * 영수 휴대폰을 꺼내 친다.

무용실

* 김 단장 무용실로 들어간다.

김 단장: 순녀 선생님, 준비 다 됐습니까?

순녀: 다 됐는데 영수가 아직 오지 않았습니다.

* 김 단장 미란을 찾는다.

김 단장: 미란이! 영수 어디 갔소?

미란: 모릅니다. 점심 먹고는 인차 헤어졌는데…

김 단장: 말이 아니구먼! 쩍 하면 지각하고… 빨리 찾아보오!

* 미란 인차 뛰어 나간다.

린나 사무실

영수: 단장실에 사람이 없습니다. 아마 검사하러 무용실로 간 모양
입니다.

* 이때 영수의 휴대폰이 울린다.
* 영수 받을까 말까 저어한다.

린나: 꺼버리시오! 그리고 빨리 떠납시다. 후과는 내 다 책임지겠습니다.

영수: 총경리가 어떻게 후과를…

린나: 글쎄 갑시다. 남자가 무슨 말이 그렇게 많습니까?

* 린나 먼저 일어나 나가자 영수도 할 수 없이 따라 일어난다.

접수실

* 미란 전화를 내려놓고 나간다.

무용실

* 김 단장 노해 서있는데 미란 돌아온다.

순녀: 통했소? 온다오?
미란: 휴대폰을 켜지 않은 것 같습니다.
김 단장: 그래 못 찾았단 말이요?
순녀: 조금만 더 기다려봅시다. 혹시 지금 오는 길인지?

* 미란 애나서 한쪽에 가 펄썩 앉는다.

비행장

* 린나 영수와 함께 비행기에로 걸어간다.
* 영수 걸음이 무겁다.

무용실

* 김 단장 노해서 소리친다.

김 단장: 오늘 검사를 안 하겠소! 그리고 영수가 오면 오는 길로 나한
  테 보내오!

* 김 단장 나가버린다.
* 극목검사를 한다고 기껏 준비했던 무용대원들이 미란이를 보며 두덜거
  리고 나간다.
* 일그러지는 미란의 얼굴.

변강호텔

* 미란 택시에서 내려 호텔로 찾아들어간다.

호텔 가무청

* 미란이 문을 열고 들어와 보니 가무청은 텅텅 비어있다.

린나 사무실 밖

* 미란 사무실문을 노크하는데 옆방에서 한 아가씨 나온다.

아가씨: 우리 총경리를 찾습니까?

미란: 아니, 가무청의 영수 경리를 찾습니다.

아가씨: 그분이 오후 비행기 편으로 우리 총경리와 함께 북경으로 갔습니다.

미란: 뭐랍니까? 그래 뭘 하러 간답디까?

아가씨: 가무청 음향 효과기를 사러간다고 하던데 구체적인 건 나도 잘 모르겠습니다.

미란: 네! 알았습니다.

* 미란 맥이 풀려 걸어간다.

비행기 안

　　* 영수 생각에 잠겨 앉아있다.

린나: 이미 연길을 떠났는데 깊이 생각할게 뭐 있습니까? 내일 물건을 사서 부치고 비행기로 돌아가면 하루만 지체되는 셈인데.

영수: 총경리는 아직 예술규율을 모릅니다. 일단 공연임무만 있다면 부모가 사망 되었다고 해도 무대를 못 떠나는 게 배우도덕입니다. 그런데 오늘 난 이게 뭡니까?

린나: 내가 잘못했습니다. 이왕 엎어진 물을 어쩌겠습니까? 내가 연길에 돌아가 김 단장과 사과하면 안 됩니까? 좀 웃으시오! 여행길에 기분 나쁘게!

　　* 린나 영수의 손을 꺼당겨 쥐고 영수의 몸에 기댄다.

영수네 집(저녁)

　　* 미란 밥상을 차려놓고 상철의 방으로 간다.

미란: 아버지, 저녁 드시죠!

　　* 상철 보던 책을 놓고 나와 밥상에 마주앉는다.

상철: 영수는 저녁에도 안 오니?

미란: 네!

상철: 영수 어디 갔니?

미란: 아마 또 가무청 일 때문에 거기로 간 모양입니다.

상철: 그럼 우리 둘이라도 어서 먹자!

＊ 둘은 말없이 저녁식사를 한다.

순녀네 집(저녁)

＊ 순녀와 은주 방금 저녁술을 드는데 금주 짐을 대충 차려들고 들어온다.

순녀: 금주 너 웬일이니? 짐까지 꾸려 들고?

금주: 어머니, 나 미란 아버지와 결판을 지었습니다.

순녀: 결판이라니? 끝내 이혼을 했단 말이니?

＊ 금주 옷을 벗으며 머리를 끄덕인다.
＊ 순녀 적이 놀라는데 은주 환성을 올린다.

은주: 언니 참 잘했소! 축하하오! 끝까지 못살 바엔 일찍이 헤어지는
      게 좋소! 미라는 끝내 안 줍네?

＊ 금주 미라 말을 꺼내자 인차 낯빛이 흐려지며 말을 돌린다.

금주: 은주야, 밥 없니? 배고프다, 밥 달라!

은주: 양! 내 인차 떠올게!

＊ 은주 주방으로 들어간다.

북경 모 식당(밤)

＊ 린나와 영수 술을 마시고 있다.

* 영수 말도 크게 없이 이과두(二鍋頭)술만 자꾸 마신다.

린나: 취하겠습니다. 무슨 술만 그렇게 자꾸 마십니까? 아직도 속이 안 풀렸습니까? 그럼 나도 동무하여 마십시다. 마시고 취합시다. 취 하면 편할 겁니다. 자, 깐베이!

* 린나도 독한 이과두(二鍋頭)술을 마신다.
* 영수도 말없이 쭉쭉 낸다.

린나: 이젠 단위 일 그만 생각하시오! 어쩌다 같이 나온 게 하나도 재 미없습니다. 까짓 단위 일 기껏해야 비판이나 하고 말겠지 간대 로야 내쫓겠습니까? 또… 내쫓으면 일 있습니까? 우리 호텔에 오십시오! 내 매달 월급 5천 원씩 주겠습니다.

* 이번에는 영수에게 반응이 좀 보인다.

영수: 총경리 말하면 말 한대로 하는 여잡니까?
린나: 네! 말 한대로 하지 않고! 못할 일은 말부터 하지 말아야지 말만 해놓고 말 한대로 안하면 됩니까?
영수: 내 가무단에서 나오면 총경리 나를 받지. 예?
린나: 너무 좋아서 안 받겠습니까? 단위에서 나가라 하기 전에 먼저 오시오! 내 총경리 시킬게! 난 이사장질만 하겠습니다.
영수: 깐베이!

* 영수 큰 컵의 술을 쭉 낸다.

북경 모 호텔(밤)

* 린나와 영수 호텔로 들어온다.

* 영수 걸음걸이가 비틀거린다.
* 린나 영수를 걸상에 앉히고 방 수속을 한다.

북경 모 호텔방 안(밤)

* 린나 휘청거리는 영수를 부축하며 들어온다.
* 린나 영수를 거들어 옷을 벗기고 침대에 눕힌다.
* 침대 두개가 놓인 방이다.
* 린나 영수를 눕히고 자기도 옷을 벗고 잘 준비를 한다.

영수: 총경리 이 방에 들었습니까? 그럼 나는 내 방으로 가야지…

* 영수 휘청거리며 일어서는데 린나 영수를 눌러 앉힌다.

린나: 북경까지 와서 무슨 네 방 내 방하면서 쪽을 가립니까? 내 저쪽
    침내에서 자고 영수씨 이 침대에서 자면 동무도 되고 좀 좋아서
    방을 두 개씩이나 맡겠습니까? 서로 말이나 하다 잡시다.
영수: 그래 진짜 방 하나밖에 안 맡았단 말입니까?
린나: 영수씨도 꽤 봉건입니다. 네? 꼬물만치도 현대청년 맛이 없습니
    까? 북경에 그렇게 오래 있었다면서… 안 건드릴 게 쉬시오!

* 린나 침대에 눕는다.
* 으스름한 달빛이 방안을 희미하게 비쳐준다.
* 영수 앉은 채로 자지 말자고 꾸벅거리다가 침대에 쓰러져 인차 곯아떨어진다.
* 린나는 도저히 잠들 수 없다.

린나(방백): 내가 언제부터 영수씨에게 마음이 반하게 됐을까? 아내가
    있는 남자임을 번연히 알면서 내가 왜 이러는 걸까? 그런데… 영
    수씨에게 쏠리는 내 마음을 나절로도 겉잡을 수 없으니… 진짜
    내가 영수씨를 사랑하고 있는 게 아닌가?

* 린나 자기의 달아오른 얼굴을 만지며 일어나 창문가로 걸어간다.

[노래]

어느새 내 마음속에 사랑의 달이 떠서
고독하던 내 가슴을 새롭게 덥혀줄까
아— 사랑으로 불타는 이 몸을
어쩔 수가 없어라 말리지 못해

* 린나 영수의 침대가로 다가가 침대머리에 앉는다.
* 영수 코를 골며 자고 있다.
* 린나 영수의 헝클어진 머리를 쓸어 올려주다가 영수의 이마에 키스를 해준다.
* 린나 영수의 가슴에 엎드린다.
* 천천히 눈을 뜨는 영수.
* 영수 깜짝 놀라 일어나 앉는다.

영수: 왜 이럽니까? 분명히 말하지 않았습니까? 저쪽 침대에서 자겠다고?

린나: 그런데 잠이 오지 않아서… 쉬시오! 내 그저 영수씨 쉬는걸 보다가 자겠습니다.

영수: 그럼 나도 안 자겠습니다. 일어납시다.

린나: 일어나지 말고 쉬시오!

* 린나 일어나는 영수의 허리를 꼭 끌어안는다.

린나: 영수씨, 내가 밉습니까? 노파처럼 돼 보입니까? 곁에 오는 것마저 싫어서 물리칠 정도로 역겹습니까?

영수: (술기운을 털어보려고 애쓰며) 아닙니다. 총경리는 어디에 나서도 절대 미인입니다.

린나: 그런데 왜 옆에도 못 오게 합니까? 오늘밤 난 혼자서 못 자겠습니다. 영수씨!

* 린나 영수를 더 힘주어 끌어안으며 영수의 품속으로 파고든다.
* 린나의 따뜻한 피부와 거친 숨결이 영수의 최후의 방선을 허물어버린다.
* 영수 린나를 끌어안고 침대에 쓰러진다.

영수네 집(아침)

* 미란 거울에 마주서서 자기의 몸매를 비추어본다.
* 아무리 주의해 봐도 임신한 몸이라는 것이 믿어지지 않는다.
* 미란 『임신수첩』을 꺼내 펼쳐본다. 그리곤 또다시 거울에 자기 몸을 비춰본다.
* 자꾸만 머리가 가로만 저어진다.

북경 모 호텔방

* 린나 위생실 거울에 자기의 얼굴을 비춰본다.
* 린나 자기의 볼을 자근자근 뚜드려본다.
* 린나 거울에 대고 살짝 웃어보고는 위생실에서 나온다.
* 영수 옷까지 다 입고 앉아서 담배를 피운다.

린나: 잘 주무셨습니까?

영수: 어떻게 잘 잘 수가 있습니까? 집에다 아내를 두고 다른 여자와 잔 남자가 맘 편안히 잘 수가 있습니까?

린나: 후회하는 겁니까? 지난밤의 일?

영수: 후회가 아니라 저줍니다. 나를 꼬여 그런 일을 하게 한 총경리를 저주하고 아내를 배반하고 다른 여자를 끼고 잔 나 자신을 저주합니다.

린나: 저주할 필요가 있습니까? 현대적 사랑은 다각적 사랑이라지 않습니까? 딱 한 여자와만 일생을 허비하고 사는 그런 봉폐된 사

랑이야말로 저주할 대상이라고 봅니다. 우리 면사포를 벗겨버리고 속심 말하기를 해봅시다. 사람의 한생이 얼맙니까? 백년입니까? 천년입니까? 그 중에서 성이란 걸 모르고 지난 시간을 제외하면 나머지 시간은 근근이 얼맙니까? 그런데 그 귀중한 시간의 그 귀중한 사랑을 왜서 딱 한 여자, 한 남자에게만 바쳐야 한단 말입니까? 이 넓은 세계, 이 많은 여자들 속에서 왜서 딱 한 여자만을 사랑해야 한단 말입니까?

영수: 그럼 세상이 넓고 여자가 많다고 해서 마음대로 많은 여자를 아내로 맞아 들여야 한단 말입니까?

린나: 가정과 사랑! 이건 두개의 판이한 개념이 아닙니까? 사랑한다고 하여 꼭 가정을 이루어야 하는 것도 아니고 또 가정을 묶었다하여 다 사랑하는 것도 아니란 말입니다. 내가 지금 당장 영수씨와 가정을 묶자고 합니까? 그렇다고 지난밤에 영수씨에게 바친 사랑이 가짜라고 믿습니까? 아무 남자한테나 마구 몸을 맡기는 그런 방탕한 여자가 아니란 말입니다. 난 진짜 영수씨를 사랑하기에 그런 겁니다. 이게 죕니까? 저주를 받아야 될 일입니까? 영수씨가 아직 날 사랑하지 않는 건 별개 문제입니다. 만약 영수씨가 날 사랑하지 않는다면 나의 짝사랑이라 쳐둡시다. 짝사랑도 죕니까?

영수: 그러나 지난밤에 우린 이미 몸을 섞지 않았습니까?

린나: 그게 무슨 대숩니까? 영수씨가 전혀 마음이 없는 일이었다면 나한테 한번 강간당했다 셈치고 만약 조금이라도 생각이 있었다면 성유희를 한번 한 셈치고 넘어가면 되지 않습니까? 영수씨 그게 전혀 싫었습니까? 강간을 당하는 그런 기분이었습니까?

영수: 그런 건 아닌데 아내한테 미안하단 말입니다. 그가 알면 얼마나 에익!

린나: 아내에게 미안할 게 없습니다. 영수씨가 아내를 나보다 더 사랑한다면 나를 애인이라고 생각하면 되지 않습니까?

영수: 에익! 모르겠습니다. 효과기나 사고 빨리 돌아갑시다.

린나: 그렇게 합시다.

순녀네 집

* 금주 순녀를 거들어 주방 일을 하고 있는데 은주 와서 금주를 잡아끈다.

은주: 언니, 여기 좀 오오! 토론할 일이 있소.

금주: 무슨 일? 여기서 말해라!

은주: 비밀이요! 빨리 나오오!

* 금주 은주에게 끌려 은주 방으로 들어간다.

금주: 무슨 비밀 이야기니? 말해봐라!

은주: 언니! 언니 보기엔 나하고 준호 어떻소? 맞소?

금주: 내 전번에 너하고 한번 안 말했니? 그건 네가 제일 잘 안다고!

은주: 내 생각에는 안 맞단 말이요! 학교 때는 사회란 게 뭔지도 토대란 게 뭔지도 심지어 연애라는 게 뭔지도 모르고 연애를 했는데 정작 내가 준호의 아내가 된다고 생각하니 머리칼이 막 곤두서오! 내 지금에 와 심각한 연애이론을 알게 됐소! 연애라는 게 절대 어릴 때 하는 게 아니오! 아무것도 모를 때 인생대사를 결정한다는 게 그거 제대로 되오? 그리고 절대 나이 같은 남자를 얻지 말아야 되오!

금주: 정말 심각하다 응? 그래서 어떤다는 게야?

은주: 내 준호와 그만두면 안 될까?

금주: 글쎄… 그것도 심각한 문제다. 준호 가슴에 못 박을 일을 해서는 안 될 거고… 내 생각엔 잘 고려해 보는 게 좋겠다.

은주: 그 고려를 언니보고 해달라는 거요! 어떻게 고려하면 되오?

금주: 글쎄…

은주: 또 무슨 글쎄 글쎄요. 쎄쎄는 아니고 글쎄요? 고려를 말하란 말
　　　이요.

금주: 글쎄…

은주: 또?

금주: 준호 생각은 어떤지? 너무 급해말고 좀 천천히 보자! 그런데 너
　　　이미 봐둔 남자 있지 않니?

은주: 없소! 정말!

금주: 그런데 왜 갑자기 준호가 싫어났니?

은주: 내 어디 싫다했소? 싫지는 않은데 남편은 안 되겠다 했지.

금주: 그럼 내 좀 알아보자!

북경 무대설비상점

　　* 영수 상점주인과 흥정을 걸고 있다.

영수: 무슨 그리 비쌉니까? 난 중앙민족가무단에 있는데 우리 가무단
　　　무대설비들을 기본상 이 상점에 와서 다 사갑니다. 단골인데 한
　　　만원 내려서 주시오.

주인: 만원이나 내리면 우린 하나도 버는 게 없는데… 단골이라니 어
　　　쩌겠습니까? 그렇게 합시다.

　　* 영수 린나에게 눈을 껌벅한다.

팔달령

　　* 린나와 영수 만리장성을 기어오른다.
　　* 린나 올라가다 멈춰 선다.

린나: 좀 쉬고 갑시다. 맥이 없어서1!

영수: 저 봉화대에 올라가 쉽시다.

* 영수 린나의 팔을 끌고 봉화대로 올라간다.
* 꼬리를 저으며 끝없이 올려 뻗은 장성.

영수: 야, 우둔하지 예? 이렇게 긴 장성을 그런 옛날에 어떻게 쌓았습
니까?

린나: 우둔하다 못해 미개합니다. 지금 중국에서는 만리장성을 자랑스
럽게 생각하지만 기실은 수칩니다. 그 숱한 백성을 죽이면서 이
장성을 쌓아서 뭘 했습니까? 흉노병을 막아냈습니까? 청군을 물
리쳤습니까? 또 일본군의 침략을 막아냈습니까? 아무런 소용도
없는 담벼락을 쌓느라고 무고한 백성들만 부지기수로 죽여 버리
지 않았습니까? 그래서 우리나라에는 숱한 맹강녀가 나오게 된
겁니다.

영수: 그건 우리 중화민족에 대한 모욕이 아닙니까?

린나: 모욕이 아니라 반성입니다. 총명한 민족은 참다운 반성 속에서
부강해지는 법입니다.

영수: 이제 보니 총경리의 이론이 대답합니다.

린나: 중화민족은 담을 쌓고 사는 민족이라고 해도 과언이 아닙니다.
개인집 울타리로부터 시작해서 사무실 담벼락, 기관의 토성, 청
사의 철책… 좌우간 인간이 있는 곳엔 담벼락이 없는 곳이 없지
않습니까? 담벼락 자체는 봉쇄를 말합니다. 중국의 모든 담벼락
을 모두 허물어버려야 합니다. 그래야만 중국이 강대해질 수 있
습니다. 등소평 이론의 기치 밑에 지금 중국의 방방곡곡에서 수
많은 담벼락들이 허물어져 나가고 있습니다. 우리 연길에서도 봉
쇄식 담벼락을 일률로 없애라는 지시를 내리지 않았습니까? 그
런데 아직도 부족합니다. 봉쇄식 담벼락뿐만 아니라 모든 담벼락
을 다 허물어버리는 날, 이 만리장성까지도 없어지는 날이면 중
국이 세계강국으로 일떠서는 날입니다.

영수: 오늘 만리장성에 올라온 보람이 큽니다. 총경리의 담벼락연설을 의미 깊게 듣게 됐으니 말입니다. 보아하니 총경리는 담벼락학설을 오래도록 깊이 연구한 것 같습니다. 정말 보통이 넘습니다.

린나: 나도 담벼락학설의 덕을 입어 자그마한 호텔이라도 가지고 있고 경리로 됐으니깐 요. 담벼락학설이란 곧 개방학설입니다. 개혁개방이 없었다면 나 같은 게 총경리질을 할 수가 있었겠습니까?

영수: 총경리의 담벼락학설을 들으니 이 만리장성이 별안간 작아지는 것 같습니다.

린나: 역사유물로서의 가치는 날이 갈수록 더 커질 겁니다.

영수: 이젠 쉬기도 잘 쉬고 연설도 잘 들었으니 다시 올라가봅니다.

* 둘은 봉화대에서 내려와 다시 만리장성을 톺아 오른다.

성악실

* 금주, 은주, 준호 성악연습을 끝내고 퇴근을 서두른다.

은주: 언니 가기요! 퇴근 안하겠소?

금주: 응! 가자!

준호: 은주야! 너 먼저 가라! 내 선생님과 잠깐 물어볼게 있다.

은주: 그렇니? 언니, 그럼 내 먼저 가오. 양?

* 은주 나가자 준호 어색해서 우물우물하며 말을 못한다.

금주: 물어볼 게 있다면서? 물어보오!

준호: 별난 걸 다 묻는다고 웃지 마시오. 저… 저와 은주 학교 때부터 지금까지 연애라는 걸 했단 말입니다? 그런데 선생님 보기에는 우리 둘이 맞는 것 같습니까?

금주: 글쎄… 제 생각에는 어떻소!

준호: 제 생각에는 지금까지 연애하면서도 별로 잘 맞는 것 같지 않단
      말입니다.

금주: 어째서?

준호: 글쎄 어째선 지는 나도 모르겠는데 아무리 봐도 은주 애기 같은
      게 각시라고 보기 영 바쁩니다.

금주: 그럼 어쩌겠소? 후에는?

준호: 그래서 오늘 선생님과 물어보자는 건데 지금이라도 은주와 내
      갈라지면 안 됩니까?

금주: 글쎄… 그런 문제를 내 어떻게 이래라 저래라 하오? 종신대사
      문젠데?

준호: 선생님 은주 언니 아닙니까?

금주: 언니 아니라 엄마래도 이런 일은 안 되오! 둘이 만나서 토론해
      볼 게지!

준호: 은주와 말을 떼기 어떠해 그럽니다.

금주: 어떠하기는? 내 그럼 은주와 피뜩 말해놓을게 둘이 만나오!

준호: 네! 그렇게 해주시오. 감사합니다.

  * 금주 나가자 준호 한시름을 놓은 듯 주먹을 휘두른다.

북경 모 호텔방(밤)

  * 린나와 영수 잘 준비를 한다.

린나: 오늘은 피곤한데 빨리 잡시다.

영수: 네! 그리고 내일은 꼭 연길로 돌아갑시다. 예?

린나: 그럽시다.

  * 영수 먼저 침대에 누웠는데 린나 세수를 하고 나와 제 침대에 가 누우련다.

* 영수 불을 끈다.

영수: 어째 거기서 자겠습니까? 오늘은?

* 린나 제자리에 누우려다가 영수의 침대로 와 이불을 쳐들고 들어간다.

연길 강변공원(밤)

* 밝은 달이 호수에 떠있다.
* 준호와 은주 묵묵히 호숫가를 걷고 있다.
* 준호 남자노라고 먼저 말을 뗀다.

준호: 은주야! 너네 언니… 정말 우리 선생님 무슨 말이 없더니?
은주: 무슨 말? 없더라!
준호: 정말? 우리 둘의 문제에 대해서 아무 말도 안 하더니?
은주: 응! 그저 만나서 잘 얘기해 보라더라!
준호: 내 우리 선생님과 말했는데?
은주: 무슨 말?
준호: 내 아무리 생각해봐도 우리 둘이 남편과 아내로 된다는 게 어쩐
지 잘 맞지 않다고.
은주: (부러 성난 척) 그래 갈라지자 했니?
준호: (은주의 눈치를 살피며) 응! 그런데…
은주: (활짝 피며) 와! 잘했다. 영 잘했다.
준호: 내 잘했다고? 너도 동의야?
은주: 응! 나도 진작 너하고 말하자 했는데 네가 울까봐 못 말했다.
준호: 울기는? 춤을 춰야지! 우리 춤추자! 약혼 파혼을 축하해서 오케이?
은주: 오케이!

* 「사랑의 집」 노래를 부르며 둘은 춤을 춘다.

[노래]

사랑은 짐 무거운 짐이야
짐 지고 살기란 너무도 피곤해
짐을 벗자 짐을 벗고
홀몸이 되자
우리 서로 짐을 벗자 날 것만 같아
아— 날라라
짐을 벗고 허물없이 친구로 살자

준호: 은주야! 속이 좀 별나지 않니?

은주: 응! 좀 별나다.

준호: 마지막으로 한번 키스할까?

＊ 준호와 은주 천천히 키스한다.

연길 공항

＊ 비행기에서 내려 공항을 나오는 영수와 린나.

가무단 회의실

＊ 전 단 대회에서 김 단장 새로운 규장제도를 반포한다.

김 단장: 지금 보면 일부 사람들의 출퇴근시간이 말이 아닙니다. 한두 사람의 지각, 조퇴로 하여 정상적인 계획대로 연습을 진행하기 어렵습니다. 더 엄중한 것은 극히 개별적인 사람은 사사로이 외출하여 무고로 결석하는 것입니다.

＊ 밑에 앉아서 듣는 미란의 얼굴이 빨개지는데 수십 쌍 눈길이 미란에게로 쏠려온다.
＊ 김 단장 잠간 사이를 두었다가 계속한다.

김 단장: 상술한 정황에 비추어 단부에서는 몇 가지 새로운 규장제도를 내왔습니다. 출근할 때는 서명 제를 실시하여 출근하는 사람마다 자기 이름을 서명하는 것입니다. 지각한 사람은 한번에 5원씩 월급에서 떼어내겠습니다. 그리고 무고결석으로 정상적 연습에 영향을 준 사람에 한해서는 상응한 처분과 벌금을 안기며 검토서를 쓰게 하겠습니다. 이 규장제도는 내일 아침부터 정식으로 시행하겠습니다. 이상 끝! 해산!

  * 모두들 회의가 끝나서 나가는데 미란 순녀를 부른다.

미란: 선생님, 아무리 봐도 남주인공에 B역을 한 사람 두는 게 좋지 않습니까? 내 아무리 생각해봐도 우리 그 분이 연길에 온 후로 안착을 잘 하지 않는 것 같습니다.
순녀: 본인도 없는데 먼저 그러지 말고 영수가 온 후에 다시 보기요!
미란: 언제 오겠는지? 그러다가 연습에 영향을 주면 어쩝니까?
순녀: 글쎄 후에 보기요!

  * 둘은 나란히 회의실에서 나간다.

영수네 집

  * 상철 『장백 정』에 관한 논문 「예술적 특색과 민족적 풍격」을 쓰고 있는데 전화벨소리 울린다.
  * 상철 송수화기를 든다.

상철: 여보십시오! 네? 네! 순녀 선생님! 바쁘긴, 저… 내 지금 『장백 정』에 대한 논문을 쓰고 있소! 제목은 임시로 「대형무용서사시 『장백 정』의 예술적 특색과 민족적 풍격」이라고 달았는데 괜찮게 될 것 같소.

순녀네 집

* 순녀 전화기를 들고 있다.

순녀: 선생님! 오늘 전화를 하는 일은 그 일이 아니고 영수 일을 좀 토론해보려고 그럽니다. 내가 영수를 맡았는데 잘 책임지지 못해서 우선은 미안합니다. 그리고 선생님도 영수와 좀 잘 말해둘 필요가 있을 것 같아서…

영수네 집

* 상철 전화를 계속 받는다.

상철: 네! 알았습니다. 영수가 돌아오면 내 좀 잘 얘기해봅시다.

* 상철 금방 전화를 놓는데 영수 들어온다.

상철: 마침 잘 왔구나, 너 여기 와 좀 앉아라! 나하고 얘기를 좀 해보자!

* 영수 상철의 앞에 와 앉는다.

상철: 너 북경엔 뭘 하러 갔었니?
영수: 저… 호텔 가무청의 음향효과가 말이 아니어서 효과기 사러 갔었습니다.
상철: 그럼 단부에 청시라도 하고 가야지 종목검사에도 안 참가하고 그렇게 훌쩍 가버리면 가무단 일은 어쩌라는 거냐?
영수: 잘못되는 줄 알면서도 그때는 어쩔 수가 없었습니다. 내일 단장을 찾아가 검토하겠습니다.
상철: 이왕 연길로 돌아온바 하곤 마음을 안착하고 잘 해보는 게 좋겠다.

* 이때 미란 퇴근하며 들어온다.

미란: 어머! 언제 왔습니까? 북경에 갔다던 게?

영수: 방금 돌아오는 길이요!

미란: 빨리 왔습니다. 비행기 타고 왔습니까?

* 영수 말없이 자기 방으로 들어간다.

준호 숙소

* 준호 저녁쌀을 일고 있는데 은주 들어온다.

은주: 준호 있니? 어마야! 주부질하는구나! 밥을 하느라고? 하지 말라! 우리 식당에 가 먹자!

준호: 식당은 무슨? 너 돈이 있니?

은주: 응! 요즈음 소비 돈을 좀씩 던져주는 사람들이 더러 있다.

준호: 남자들이?

은주: 응! 어째? 좋니?

준호: 응! 좋지 않고! 돈 주는 사람이 있다는데 왜 좋지 않겠니?

은주: 넌 질투도 없니?

준호: 없다. 남자들이 어디 질투 있니? 여자들이 쩨쩨해서 질투하지! 내 사랑하던 여자한테 남자들이 돈을 많이 줘서 그 여자 잘 산다면 나도 좋지 무슨! 질투는?

은주: 하기에 너하고 나는 천생 못 배필이라는 거다. 빨리 가 저녁이나 먹자!

* 은주 준호를 밀며 나간다.

영수네 침실(밤)

* 영수 자려고 자리에 눕는데 미란 사상담화를 걸어온다.

미란: 당신 지금 가무청하고 가무단 중에 어디에 신경을 더 씁니까? 가무단? 가무청?

영수: 어째? 사상담화요? 가무청이나 가무단이나 뭐가 다르오?

미란: 어째 같습니까? 가무단은 본직 업무고 가무청은 과외 업문데!

영수: 과외고 본직이고 돈을 많이 주는데 더 신경 쓸 내기지! 이게 얼마만큼 주면 얼마만큼 하고 얼마만큼 하면 얼마만큼 받는 안노분배원칙 이라는 게요!

미란: 그렇게 두 배에다 발을 딛고 서서 제대로 됩니까? 두 발을 한쪽으로 모아야지!

영수: 글쎄 어디서 돈을 많이 주면 어디로 모은다지 않소?

미란: 그러다가 이제 가무단에서 쫓겨나지 않는가 보시오.

영수: 쫓으라지. 무슨? 자기요!

* 영수 이불을 끄당기며 홀링 눕는다.

식당

* 준호와 은주 술을 마시며 얘기를 나누고 있다.

은주: 준호야! 너는 나와 그만둔 다음에 기분이 좋니?

준호: 응! 턱에 붙었던 혹을 뗀 것 같다. 너도?

은주: 응! 그러니깐 너하고 놀기도 더 어색하지 않은 게 영 좋다. 우리는 그냥 친구다. 응?

준호: 그렇잖고! 연애관계를 그만 뒀다고 친구관계까지 끊어버리겠니? 그런 게 제일 머저리다.

은주: 준호야! 너는 그냥 가무단에서 성악을 하겠니?

준호: 배운 게 그것뿐인데 안 그러면 어디 가서 뭘 하겠니? 삼륜차나 몰까?

은주: 난 어째 그냥 노래하기 싫다. 그런데 준호야! 너 나하고 그만둔 다음에 다른 여자 봐 둔데 있니?

준호: 응!

은주: 있다고? 그리 빨리? 누구야? 내 아니?

준호: 아직은 봐만 두고 말을 안 뗐기에 약간 비밀이다. 너는 있니? 봐 둔데?

은주: 아직 봐 둔건 없지만 봐야할 목표는 있다.

준호: 무슨 목표?

은주: 꼭 나보다 나이가 열 살 이상인 남자! 유부남도 가리지 않음!

준호: 유부남도 안 가린다고? 너 게걸이구나.

은주: 응! 게걸이다. 사랑이라는 게 원래 게걸이 아니고 뭐야? 하기에 나이 많은 유부남도 가리지 않는단 말이다.

준호: 그러지 말고 목표를 좀 고치면 안 되니? 나이도 비슷하고 유부 남도 아닌 남자!

은주: 그게 옛날 관점이지 뭐야? 나이 비슷한 남자와는 절대 못산다. 하기에 목표는 절대 못 낮춘다는 게다.

준호: 알았다. 나도 호구부를 가져다가 나이를 불려야 되겠다. 그러지 않다간 서방이나 가겠니? 벌써 한번 튕긴 게!

은주: 내 너를 튕겨줬니? 같이 싫다했지! 말조심해라!

준호: 응! 조심할게! 술이나 먹자!

* 둘은 술잔을 부딪친다.

단장 사무실

* 김 단장 앉아있는데 영수 들어온다.

김 단장: 왔구먼! 언제 왔소?

영수: 어제 왔습니다.

김 단장: 북경에 갔었다면서? 그렇게 청시도 없이 마음대로 갔다 왔다 해도 되오? 더구나 딱 극목심사를 한다는 날에?

영수: 잘못했습니다.

김 단장: 잘못했다는 한마디면 다요? 동무 때문에 검사도 못한 손실과 다른 사람들에게 준 영향은 어떻게 하오?

영수: 어쩌랍니까?

김 단장: 검토서를 써서 바치시오. 그리고 새 규정대로 이번 달 월급 절반 떼고 주겠소!

영수: 그 잘난 70%밖에 안 주는 월급에서 절반을 떼낸단 말입니까? 일전 도 싫으니깐 100% 몽땅 떼시오! 떼서 50%는 김 단장이 가지시오!

김 단장: 이 동무가 이게 무슨 말이요? 내 동무 돈 떼먹자고 월급을 떼내오? 정신 좀 차리라는 게지!

영수: 김 단장도 좀 정신 치리시오! 우리처럼 민족예술을 하자고 북경에 서 여기까지 온 사람들께 물질상에서 우대를 못해줄망정 그래 고 까짓 월급 우려내고 준단 말입니까? 김 단장 같은 사람이 계속 그 자리에 앉아있다면 가무단 인재들이 다 달아나고 맙니다. 단장이 라면 천방백계로 단위사람들의 월급부터 100%보장하기 위해 악을 쓰고 뛰어 다녀야지 그 잘난 벌금 따위나 안고 방아를 찧으면서 내 월급 떼내서 다른 사람들을 100% 주겠습니까? 100% 월급보증 도 못하는 김 단장 월급은 안 떼냅니까?

김 단장: 동무 북경에서 오면 대단한 줄 아는가? 북경에서 온 게 무슨 그리 대단해서 자기 맘대로 해보자는 거요? 여기가 싫으면 북경 으로 돌아가오!

영수: 가라면 못 갈 것 같습니까? 안녕히 잘 있으시오!

* 영수 문을 차고 나간다.
* 김 단장 화가 치밀어 책상을 쾅 친다.

거리

　*　영수 징징 걸어가는데 미란 가무단으로부터 달려 나온다.

미란: 여보시오! 거기 서시오!

　*　영수 그냥 징징 걸어가자 미란 뛰어가 따라가며 말한다.

미란: 당신 잘못하고도 오히려 큰소리 하는 건 뭐란 말입니까? 잘못했
　　　다고 빌어도 모르겠는데 단장과 다투면 됩니까? 빨리 지금이라
　　　도 가서 다시 잘 얘기하시오!

영수: 내 잘못했다고 안 했는가? 잘못했다면 되지 거기다 무슨 검사요,
　　　벌금이요, 똥이나 먹어라 하오!

미란: 그건 새로 규정한 제도여서 방법이 없습니다. 단장이 규장제도대
　　　로 처리하는 게 뭐 어쨌다고 그럽니까?

영수: 규장제도는 무슨 떡 대가리 같은 규장제도요? 왜 그 규장제도에
　　　단장질 제대로 못하고 최저한도 100%월급도 못 보증하는 단장
　　　은 철직시킨다는 조목은 없는가?

미란: 어째 자꾸 외로 나갑니까? 아무렴 칼자루 쥔 사람이 이기지 당
　　　신 이기리라고 이럽니까? 빨리 가기시오!

영수: 비켜나오! 그 잘난 가무단에서 나오면 다지! 빌기는 개뿔 빈답데?

　*　영수 미란을 뿌리치고 씨엉씨엉 걸어간다.
　*　맥 빠진 미란 속수무책으로 서있다.

거리

　*　영수 밸 김에 미란을 뿌리치고 거리로 나오는데 때마침 용남이 오토바
　　이를 타고 온다.
　*　영수 오토바이 앞을 막아선다.

영수: 서오! 서라니깐!

   * 용남 급정거를 한다.

용남: 왜 그러오? 무슨 일이요?
영수: 잠간만 오토바이를 빌리오!
용남: 탈줄 아오?
영수: 빌리라는데!

   * 용남이 내리기 바쁘게 영수 오토바이를 타고 씽 달려간다.

교외

   * 영수 오토바이를 타고 시내를 벗어나자 속도를 내여 오토바이를 냅다 몬다.
   * 비틀거리며 달리는 오토바이.
   * 영수 갑자기 앞에서 오는 차를 피하다가 오토바이와 함께 나뒹군다.

제7회

병실 안(새벽)

* 영수 붕대를 감고 침대에 누워있고 미란 침대가에 쪼크리고 앉은 채 쪽잠이 들어있다.
* 영수 천천히 눈을 뜨고 사위를 둘러보다가 쪽잠이 든 미란을 발견한다.
* 한 병실에 있는 환자들 미란을 칭찬한다.

환자1: 아주머니 영 수고했습니다. 지난밤에 한잠도 못자고 꼬박 새웠습니다.

환자2: 정말 사랑이 지극하더구먼. 머리를 짚어본다, 수건을 갈아준다, 이불을 여미어준다, 한시도 앉아 있을 줄을 모르더구먼. 방금 날이 밝자 잠간 눈을 붙였다오.

* 영수 환자들의 말을 들으며 미란의 머리를 쓰다듬다가 미란의 손을 잡아다 자기 볼에 가져다 댄다.
* 미란 깜짝 놀라 깨여난다.

미란: 소변보겠습니까? 내 오래 잤습니까?

* 영수 머리를 가로 저어 대답을 준다.

영수: 당신 수고했소! 나 때문에!

미란: 앓는 사람이 고생이지 내 무슨 고생입니까? 그런데 어떻습니까? 골이 또 아픕니까?

영수: 내가 골이 아프다고 했소?

미란: 난 당신 머리가 크게 상했을까봐 가슴이 덜컹 했습니다. 머리 상하면 어쩝니까?

 * 영수 미란을 안위하느라고 우스개로 받는다.

영수: 당신의 사랑이 이처럼 날 지켜주고 있는데 하느님이 그렇게 빨리 날 머저리로 되게 하겠소?

미란: 정말 불행 중 다행 입니다.

상철이네 주방

 * 상철 부랴부랴 밥그릇을 사들고 밖으로 나간다.

병실 안

 * 미란 대야에 물을 떠다 영수를 세수시켜주고 칫솔 물까지 받쳐준다.

미란: 이제 퇴원하면 안착하고 출근이나 제대로 하시오. 까짓 돈을 벌어 뭘 합니까?

영수: 까짓 돈? 그럼 까짓 월급을 가지고 우리가 잘 살수 있소?

미란: 까짓 개두 안 먹는 돈 벌려다가 당신 잘못되면 그런 돈 쓸데 있습니까?

영수: 개도 안 먹는 돈인 게 아니라 멍멍이도 지금 돈만 있으면 멍첨지가 되는 세월이요!

미란: 먹고 살만한 돈이 있으면 되지 돈 욕심이란 게 끝이 있습니까?

영수: 옳소! 먹고 살만한 돈만 벌지!

 * 이때 상철 아침을 해들고 들어온다.

상철: 이거 늦었구나! 미란이 출근이 늦어지겠다. 빨리 여기 와서 함께
　　　먹고 출근을 해라!

미란: 아닙니다. 아무래도 집에 들렸다가야 되기 때문에 난 집에 가서
　　　먹겠습니다.

상철: 이왕 갈 바면 빨리 가거라! 우리끼리 차려먹을 테니깐 빨리!

　* 상철 미란을 밀다시피 해서 내보낸다.
　* 영수에게 눈인사를 하고 밖으로 나가는 미란.

영수네 집 안

　* 미란 집으로 들어와 주방에서 손으로 대충 주어먹고 옷을 갈아입고 거
　　울 앞에 가 선다.
　* 미란 춤동작을 몇 번 해보고 춤추며 밖으로 나간다.

무용 연습실

　* 미란의 집안에서의 춤이 연습장까지 이어진다.
　* 미란 한참 땀을 흘리며 연습하는데 순녀 들어온다.

순녀: 벌써 왔소? 빨리 왔구먼? 그런데 영수 상처는 좀 어떻소?

미란: 네! 괜찮습니다. 다행히 머리와 뼈를 상하지 않아서 며칠 후면
　　　퇴원할 것 같습니다.

순녀: 미란이도 주의하오! 간호하는 사람도 환자 못지않게 바쁜 법이요!

미란: 전 아직 괜찮습니다.

순녀: 하긴… 힘으로 간호한다고? 사랑으로 하는 거니깐 힘든 줄도 모
　　　를 테지! 그러나 몸이 강철이 아니란 건 잊지 마오!

미란: 사랑은 강철도 녹인답디다.

순녀: 하긴… 나도 점심엔 영수 보러 좀 가야겠소!

미란: 가지 마시오! 별일 없습니다.

순녀: 가고 안 가는 건 내 자유가 아니요? 난 아직 죄인이 아닌데?

미란: 나도 경찰이 아닙니다.

* 둘은 연습으로 들어간다.

성화네 집 안

* 미라 학교 갈 준비를 하고 자고 있는 성화를 흔들어 깨운다.

미라: 아버지, 일어나시오! 학교 갈 시간이 됐습니다.

* 그제야 성화 자리에서 일어나 액화가스의 불을 켜고 나면을 끓인다.
* 미라 인차 뾰루퉁해진다.

미라: 또 나면입니까? 안 먹겠습니다.

* 미라 밖으로 나간다.
* 성화 쫓아나간다.

성화: 미라야! 밥 해줄게 먹고 가라!

* 팬티바람이라 더 나가지 못하고 문가에 멈춰서는 성화.

무용 연습실

* 순녀와 미란 막 연습을 끝마치는데 준호와 은주 들어온다.

은주: 미란 언니! 점심에 병원으로 가오?

미란: 응! 가지 않고!

준호: 누나! 우리도 같이 가기오.

미란: 바쁜데 무슨?

은주: 오빠 상했는데 안 가보면 되오?

준호: 은주야! 네 촌수는 어째 그렇니? 이 누나를 언니라면서 또 영수
형님은 오빠라니? 그럼 이 누나가 오빠와 사니?

은주: 응! 오빠와 누나 산다. 어째? 너는 누가 그런 잔 서캐나 훑으라니?

준호: 기실은 나도 바빠서 그런다. 이 누나를 기준하면 영수 형님을 매
형이라고 불러야 되지 또 영수 형님을 기준으로 하면 이 누나를
아주머니라고 불러야 되지 어떻게 불렀으면 좋을지 잘 모르겠단
말이다.

은주: 부르고 싶은 대로 불러라! 일 있니? 빨리 가자야! 오빠 출원하
겠다.

  * 모두들 웃으면서 무용실에서 나간다.

병실 안

  * 상철 사과를 깎으며 영수와 이야기를 하고 있다.

상철: 영수야! 너 그 호텔경리라는 여자와는 무슨 관계니?

영수: 무슨 관계겠습니까? 사업관계입니다.

상철: 그저 사업관계인데 그렇게 휴대폰도 사주고 수고비도 3천 원씩
이나 준다니? 그러고 단 둘이서 북경에까지 다녀오고?

영수: 다 사업관계라지 않습니까? 그 여자 나이 나보다 열 살이나 이
상입니다.

상철: 글쎄 사업관계이상으로 더 발전하지 않는 게 좋겠다.

  * 이때 린나 꽃묶음을 들고 들어온다.

영수: 아니, 총경리 어떻게?

상철: 그 여자니?

영수: 네! 총경리! 우리 아버집니다.

  * 린나 아주 수양 있게 인사를 한다.

린나: 린나라고 부릅니다. 늦게 찾아 와서 죄송합니다.

상철: 사업이 다망하실 텐데 폐를 끼쳐 안됐습니다. 그럼 얘기하십시오!

  * 상철 역시 수양 있게 자리를 피해나간다.
  * 린나 들고 온 꽃을 꽃병에 꽂는다.

린나: 무슨 꽃인지 알만합니까? 모란꽃입니다.

린나(방백): 저야 뭐 영수씨 부인과는 아예 대비도 못하지요! 장미꽃과
  할미꽃!

영수(방백): 어쩌면 그렇게 비유합니까? 내 보기엔 장미꽃과 모란꽃!
  두 분 다 독특한 서로의 매력을 가지고 있다고 봅니다.

린나(방백): 모란꽃? 호호호… 오늘 기장밥을 해야 할 것 같습니다. 할
  미꽃이 모란꽃으로 일약 상승했으니깐요?

영수(방백): 진짭니다. 경리님은 우리 처한테 없는 그런 풍도와 성숙미
  가 있습니다.

린나: 제가 왜 하많은 꽃 중에서 하필이면 이 모란꽃을 사왔는지 알만
  합니까?

영수: 네! 알만합니다.

린나: 사업에서 맞갖지 않은 일이 생길 수 있는데 그렇다고 그때마다
  오기를 부려서는 안 된다고 생각합니다. 이번에도 이만하기 다행
  이지 불길한 말로 뇌가 잘못 됐다면 어쩔 번했습니까?

영수: 어쩔 번했겠습니까? 어떤 사람은 슬퍼서 울 거고 어떤 사람은 더 깊이 사귀지 않기를 다행이었다고 한시름 놓겠지요!

린나: 사랑의 깊이를 시간의 길이로 잰답니까? 그렇다면 왜 어떤 사람과는 한평생을 같이 있으면서도 사랑이 가지 않고 또 어떤 사람과는 만나자마자 사랑이 가는 걸가요?

영수: 어떤 오락은 사랑이 아니지 않습니까?

린나: 짝사랑도 사랑이라고 했습니다. 그런 사람에게 한해서 오락은 사랑이라고 해도 틀리지 않을 겁니다.

　* 영수 여기서 말머리를 돌린다.

영수: 가무청은 잘 돼갑니까?

린나: 잘 되지만 영수씨가 있을 때보단 못합니다. 이제 상처가 나으면 다시 와주겠습니까?

영수: 난 그 가무청의 경립니다.

린나: 감사합니다.

　* 린나 핸드백에서 돈 봉투를 꺼내 영수에게 준다.

영수: 이건 무슨 돈입니까?

린나: 영수씨가 절약한 돈입니다.

영수: 무슨 말씀인지 잘 모르겠습니다.

린나: 전번에 북경에 음향효과기를 사러갔을 때 영수씨 덕분에 만원을 절약하지 않았습니까?

영수: 아니 그럼 그 돈을?

린나: 영수씨가 절약해서 남은 돈이니 응당 영수씨가 가져야 할 게 아닙니까? 사양하지 마십시오!

＊ 이런 때에 미란, 준호, 은주 들어온다.

은주: 오빠, 어떻소?
준호: 형님, 괜찮소?

＊ 린나 봉투를 베개 밑에 넣고 일어난다.

린나: 치료 잘 하시오!

＊ 린나 미란, 준호, 은주에게 인사하고 나간다.

미란: 저 여자 누굽니까? 호텔경리 아닙니까?

＊ 영수 먼저 준호가 대답한다.

준호: 양! 옳소! 우리 북경에서 올 때 같이 왔소!
미란: 정말 귀부인 맛이 팍 나오. 양?

＊ 미란 별 생각 없이 린나가 나간 쪽을 돌아본다.

거리

＊ 준호와 은주 차를 기다리며 서있다.
＊ 준호 금주를 보고파서 은주에게 같이 가자고 한다.

준호: 은주야! 지금 곧게 집으로 가니?
은주: 응!
준호: 나도 가자! 너네 집에!
은주: 너는 가서 뭘 하니?
준호: 놀지 무슨! 정말, 저녁도 얻어먹고!

은주: 누가 준대! 비위가 곱다! 너도 응?

준호: 곱잖고! 네가 안주면 우리 선생님과 달라지. 무슨! 우리 선생님
　　　은 너처럼 맹꽁이 아니다.

은주: 너 나하고 놀자고 가니 우리 언니 보자고 가니?

준호: 둘 다!

　* 이때 차가 와 멈춰 선다.
　* 은주 먼저 오르자 준호도 따라 오른다.

은주: 넌 내려라! 보기 싫다.

　* 준호 억지로 밀고 올라탄다.

준호: 같이 가자! 관계를 끊자마자 그리 무정하니?

은주: 보기 싫어 죽겠다.

　* 덜커덩 떠나가는 차

은주네 집 밖

　* 준호와 은주 막 집 앞에까지 왔는데 순녀 집에서 나온다.

준호: 선생님, 안녕하십니까?

은주: 어머니, 어디 갑니까?

순녀: 참, 너희들 점심에 영수 보러 갔댔지? 어떻더니? 영수?

은주: 괜찮겠습디다. 뼈를 다치지 않아서! 어머니 지금 병원에 갑니까?

순녀: 응! 저녁은 차려놨다. 들어가 먹어라.

　* 순녀 떠나가고 준호와 은주 집으로 들어간다.

은주네 집 안

＊ 준호 들어 오자바람 여기저기를 돌아본다.

은주: 뭘 찾니? 밥이나 먹자!
준호: 어째 우리 선생님 없니? 어느 방이 선생님 방이야?

＊ 준호 방문을 열고 들어간다.
＊ 금주가 젊었을 때 찍은 사진이 침상머리에 놓여있다.
＊ 준호 그 사진을 들여다보며 사진속의 금주와 같은 자세를 해본다.

준호: 야, 양귀비구나! 미인이다. 미인!

＊ 준호 사진에 키스를 하는데 은주 소리치며 들어온다.

은주: 밥 믹자는데 뭘 하니?

＊ 준호 인차 입김을 불어 사진틀을 닦으며 구실을 찾는다.

준호: 이 고운 사진에 어째 먼지 묻었니? 그래서 내 지금 닦는다.
은주: 사진 닦니? 키스 하니? 나를 게걸이라던 게 너 더 게걸이구나!
준호: 사랑이란 게 원래 게걸이라더라!
은주: 뭐라고? 너 우리 언니와 사랑?
준호: 아니, 아니다. 내 너 말을 외웠다 뿐이다. 밥 먹자! 야, 배고프다.
　　　밥 먹자!

＊ 준호 금주의 방에서 뛰어나간다.
＊ 이때 금주 들어온다.

준호: 선생님 이제 옵니까? 저녁…

 * 준호 어쩔 줄을 모르는데 은주 더 못살게 골려준다.

은주: 준호 방금 언니 방에 들어가서 언니 사진에 대고…

 * 준호 급히 은주의 입을 싸쥔다.

준호: 제발! 내 너를 누나라 할게!
은주: 언니 사진에 대고 입김을 불고 먼지를 닦았소!
금주: 응! 먼지 많이 끼었을 거다.

 * 호- 날숨을 크게 쉬는 준호.

병실 안

 * 영수와 미란 상철이를 집에 가라고 서로 권한다.

미란: 아버지! 빨리 집에 가시오! 밤에는 제가 지키겠습니다.
상철: 매일 밤 너 혼자서 어떻게 피곤해 지키니? 오늘은 내가 지킬 터
　　　니 넌 집에 가 좀 쉬여라!
미란: 우리는 나이 어려서 괜찮습니다. 아버지 빨리 돌아가시오!

 * 이때 순녀 식품구럭을 들고 들어온다.

미란: 선생님!

 * 상철 돌아보다 순녀와 눈길이 마주친다.

상철: 아니, 순녀 선생이?
순녀: 선생님도 계셨습니까?

미란: 선생님, 여기 와 앉으시오!

* 순녀 자리에 앉자 영수 미안해한다.

영수: 선생님, 연습에 영향을 끼쳐 미안합니다.

순녀: 미안해할 건 없고… 몸은 어떻소? 괜찮겠소? 늦게야 와서 내가
오히려 미안하오!

미란: 선생님 무슨 말씀을?

은주네 집

* 금주와 은주, 준호 저녁을 먹는다.

은주: 언니, 좀 주의하오! 이 준호 요즈음 전문 언니 뒷조사를 하고 다
니오!

금주: 왜? 나한테 범죄혐의라도 있는 것 같소?

준호: 아닙니다. 뒷조사는 무슨 뒷조사입니까? 다 은주가 만들어낸 거
짓말입니다.

은주: 거짓말은 무슨 거짓말이니? 너 오늘도 나보러 왔니? 우리 언니
보러 왔니? 솔직히 말해라!

준호: 내 아까 말 안 했니? 둘 다 보고 싶어 왔다고!

은주: 누가 더 보고 싶은가 말이다. 나야? 언니지?

금주: 어째 그리 바쁘게 노니? 밥이나 먹어라!

준호: 저 은주 그냥 사람을 좀 바쁘게 놉니다. 그래서 저 은주와 놀 때
는 한번도 편해 못 봅니다.

은주: 옳다 글쎄! 우리 언니와 놀면 영 편안하지?

준호: 또? 머저리 같다. 내 어떻게 선생님과 노니?

은주: 지금 그래 놀지 않고 사업하니?

준호: 밥 먹는다. 어째?

　　* 금주 웃음을 참지 못하고 웃어버리는 통에 밥 총알이 튕겨나간다.

병실 안

　　* 순녀 가려고 일어나자 미란, 상철이도 함께 일어난다.

순녀: 영수! 그럼 치료 잘하오!

영수: 네! 잘 다녀가십시오. 못 일어납니다.

순녀: 양! 일어나기는?

미란: 아버지! 선생님 가실 때 아버지도 함께 가시죠!

상철: 나야 뭐? 천천히 가지!

미란: 우리 선생님도 바랠 겸 같이 가시오!

　　* 미란 기어코 상철이를 순녀와 함께 내보낸다.

병원 정원(밤)

　　* 상철이와 순녀 정원을 거닌다.

순녀: 좀 걸을까요?

상철: 걷기요! 달빛도 좋은데!

　　* 둘은 천천히 정원을 거닌다. 걷다가는 서고 섰다가는 또 걸으면서…

순녀: 선생님은 그냥 혼자 사실 작정이십니까? 이젠 며느리까지 삼았
　　　는데… 상처한지도 8년이 넘었지요?

상철: 글쎄 어쨌으면 좋겠는지? 그런데 순녀 선생은 왜 그냥 홀로 살
고 있소?

순녀: 글쎄요. 왜서 재가를 하지 않고 혼자 살까요? 믿는 곳이 있어서?
기다리는 사람이 있어서? 아니면 그저 재가가 싫어서?

상철: 우리 저 벤치에 좀 앉을까?

* 둘은 정원 벤치에 나란히 앉는다.
* 2중창이 흐른다.

[노래]

인생은 늙어도 사랑은 늙지 않아
침묵 속에 오가는 사랑의 고백인가
마주치는 눈길 속에 수많은 말 오가는데
터치지를 못하고 가슴속에 숨겨두는
아― 아―
답답한 사랑아 숨 막히는 사랑아

상철: 순녀가 연변예술학교를 졸업하고 우리 현문공단으로 오던 날이
어제 같은데 순녀의 얼굴에도 인젠 주름이 퍼지는구먼! 그때의
일들이 지금도 더러 기억이 나오?

순녀: 네! 그 기억 중에서도 선생님이 하신 말씀 '순녀는 키가 작아서
무용수로 희망이 적을 것 같으니 안무 쪽으로 힘써 보오! 그게
더 유망할 것 같소!' 그 말씀은 그 후 줄곧 저의 좌우명이 되어
저의 무용창작을 추동해주었습니다.

상철: 그래서 오늘은 유명한 국가급안무가로 되지 않았소?

순녀: 선생님의 덕분입니다. 선생님은 저의 계몽선생님이었지요!

상철: 이젠 늙었소! 늘그막 노망으로 무용이론을 연구한다 하지만 새
로운 관점이 없고 늘 케케묵은 소리만 대중없이 외쳐대지!

순녀: 벌써 무슨 노망얘기를 다 하십니까? 육십에 청춘이라는데 한창입니다.

상철: 한창? 그렇소! 한창이요! 적적하기 한창이고 타락하기 한창이고 투정질하기 한창이요! 이러지 말아야겠다고 다짐은 하면서도 마음처럼 안되는 게 인생이란 말이요!

순녀: 옆에 말동무라도 있으면 퍽 나을 텐데요!

상철: 그럼! 늘그막 복은 노친이라지 않소? 금 주고도 못 바꾸는 복!

순녀: 여자도 같은 것 같습니다. 그런데 그런 복이 저절로 굴러들어온답니까? 저도 그런 복 하나 생겼으면 하는데 말입니다.

  * 상철 먼저 자리에서 일어난다.

상철: 글쎄… 그런 복이 데굴데굴 제 발로 굴러올까?

  * 순녀도 일어나 상철의 팔을 끼고 걷는다.

순녀: 절대 저절로는 굴러오지 않을 겁니다. 굴려와야지!

상철: 글쎄… 굴려와야겠소!

  * 둘은 조용한 달빛을 밟으며 조용히 걸어간다.

무용 연습실

  * 『장백 정』에 나오는 쌍무와 군무 「사랑이 익을 때」를 연습하는데 영수의 자리가 비어있어 무용수들 시시해 한다.

무용수1: 쌍무라는 게 여자 혼자서 빙빙 도니 정서 없어 어디 추겠습니까?

무용수2: 영 재미없지. 예? 맹물에서 맹물들이 노는 것 같은 게!

무용수3: 영수 언제 올지도 모르고 그냥 이렇게 연습한다니?

무용수4: 영수 퇴원해도 계속 하겠는지 누가 아니? 단장과 싸우고 나
간 게!

* 미란 한쪽에서 그런 말들을 들으며 어쨌으면 좋을지 몰라 한다.
* 순녀 인차 수군거림을 제지시킨다.

순녀: 조용하시오! 내가 임시로 영수 역을 할 테니깐 연습을 계속 합
시다.

* 순녀 미란이와 함께 쌍무를 추고 무용수들 군무정서는 그냥 부진상태다.
* 연습은 또 흐지부지 끝난다.
* 무용수들의 수군거림이 또 터져 나온다.

무용수1: '사랑이 익을 때'라는 게 여자와 여자가 추니 어디 익을 때
야? 떨어진 다음이지!

무용수2: 응! 동성연애를 하는 것 같지?

무용수3: 됐다! 그만하자! 미란이 들으면 좋아하니?

* 미란 그런 말들을 참고 듣다못해 연습실에서 뛰어나간다.

단장 사무실 밖

* 미란 뛰어와 문을 두드리고 들어간다.

단장 사무실 안

미란: 김 단장, 영수 대신 다른 남자 역을 바꿔주시오!

김 단장: 아니, 왜?

미란: 남자주역이 없이 어떻게 연습합니까? 무용수들의 의견이 대단합
니다.

김 단장: 이제 며칠만 있으면 영수도 퇴원하지 않소? 좀 기다려 보오!

미란: 그럼 먼저 B역이라도 대신해서 연습하는 게 좋지 않습니까?

김 단장: 좋은 A역이 있는데 무슨 B역이요? 또, 이런 문제는 영수가 없을 때 마음대로 결정하는 게 아니요!

미란: 영수가 퇴원해서도 만약 하지 않겠다고 하면 어쩝니까?

김 단장: 영수가 그럽데? 나와서도 안 하겠다고?

미란: 그런 말은 없었지만 만일을 생각해서 B역을 연습시키는 게 좋지 않습니까?

김 단장: 그건 안 되오!

미란: 그러다가 정말 공연에 지장을 주면 어쩝니까? 한사람 더 연습하게 합시다.

김 단장: 안 된다니깐! 다른 일이 없으면 나가는 게 좋겠소!

> * 김 단장 시끄럽다는 듯 다시는 미란을 응대하지 않자 미란 더 말하려다 말고 나간다.

거리

> * 승용차 안에 김 단장과 금주, 은주가 앉아있다.

김 단장: 이번에 접대할 손님은 본지의 실업가인데 경제실력이 대단하다오! 전번처럼 또 접대를 잘해주오!

은주: 늙은 사람입니까?

김 단장: 내 나이만큼 될까? 그저 서른 살 좀 넘었을 거요! 전번에 보니깐 은주도 활약둥이더구만! 술도 잘 마시고 말도 잘하고 또 노래만 잘 부르는가했더니 춤도 잘 추고…

은주: 그래도 김 단장보다 멀었습니다. 김 단장은 평시에 말도 잘 안 하기에 감정도 없고 인정도 없는 나무인가 했더니 아는 것도 많고 사교술도 좋고 춤도 잘 춥디다. 예? 끝난 다음에 또 산적

    점에 갑시다. 예?
김 단장: 아니 아니, 그건 안 되오!

  * 어느새 차가 호화스런 식당 앞에 와 멈춰 선다.

김 단장: 내리기오! 다 왔소! 오늘은 그 손님이 청하는 판이요!

  * 셋은 승용차에서 내려 식당으로 들어간다.

식당 안

  * 전 경리 안에서부터 나오며 반갑게 맞는다.

전 경리: 반갑습니다. 어서 오십시오!

  * 모두들 상에 눌러앉자 전 경리 냉함장을 돌려준다.

전 경리: 저의 명함장입니다. 받아주십시오!
은주: 네! 전 경립니다. 네? 대단하십니다.
전 경리: 지금 소우장의 말뚝보다 더 흔한 게 경립니다. 대단한 거야 진짜
    예술을 하는 분들이 대단하지 우리 같은 장사꾼들이 무슨 대단합니
    까? 장사야 누구나 다 할 수 있지만 예술이야 어디 누구나 다하는
    겁니까? 타고난 천부가 있어야지요! (복무원에게) 아가씨! 요리를 올
    리고 술을 따르시오! 모두들 편안히 앉으시오! 오늘 이렇게 김 단장
    님과 예술인 아가씨들을 한자리에 모시게 되어 매우 영광스럽습니
    다. 금후 서로 자주 연계하도록 합시다.

  * 이때 전 경리의 휴대폰이 울려 전 경리 휴대폰을 받는다.

전 경리: 실례합시다. 여보시오?

* 그러는 전 경리를 곱지 않게 흘끔 가로보는 은주
* 김 단장 그러지 말라고 눈짓을 한다.
* 아닌 체 다시 밝은 표정을 지어보이는 은주

노래방

* 금주는 김 단장과, 은주는 전 경리와 춤을 추고 있다. 전 경리 은주의 허리를 될수록 자꾸 꼭 끌어당겨 안는다.

전 경리: 은주 씨는 성악가라고 하지만 체형은 무용가나 다름없습니다. 호리호리하고 날씬하고 탄력적입니다.

은주: 전 경리도 기업가라지만 예술가 같습니다. 노래 잘 부르고 춤 잘 추고 말씀 잘하시고 인물 환하시고 아주 매력적입니다.

전 경리: 난 예술을 좋아하지만 예술세포는 전혀 없습니다. 오늘 은주 씨를 알게 되어 매우 기쁜데 후에 제가 혹시 불러도 만나주겠습니까?

은주: 대단히 영광스럽게 생각하겠습니다. 전 경리 같은 모모한 기업가와 사귈 수 있다는 것도 인연이라고 생각합니다.

전 경리: 그럼 후에 종종 찾겠습니다.

* 이때 곡이 끝나 서로 자리에 가앉는다.
* 은주 맥주를 따른다.

은주: 제가 전 경리의 후원에 감사를 표시하면서 노래 한곡 불러드리겠습니다. 언니, 전 경리와 춤을 추오!

* 은주 노래한다.

[노래]

벼슬도 싫다마는 명예도 싫어
정든 땅 언덕 위에 초가집 짓고
낮이면 밭에 나가 길쌈을 매고

　　　　밤이면 사랑방에 새끼 꼬면서
　　　　새들이 우는 속을 알아보련다.

　*　은주 앉아서 해바라기만 까고 있는 김 단장을 청해 춤을 춘다.

은주: 김 단장, 끝난 후에 양고기산적점에 가야 됩니다. 네?

김 단장: 싫소! 또 은주 안주에 들라고? 오늘은 곧바로 집에 가오! 금
　　　　주도 왔는데!

은주: 그럼 내 김 단장 집에 놀러가는 건 일없지. 예?

김 단장: 오늘?

은주: 아니, 후에 아무 때나!

김 단장: 그러오!

은주: 어째 김 단장 춤춘다는 게 이렇게 꼿꼿합니까? 딱 말뚝 같다.

　*　은주 김 단장의 목을 끌어안고 머리를 김 단장의 얼굴에 딱 붙인다.
　*　점점 어색해지는 김 단장

밤거리

　*　금주와 은주 밤거리를 걸어가고 있다.

은주: 언니, 전 경리 어떻습데? 사람이?

금주: 모르겠다. 한번 보고 어떻게 아니?

은주: 나보고 후에 또 불러도 되는가 묻습데!

금주: 그래서?

은주: 된다고 했지! 그리고 짧은 바지를 잔뜩 춰줬소!

금주: 주의해라! 돈 많은 남자들 호색이 아니면 등신이라더라!

은주: 주색은 원래 남자들의 본능이라더구면 무슨! 돈 있는 사람만 그
　　　　렇다오?

금주: 돈 있는 사람은 더 하단 말이다.

은주: 그런데 언니! 우리 김 단장은 어떻소? 색을 좋아하오?

금주: 너 지금 무슨 말을 하니?

은주: 김 단장이 젊은 여자 좋아하는가 말이요?

금주: 좋아하면 어째? 너 놀아주겠니?

은주: 사귀여보지 무슨!

금주: 헛소리! 김 단장 사모님이 얼마나 김 단장을 잘 대해준다고?

은주: 언니! 김 단장 사모님 곱소? 어리오? 무슨 일을 하오?

금주: 모른다. 그런데 너 왜 김 단장 일을 꼬치꼬치 캐묻니? 방금 춤 출 때도 그게 무슨 동작이니? 너 정말 김 단장한테 호감을 갖고 있는 거 아니니?

은주: 아직은 배양 중이요! 이제 배양결과를 봐야지! 그렇지만 언니, 우리 김 단장이 남자답고 똑똑한 것만은 사실이지?

금주: 안 그러면 어떻게 단장이 됐겠니?

은주: 됐소! 이 한점은 언니 관점이나 내 관점이나 일치! 일치요!

* 이 말 저 말하며 집 앞까지 왔는데 집 앞에 준호 서있다.
* 금주와 은주 거의 동시에 준호를 알아본다.

금주: 준호?

은주: 준호?

* 은주 먼저 준호 앞으로 다가간다.

은주: 준호야! 너 여기서 우리를 기다리니?

준호: 응!

은주: 누구를? 언니를? 나를?

준호: 둘 다!

은주: 둘 다? 어째서?

준호: 어째서? 몰라 묻니? 은주야! 너 지금 손님을 배석하여 술이나 마시고 춤이나 추고하는 그런 배석아씬가 하니?

은주: 너 또 그 일 때문이니? 내 말하지 않아? 사업이라고!

준호: 우리 가무단에 그런 사업할 사람이 너네 자매밖에 없니?

  * 준호 은주를 밀치고 금주한테로 간다.

준호: 선생님! 선생님은 동생을 이런 데로 이끕니까? 예술인이라면 예술인의 본분은 지켜야 할께 아닙니까? 선생님은 남편과도 이런 일 때문에 다투지 않았습니까? 여자들이 밤늦게까지 남자들과 어울려 술 마시고 춤추고 희락거리는 것이 사업이라고 생각합니까? 그렇다면 오늘 저하고 밤을 새우며 사업해 봅시다. 그러한 사업경비는 이 준호한테도 있습니다. 갑시다!

  * 준호 금주의 손을 잡아끌며 걸어간다.
  * 은주 달려가 말린다.

은주: 준호야! 너 왜 이러니? 우리가 사업하던 놀아나던 너와 무슨 상관이니?

  * 준호 그 말에 잡았던 금주의 손을 스르르 놓아준다.

준호: 무슨 상관인가고? 그래! 나 같은 게 무슨 상관이겠니? 너나 선생님이 놀아나던 바람피우던 내게 무슨 상관할 권리가 있단 말이니? 그저 내 이 가슴이 아플 뿐이다.

  * 이때 성화 술에 녹초가 되어 찾아온다.

성화: 밤중에 누가 고래소리를 지르오? 가슴 아프면 나처럼 술이나 마실 게지! 난 술 마시니깐 가슴 아프던 게 아무렇지도 않게 하나도 안 아픈데…

  * 성화 금주를 알아본다.

성화: 금주 아니요? 내 오는 걸 어떻게 알고 여기 나와 있소? 이제 누가 가슴 아프다고 했소?

  * 성화 은주와 준호를 찬찬히 쳐다본다.

성화: 이건 우리 처제 은주! 이 사람은 딱 어디서 본 것 같은데… 아! 그 호… 무슨 호든가? 선호? 아닌데… 철호? 아닌데… 오, 준호! 준호지! 방금 준호 가슴이 아프다고 소리쳤소? 가기요! 우리 가시집에 들어가서 나하고 술을 간단히 푹 하기요! 우리 가시 어머니 한밤중에라도 이 사위가 와서 술 달라면 꼭꼭 주오! 가자!

  * 준호 술동무를 만나 차라리 좋다고 성화를 끌고 간다.

준호: 갑시다! 우리 선생님이 안 가겠다는데 우리 둘이 가서 밤을 패며 마십시다. 아가씨도 청하고! 갑시다.

성화: 아가씨는 싫다! 술만 먹자! 가자!

  * 성화 준호의 팔을 끼고 비틀거리며 걸어간다. 콧노래가 절로 나온다.

[노래]

간다간다 나는 간다
술 마시러 나는 간다

  * 금주 어둠 속으로 사라지는 준호의 모습을 점토록 지켜본다.

제8회

준호네 숙소(새벽)

* 준호 옷을 입은 채 이불도 없이 마구 쓰러져 자고 있다.
* 금주 보온병에 해장국을 해들고 들어온다.
* 금주 준호가 깨나기 전에 집을 거두고 밥을 안친다.
* 준호 목이 말라 잠결에 자꾸 물을 찾는다.
* 금주 냉수를 한 바가지 가득 퍼가지고 준호를 깨운다.

금주: 준호! 정신 차리오! 자, 물을 마시오! 물을 마시라는데!

* 준호 채 잠이 안 깬 채 물을 받아 꿀꺽꿀꺽 마시다.

금주: 준호! 인젠 정신이 좀 드오?

* 그제야 준호 정신을 차린다.

준호: 아니, 선생님? 선생님 언제 오셨습니까?
금주: 그런데 무슨 술을 그렇게 마셨소? 내 해장국을 끓여 왔으니 빨리 일어나 정신 차리고 아침을 먹소!
준호: 네! 술 재간도 없으면서 어제 밤에 꽤나 했습니다.
금주: 나 때문에? 내가 밤 돌이를 한다고 못마땅해서 과음을 했단 말이지?
준호: 아니, 저… 그런 점도 있습니다. 전번에도 은주와 말했다가 퇴박만 맞고 말았지만 난 그런 여자들을 좋아하지 않습니다. 좋아 안 하면 그저 혼자서 그렇거니 생각하고 남의 일에 상관하지 말았

어야 하는 건데 어제 밤엔 미안했습니다. 언사도 과했고 선생님
앞에서 버릇없이…

금주: 미안하긴? 난 그 일이 못내 감사해서 오늘 부러 찾아온 거요!
제일처럼 생각해주는 그 마음, 언제 봐도 솔직한 그 성격이 얼마
나 고마운지 난 밤새도록 생각해봤소! 준호가 왜 그토록 가슴 아
파했고 또 왜 그처럼 성을 냈을까? 우리를 진짜 미워했다면 그
럴 수가 있겠냐고 말이요.

준호: 널리 양해해주어 고맙습니다. 선생님, 난 진짜로 선생님을 좋아합
니다. 난 내가 좋아하는 선생님이 배석아가씨 역을 노는 게 정말
싫었습니다. 선생님은 내 앞에 언제나 고귀한 분이십니다. 그런 고
귀한 분이 돈 몇 푼 얻겠다고 그런 사람들 앞에서 술 권하고 노래
불러주고 춤추는 것을 생각하니 정말 참을 수가 없었습니다. 선생
님, 이후부턴 제발 그런 곳에 가지 마십시오! 선생님은 말 그대로
선생님입니다. 선생님이 어떻게 배석아가씨노릇을 한단 말입니까?

금주: 알았소! 내 준호의 마음도 알았고 준호의 말뜻도 알아차렸소! 내
오늘 여기서 결심하지! 다시는 그런 자리에 나타나지 않겠다고
말이요!

준호: 선생님!

* 준호 금주의 두 손을 꼭 잡아 쥐고 이슥토록 금주의 얼굴을 쳐다본다.
그러는 준호의 눈길에 사랑의 불꽃이 깜박깜박 튕겨 나온다.
* 금주 그런 눈길을 알면서도 모르는 체를 한다.

금주: 밥이 다 됐겠소! 빨리 아침 먹소!
준호: 네!

* 준호 신명이 나서 상을 갖춘다. 그러면서도 준호의 눈길은 시종 금주의
몸에서 떨어지지 않는다.

병원 앞

* 영수가 퇴원하는 날이다.
* 상철이와 미란 영수를 부축하여 병원에서 나오는데 준호와 은주 택시를 타고 마중한다.
* 준호와 은주 영수네를 차에 앉히고 서서 손을 흔든다.
* 한쪽에서 린나 승용차에 앉아 퇴원해가는 영수를 눈 바램 한다.

김 단장네 집 안(저녁)

* 김 단장 퇴근하여 집에 돌아온다.
* 돌아와 보니 아내 영애는 보이지 않고 열 살 난 아들 김철이 혼자서 컴퓨터로 전자유희를 놀고 있다.
* 김 단장 주방에 들어가 보니 주방은 아내가 나간 집처럼 썰렁하다.
* 못마땅해 얼굴이 찡그러지는 김 단장

김 단장: 철아! 어머니는?

김철: 모릅니다. 아직 퇴근하지 않은 모양입니다.

김 단장: 퇴근시간이 진작 넘었는데 퇴근하지 않다니?

김철: 그럼 나도 모릅니다.

* 김 단장 휴대폰을 꺼내 꾹꾹꾹 누른다.

건강미체조센터

* 영애 지도교원의 지도에 따라 땀을 철철 흘리며 건강미체조를 하고 있다.
* 한쪽에 걸어놓은 옷 호주머니에서 휴대폰소리 자꾸 울린다.
* 그런 소리를 들을 수 없는 영애 건강미체조에 여념이 없다.

김 단장네 집 안(저녁)

* 김 단장 화가 나서 휴대폰 뚜껑을 탁 덮는데 전화벨이 울린다.
* 김 단장 영애한테서 오는 전화인줄 알고 첫마디부터 툭하게 받는다.

김 단장: 당신 지금 어디 있소? 뭘 하는가 말이요?

식당 안(저녁)

* 은주가 전화를 하고 있다.

은주: 김 단장! 접니다. 은주! 지금 시간이 있습니까?

김 단장네 집(저녁)

* 김 단장 뜻밖의 전화에 약간 놀란다.

김 단장: 은주라고? 그래 무슨 일이 있소?

식당 안(저녁)

* 은주 아주 태연하게 전화를 받는다.

은주: 김 단장님, 지금 인차 집 아래 식당으로 와주겠습니까? 네? 내 술
사드리자고! 그럼 아들도 데리고 오시오! 네! 기다립니다. 네?

영수네 집 안(저녁)

* 세 식구 오랜만에 한상에 모여앉아 저녁은 든다.

상철: 자, 먹자, 영수 네가 입원한 후 처음으로 우리 세 식구가 한자리
에 모여앉아 밥을 먹는구나! 그새 병원에서 제대로 못 먹었는데
지금부터 먹고 싶은걸 실컷 먹어라! 빨리 그 몸을 춰 세워야 연
습도 하지!
미란: 이건 아버지가 손수 고우신 닭곰입니다. 몸 춰서는 데는 즉효라

면서 오늘 장에 가서 토닭을 사다 황계랑 넣고 고운 겁니다. 빨리 드시오!

영수: 아버지 같이 듭시다.

* 영수 다리 하나를 뚝 뜯어 상철에게 준다.

상철: 네가 먹으라는데… 나야 뭘?

영수: 글쎄 잡수시오!

* 영수 또 다리 하나를 뚝 뜯어 미란의 손에 억지다시피 쥐여준다.

미란: 난 …난 싫습니다.

영수: 싫기는? 당신 날 간호하느라고 무척 축이 갔는데 나보다 당신부터 몸보신을 해야겠소!

미란: 다 주고 당신은 뭘 자십니까?

영수: 나야 춤추개니까 이 날개 죽지부터 먹어야지!

* 영수 날개를 비탈아 쥔다.

영수: 자! 이 닭을 몽땅 소멸합시다.

* 영수 먼저 닭 날개를 와드득 씹고 상철이와 미란이도 닭다리를 뜯는다.

식당 안(저녁)

* 볶음 요리 몇 접시와 술이 이미 올려져있다.
* 은주 돼지고기튀김 접시를 김철 앞에 놓아준다.

은주: 자. 김철인 이걸 먹어라!

김 단장: 그 김철이 원래 돼지고기튀김대장이요! 잘 먹겠다고 인사해라.

　* 그런데 김철 인차 인사를 못하고 자꾸 은주만 훑어본다.

김 단장: 너 뭘 하고 있니? 인사하라는데!

　* 김철 김 단장 귀에 대고 나직이 물어본다.

김철: 그런데 아버지! 누나라고 부르랍니까? 아재라고 부르랍니까?
김 단장: 누나라 불러라! 일없다.
은주: 안된다. 안된다! 아재다. 아재!
김철: 아재 잘 먹겠습니다.
김 단장: 은주 우리 김철이보다 한 열 살 좀 더 이상인데 누나라는 게
　　　　더 맞지 않을까?
은주: 안됩니다. 김 단장도 나보다 열 살 이상인데 김철이 나를 누나라
　　　　고 하면 내 그래 김 단장을 삼촌이라고 부르란 말입니까?
김 단장: 그래! 난 은주 같은 조카가 있었으면 좋겠소!
은주: 김 단장!

　* 은주 입이 뽀로통해진다.

은주: 내 어느 땐가 말하지 않았습니까? 남녀 연령비례차이를 말하면
　　　　김 단장과 나는 다 동년배라고 말입니다.
김 단장: 그래그래! 동년배요. 동년배라고 하기요!

　* 은주 시쁘둥해 김 단장의 흥을 내여 '동년배라고 하기요'를 곱씹는다.

은주: "동년배라고 하기요" "라고 하기요"가 아니라 진짜 동년배입니
　　　　다. 네?

김 단장: 양! 동년배! 동년배 옳소!

* 그제야 은주 희뜩해서 김 단장에게 술을 권한다.

은주: 자, 동년배끼리 한잔 듭시다! 김 단장 자꾸 나를 애긴가 하지 마
시오. 네? 인제부턴 동년뱁니다. 동년배니깐 연애를 걸어도 일없
습니다. 네? 건배!

* 은주 먼저 술을 마신다.
* 김 단장 술을 마시려다가 너무나도 당돌한 은주를 쳐다보며 못 이해하
겠다는 듯 가로머리를 젓는다.
* 은주 또 샐쭉해진다.

은주: 어째 안 마십니까? 난 다 마셨는데! 빨리 마시시오!

* 김 단장 천천히 굽을 낸다.
* 손뼉을 치며 좋아하는 은주.

노래방 밖(밤)

* 준호 싫다고 뒷걸음치는 금주를 끌고 노래방으로 들어간다.

금주: 싫다는데! 우리 둘이 이게 뭐요?
준호: 어째 싫습니까? 배석아가씨질 할 때는 자원적이던 게 내가 어쩌
다 가자니깐 왜 자꾸 뒷걸음질칩니까? 나하고는 시시합니까?
금주: 아니, 그런 게 아니고 저… 우리 둘이 무슨 멋이요?
준호: 무슨 멋인지 들어가 봐야 알지 어떻게 압니까? 빨리 들어갑
시다.

* 금주 막무가내로 준호에게 끌려 들어간다.

식당 안(밤)

* 김철 자기 배를 두드리며 먼저 집으로 가겠단다.

김철: 아버지! 배부릅니다. 내 먼저 집에 올라가랍니까?
김 단장: 그래라! 먼저 가서 숙제를 다 해라!
김철: 네!
김 단장: 이 누나와도 인사!

* 은주 눈을 흘긴다.

김 단장: 이 아재와도 인사하고!
김철: 아재! 잘 먹고 갑니다!
은주: 응! 가봐라! 후에도 아재 부르면 또 오라 응?
김철: 네!

* 김철 나가자 은주 좀 더 활발해진다. 물론 술도 어지간히 됐고…

은주: 김 단장, 김 단장 사모님 곱습니까?
김 단장: 미우면 같이 살겠는가? 그런데 은주처럼은 못 곱소.
은주: 내 곱습니까?
김 단장: 곱잖고?
은주: 글쎄… 누구나 다 나를 곱답니다. 그런데 청혼하는 남자는 없단
　　　　말입니다. 그러니 이게 진짜 고운 겝니까?
김 단장: 너무 고우면 웬만한 남자들이 감히 접어들지 못하는 법이요!
은주: 김 단장 사람 놀립니까? 내 어디 너무 고운 축입니까? 준호는
　　　　왜 마구 접어듭니까? 준호 그러면 웬만한 남자 이상입니까?

* 김 단장 정답을 말해 보았어야 그저 그럴 것 같아 농담으로 받는다.

김 단장: 그럼 은주 매력이 없어 그렇겠지. 무슨!

은주: 옳습니다. 내 매력이 없단 말입니다. 다른 것보다도 매력이 있어야 되겠는데 그 매력이 없단 말입니다. 김 단장, 남자들한테 매력이 있자면 어쩌면 됩니까?

김 단장: 모르지! 남자들도 사람마다의 요구가 다 다르니깐!

은주: 그럼 김 단장한테 매력 있게 보이자면 어쩌면 됩니까?

김 단장: 내 말이요? 음, 여자들 매력이라는 게 어디에 있는가? 여자들의 매력? 한마디로 귀납하기 바쁜데…

은주: 빨리 말하시오! 그 대답 기다리다가 술이 다 깨겠습니다.

김 단장: 여자들 매력이란 게 어디에 있는가 하면 여자들 매력은 숨김에 있소!

은주: 숨김?

김 단장: 그렇지! 자기의 모든 것을 너무 환히 까밝히지 말고 안개속의 물체처럼 면사포 밑의 얼굴처럼 보일까 말까하게 숨기는데 있단 말이요! 그러나 너무 숨겨서 전혀 보이지 않게 숨기면 그건 머저리요! 너무 환하게 숨겨도 똑똑치 못하고! 알만하지?

은주: 모르겠습니다. 난 속으로 어떻게 생각하면 겉도 인차 어떻단 말입니다. 거기다가 또 환해도 안 된다 안 보여도 안 된다 보일까 말까해야 한다. 그 보일까 말까라는 걸 어떻게 실천합니까?

김 단장: 그걸 못하면 매력이 없지. 무슨! 자, 술이나 먹을까?

　* 은주 뾰로통해 돌아앉는다.

은주: 싫습니다. 매력도 없는 여자와 같이 앉아 술 마시는 남자는 또 뭡니까?

김 단장: 옳소! 옳지! 은주 이럴 때 매력적이요! 계속 그러오!

은주: 네? 음… 김 단장 보기 싫습니다.

노래방 안(밤)

* 금주 의식적으로 자꾸 준호와 사이를 두고 벌려 앉는다.

준호: 선생님, 맥주 드시오!
금주: 인젠 술 거의 됐소! 못하겠소!
준호: 그럼 노래하시오!
금주: 노래는 무슨! 매일 하는 노래!
준호: 그럼 춤춥시다.
금주: 춤출 줄 몰라서!

* 준호 잠간 멋쩍게 앉아 있다가 엉뚱한 물음을 들이댄다.

준호: 선생님! 선생님 내 어렵습니까?
금주: 양? 준호 내보다 어린데 제한데 무슨 어렵겠소?
준호: 그런데 내보기엔 어째 선생님 나를 영 어려워하는 것 같습니다. 별로 어떠해 하면서… 내 영 어렵지 네?
금주: 아니, 안 어렵소!
준호: 그럼 내 어리궂어 보입니까? 콧풀레기 애들 같아서 아예 당초 상대할 멋이 없습니까?
금주: 아니 아니… 절대 그런 게 아니요! 오해하지 마오!

* 준호 그 다음엔 화를 낸다.

준호: 오해하지 않으면 어떻게 이해하라는 겁니까? 선생님이라고 극성 스레 모셨는데 말도 없고 웃음도 없고 화기마저 없으니 그래 내 가 어떻게 이해해야 옳단 말입니까?
금주: 하기에 내 처음부터 이런 장소엔 오지 말자고 하지 않았소?

준호: 장소 탓입니까? 그럼 장소를 바꿉시다. 어디로 바꾸렵니까? 선생
님 마음대로 바꿉시다. 사우나? 안마방? 술집? 일어나시오!

금주: 됐소! 이제 또 바꾸긴? 여기서 그냥 놀기요!

준호: 어떻게 놉니까? 맥주도 싫다. 노래도 싫다. 춤은 모른다.… 어떻
게 놉니까?

금주: 말이랑 하면서.

준호: 여기가 다방입니까? 그럼 다방으로 옮깁시다.

금주: 됐다는데!

   * 금주 일어나는 준호를 눌러 앉힌다.

금주: 내 준호 마음을 알만하오! 아직 내 마음속 준비가 없어서… 미
안하오! 우리 춤추기요!

   * 화를 내던 준호 이번에는 제 쪽에서 오히려 어리둥절해진다.

준호: 방금 뭐라고 했습니까? 선생님?

금주: 우리 춤추기요!

   * 금주 곡을 띄워놓고 준호의 손을 잡는다.
   * 준호 아직도 반신반의하면서 따라 일어나 금주의 허리를 안는다.
   * 음악에 맞추어 금주와 준호 춤을 춘다.
   * 준호 자기의 마음을 끝내는 맞추어주는 금주를 고맙게 생각한다.

준호: 선생님 널리 양해하십시오! 난 진짜로 선생님을 좋아합니다.

금주: 감사하오! 좋아해주는 사람이 있어서! 그러나 준호는 아직 어리
오! 준호는 어린데 생활이란 복잡다단하단 말이요. 그러므로 많
이 생각하고 신중히 처사하는 게 좋을 거요!

준호: 어리다는 말씀 이후엔 삼가주시오! 선생님 저보다 몇 살이나 이 상입니까? 선생님은 저보다도 어린 나이에 결혼을 하지 않았습니까?

금주: 하기에 이혼하지 않았소?

준호: 선생님은 이미 어린 시기를 넘지 않았습니까? 그렇다면 어린 사람을 능히 올바르게 이끌 수도 있지 않습니까? 이끌고 따라가고 그렇게 몇 년 지나면 어렸던 사람도 성숙될게 아닙니까? 선생님!

* 준호 금주를 더욱 끌어안으며 금주의 얼굴에 볼을 비빈다.
* 금주 그러는 준호의 응석을 잠자코 받아준다.
* 다시 얼굴을 떼고 금주의 두 눈을 직시하던 준호 자기의 입술을 금주의 입술께로 천천히 밀어간다.
* 한손으로 준호의 입을 막는 금주
* 준호 진공을 멈추고 대신 금주의 허리를 와락 끌어안는다.
* 금주 그것까지는 그대로 받아준다.

금주네 집 안

* 금주 집으로 들어와 불을 켜고 옷을 벗는데 전화벨이 울린다.
* 밤중에 무슨 전화냐며 금주 신경질적으로 전화기를 든다.

금주: 여보세요? 뭐라고? 미라?

식료품상점 안(밤)

* 미라 전화를 들고 상점주인 애틋한 눈길로 미라를 보고 있다.

미라: 어머니. 미라 어머니 보고 싶습니다. 네? 아버지는 아직 집에 안 왔습니다. 네! 내 혼잡니다. 옆집상점에서! 네! 꼭 오시오. 네? 기다리겠습니다.

* 미라 전화기를 내려놓고 호주머니에서 꾸겨진 10전짜리 돈 세 개를 내
놓는다.

미라: 얻습니다. 전화 값입니다.

주인: 싫다. 도로 넣어라! 네 돈은 안 받으마. 그냥 가거라 응?

* 상점주인 기어코 돈을 돌려준다.

미라: 고맙습니다.

* 미라 밖으로 나간다.

주인: 쯔쯔쯔… 조 불쌍한 걸 둬두고 이혼은 무슨 이혼이람? 지금 사
람들은 참…

성화네 문 밖(밤)

* 미라 문밖에 서서 거리를 기웃거리며 어머니 오기를 기다린다.
* 금주 멀리서부터 미라를 부르며 달려온다.

금주: 미라야!

미라: 어머니!

* 금주 달려와 미라를 와락 끌어안는다.
* 금주 품에 매달려 눈물을 떨어뜨리는 미라!

성화네 집 안(밤)

* 금주 사온 식료품을 꺼내 이것저것 미라에게 권한다.

금주: 얻다! 이 바나나를 먹어봐라! 얻다! 이 과자도 먹고.

미라: 어머니는 이 미라 안 보고 싶습디까?

금주: 왜 안 보고 싶겠니? 하루에도 열댓 번씩 보고 싶지!

미라: 거짓말! 그런데 왜 한번도 날 보러 오지 않았습니까?

금주: 그런 일이 있단다. 이건 어른들 일이란다. 보고 싶어도 마음대로 못 보는 일. 이제 미라도 크면 알게 될 거다.

미라: 그래도 드문드문 날 보러 오시오! 난 어머니 보고 싶은데…

금주: 응! 오마! 그런데 아버지와 있기 어떻니? 아버지가 밥이나 제때에 해주고 학교나 제때 보내주니?

미라: 아버지 말마시오! 그냥 술 마시고 언제 들어와 언제 깨나는지 나도 잘 모릅니다. 아침에 일어나면 나절로 거리에 나가 기름튀기를 사먹고 학교로 가고 밤이면 오늘처럼 이렇게 혼자 집을 지키다가 저도 모르게 잠이 듭니다. 내 학교에서 배운 노래 하나 하랍니까? 딱 내 사실 같은 노랩니다.

  * 미라 눈물을 삼키며 노래 부른다.

  [노래]

  엄마 곱니 아빠 곱니
  누가 누가 더 곱니
  엄마 없던 날 하루 세끼
  비빔밥만 먹었구요.
  아빠 없는 날 밤새도록
  도깨비 꿈만 꾸었대요.
  엄마야 아빠야
  우리 우리 함께 살자야
  해도 있고 달도 있는
  하늘나라 집처럼

  * 딸의 처량한 노랫소리를 듣는 금주의 가슴이 칼로 여미듯 아파난다.

* 금주 흘러내리는 눈물을 참을 길 없어 왕! 울음을 터치며 미라를 끌어 안는다.

금주: 미라야! 내 불쌍한 딸아!

* 이런 때에 성화 술에 취해 들어온다.

성화: 이 여자 누군가? 이 여자는 왜 왔소? 나가오! 우리 자겠소!

* 성화 금주를 잡아 일으켜 밀어 내보낸다.

금주: 내 딸 보러 왔지 당신 보러 왔습니까? 딸 볼 권리도 없습니까?
성화: 딸을 보겠으면 대낮에 학교에 가서 보오! 남의 집에 함부로 뛰어드는 건 위법이란 걸 모르오? 나가오! 빨리 나가라는데!

* 금주 끝내 밀리여 밖으로 나간다.
* 미라 어머니를 부르며 따라 나오다가 성화에게 잡혀 물러앉는다.

거리(밤)

* 금주 휘청거리며 거리를 걸어간다.
* 방정맞게 비까지 쏟아진다.
* 비를 맞으며 터벅터벅 걸음을 옮겨가는 금주.

   [노래]

   어머니란 이름 그 누가 주고
   딸이라는 이름 그 누가 주었나
   뼈와 살처럼 함께 살아야 할
   어머니와 딸을 그 누가 떼여놓나
   사랑하는 딸과 생리별하고
   빗발 속을 헤매는 그 여인은 어머니

* 택시 오다가 멈춰 선다.

기사: 타시렵니까?

* 금주 손을 내흔들며 택시를 떠나보낸다.
* 비칠거리며 걸어가던 금주 전선대를 부여잡고 세차게 흐느낀다.
* 빗물과 함께 내리는 눈물.

무용 연습실

* 미란이와 영수 연습실로 들어온다.

미란: 다른 애들이 오기 전에 먼저 뛰어보시오! 뛸만 한가?

* 영수 바지를 벗고 다리놀림을 하다가 크게 뛰기를 몇 개 해본다.

영수: 되겠소! 해보기오!

* 미란 음악을 틀어놓고 함께 『장백 정』의 쌍무「사랑이 익을 때」를 춘다.
* 김 단장 문가에 나타나 둘의 춤을 한창 감상하다가 흐뭇해 돌아선다.
* 영수와 미란 춤 한 단락을 끝내고 쉰다.

미란: 어떻습니까? 되겠습니까?
영수: 좀 힘들긴 해도 되겠지 무슨!

* 이때 휴대폰이 울린다.
* 영수 휴대폰을 찾아든다.

영수: 네! 영숩니다. 네! 알았습니다.

* 영수 부랴부랴 바지를 주어입고 나가련다.

미란: 갑자기 어디 갑니까?

영수: 인차 갔다 오오!

미란: 첫날부터 지각하면 어쩝니까?

영수: 내일부터 첫날로 하면 되지 않소? 단장이 물으면 내일부터 출근
한다고 하오!

  * 영수 씽하니 나가버린다.

가무단 앞

  * 영수 가무단에서 나오자 문 앞에 승용차를 대기하고 기다리던 린나 영
    수를 부른다.

린나: 여깁니다.

  * 영수 승용차에 올라타자 승용차 떠나간다.

무용 연습실 창문가

  * 미란 창문가에 서서 멀어져가는 승용차를 지켜보고 있다.

시골길

  * 승용차가 시골길을 달려가고 있다.

린나: 퇴원하자마자 출근해도 신체가 당해냅니까?

영수: 계속하던 노릇이 돼서 괜찮습니다. 힘들면 쉬엄쉬엄하면 되지 않
습니까?

린나: 오늘은 영수씨를 몸보신 좀 시켜줘야겠는데요. 바람도 쏘일 겸
어떻습니까?

영수: 네! 좋습니다.

시골 별장

> * 승용차가 별장 앞에 와 멈춰 선다.
> * 린나 승용차 뒷좌석에서 약보따리를 꺼내 영수에게 준다.

린나: 몸보신에 좋다는 보약은 다 샀으니 부지런히 자시시오! 무엇 무엇해도 몸을 빨리 춰 세워야지요!

영수: 무엇 때문입니까? 당신의 성 유희를 위해서 말입니까?

린나: 그것도 있지만 더 중요한건 영수씨의 건강을 위해서라고 해야 더 적합할 것 같습니다.

영수: 감사히 받겠습니다. 그리고 부지런히 복용하겠습니다.

린나: 인젠 내립시다. 점심을 이미 부탁해놨으니 그전에 산보나 할까 요? 이곳이 명승지는 아니지만 볼만한 경치들이 많답니다.

영수: 좋도록 합시다. 총경리님의 지시대로!

> * 둘은 승용차에서 내린다.

산봉우리

> * 영수와 린나 손을 끌고 당기며 산봉우리에 올라간다.
> * 웅기중기한 뭇 산봉우리들이 한눈에 안겨든다.

영수: 총경리님! 또 팔달령에서의 「담벼락학설」과 같은 연설을 해보시 오! 기분이 좋은데!

린나: 산은 비록 같은 산이라지만 팔달령에서의 감수와는 완전히 다릅 니다. 내 고향의 산이니까요! 노래 한곡 불러보겠습니다. 못하지 만 웃지 마시오.

* 영수 혼자서 박수를 친다.
* 린나 노래를 부른다.

[노래]

높이 솟은 봉우리는
우리의 기상
곱게 피는 꽃송이는
우리의 얼굴
설레는 수림은
우리의 마음
사품치는 벽계수는
우리의 노래
우리의 산 고향의 산
내 정든 산이여
청산의 아들딸로 우리 산다네

영수: 명창, 명창입니다. 기업을 그만두고 우리 가무단으로 오시오!

린나: 가무단 시험을 두 번이나 쳤다가 퇴짜를 맞았습니다.

영수: 그럼 우리 가무단이 원수 같겠습니다.

린나: 아닙니다. 어머니한테 따귀를 두매 맞은 기분입니다.

영수: 그건 또 '사랑의 따귀학설'입니까?

린나: 아무렇게 이해해도 다 됩니다. 그런데 사람들이 산에 오르는 멋이 무엇인지 알만합니까?

영수: 시원한 바람을 쏘이면서 높이 서서 멀리를 내다보는 멋입니다.

린나: 난 산에 오르는 멋은 바로 그 오르는 멋이라고 봅니다. 한 발자국 두 발자국 무릎을 짚어가며 톺아 오르는 그 멋, 이 산봉우리에 올라서선 또 그 다음 높은 봉우리를 향해 톺아 오르고 그 다음엔 또 보다 더 높은 봉우리로 톺아 오르는 멋, 거기에 정복자

의 쾌감이 있는 게 아니겠습니까?

영수: 어제 날의 '담벼락학설'이 오늘은 '등산학설'로 바뀐 겁니까?

린나: 그런가요? 등산의 참맛은 톺아 오르는데 있다. 만약 높이 서서 멀리 보는 데에 그 멋이 있다면 헬리콥터를 타고 봉우리에 내려서 내려다보라! 그 멋이 오르는 멋 절반만큼이나 하랴? 힘겹게 올라서서 멀리를 내다볼 때의 느낌! 비행기에 앉아 올라온 사람들은 영원히 그런 느낌을 가질 수 없으리라! 우리네 경제건설도 역시 그러하려니… 어떻습니까? 학설 같습니까?

영수: 네! 또 하나 아주 심각한 이론을 익혔습니다. 인젠 내려가지 않겠습니까? 금강산도 식후경이라고 했습니다.

린나: 정말, 배고프겠습니다. 빨리 내려갑시다.

별장 식당

* 두 사람 식량에는 분이 넘치게 진수성찬이 차려졌다.

영수: 이걸 우리 둘이 먹는 겁니까?

린나: 더 청할 사람이 있으면 청하시오!

영수: 낭비는 최대의 죄악이라던데요.

린나: 죄는 내가 질 테니깐 많이 드십시오! 힘을 내야 할 게 아닙니까?

영수: 또 그 유희를 위하여!

린나: 아니. 우리 민족의 『장백 정』을 위하여!

영수: 어쩌다?

단장 사무실

* 전화벨이 요란하게 울린다.
* 김 단장 밖에서부터 뛰어오며 전화를 받는다.

김 단장: 네! 누구십니까? 네! 이 국장님! 뭐랍니까? 오후에 국에서 종목을 보러? 네! 오십시오! 영수 말입니까? 면바로 오늘부터 출근했습니다. 네! 그렇게 합시다.

  ＊ 김 단장 전화를 놓고 밖으로 나간다.

별장 여관

  ＊ 술이 얼근해진 영수 들어오며 침대에 쓰러진다.

영수: 오랫동안 술을 마시지 않다가 갑자기 마시니 안 되겠습니다. 내 딱 한 시간만 잡시다.

린나: 까딱 다치지 않을 테니깐 열 시간이라도 쉬시오! 환자동지!

  ＊ 린나도 웃옷을 벗고 옆의 침대에 눕는다.

무용 연습실

  ＊ 미란 점심퇴근 준비를 하는데 순녀 달려 들어온다.

순녀: 큰일 났소! 빨리 영수를 데려오오! 오후에 문화국지도자들이 연습검사를 온다오!

미란: 영수가 내일부터 출근하겠다면서 어디로 갔는데 어쩝니까?

순녀: 김 단장이 아까 영수가 연습하는 걸 봤다오! 그래서 문화국에서 전화가 오자 아무 때나 오라고 했다오! 빨리 방법을 대여 영수를 찾소! 빨리!

  ＊ 미란 옷도 못 입고 달려 나간다.

별장 여관

  ＊ 영수가 벗어 팽개친 옷에서 휴대폰이 울린다.

* 턱을 고이고 영수 머리맡에 앉아 자고 있는 영수만 들여다보고 있던
  린나 휴대폰을 받는다.

린나: 네! 지금 쉬고 있는 중입니다. 네? 한시까지? 네! 알았습니다.

* 린나 핸드폰을 끄고 영수를 깨우려다가 시계를 보고 아직 시간이 있으
  니 깨우지 않고 또 영수의 머리맡에 앉는다.

단장 사무실 안

* 김 단장 뒤짐을 짓고 왔다 갔다 하는데 미란 들어온다.

김 단장: 네! 한 시 전까지 꼭 오라고 했습니다.
김 단장: 그럼 됐소!

* 김 단장 걸상에 눌러앉는다.
* 미란이도 안도의 숨을 쉰다.

별장 여관

* 영수 잠에서 깬다.
* 린나 침대가에 골을 묻고 자고 있다.
* 영수 조용히 린나를 깨운다.

영수: 총경리! 여기 올라와서 누워 쉬시오!

* 린나 와들 깨여나 시계부터 본다.
* 깜짝 놀라는 린나.
* 시계가 12시 40분을 가리키고 있다.

린나: 엄마야! 이걸…

영수: 갑자기 왜 그렇게 놀랍니까?

린나: 어쩌면… 어쩌면 좋을까? 방금 가무단에서 전화가 왔는데 오후 1시부터 문화국지도부에서 종목검사를 온다고 영수씨를 한 시 전에 꼭 보내달라고 했는데 내가 깜박… 어쩌나?

영수: 지금 몇 십니까?

린나: 15분 전!

영수: 뭐랍니까?

* 낙망해하는 영수
* 어쩔 줄 몰라하는 린나

제9회

별장 여관

> * 영수 린나와 대판 해내고 있다.

영수: 전번에 원부에서 종목검사를 할 때도 총경리 때문에 참가하지 못해서 단장한테 비판을 받았는데 이번까지 결석하면 무슨 낯으로 계속 가무단에 출근한단 말입니까?

린나: 글쎄 너무 곤하게 쉬기에 시간이 거의 될 때 깨우려 한건데 깜빡… 아이참! 쪽 짬이 들 줄을 누가 알았습니까?

영수: 전화를 받자마자 깨웠더라면 이런 일은 생기지 않았을 게 아닙니까?

린나: 조금이라도 더 쉬게 한다는 게… 잘못됐습니다.

영수: 일이 이렇게 된 다음에 잘못했다면 무슨 소용이 있습니까? 살인자의 반성이지! 이건 진짜 행차후의 나발이 아닙니까?

린나: 아직 시간이 좀 남았으니 자꾸 떠들지 말고 빨리 떠나갑시다. 몇 분 늦은 거야 검토하면 되잖습니까? 결석하기보다는 낫지 않습니까? 빨리!

> * 린나 영수를 밀며 나간다.

별장 앞

> * 영수와 린나 차에 올라앉아 막 떠나려는데 별장 주인 뛰어와 차 앞을 막아서며 결산을 하고 가란다.

주인: 결산… 결산을 하고 가시오!

린나: 다시 옵니다. 빨리 비키시오!

* 린나 별장 주인을 에돌아 차를 몬다.

가무단 앞

* 문화국지도자들이 가무단으로 온다.
* 김 단장 마주나가 영접해드린다.

김 단장: 이 국장, 최 국장… 아니, 다 오셨습니까? 어서 들어갑시다.

이 국장: 준비는 다 됐습니까?

김 단장: 네? 네! 저… 거의 됩니다. 좌우간 먼저 회의실에 가 잠간 기
    다립시다. 들어갑시다.

* 모두들 가무단으로 들어간다.

시골길

* 린나 될 수록 승용차를 급히게 몬다.
* 그런데도 영수 자꾸 빨리 운전하라고 재촉한다.

영수: 좀 더 빨리 모시오! 좀 더!

* 씽ㅡ 고갯마루를 넘어가는 승용차.

무용 연습실

* 김 단장 무용실로 달려와 미란을 찾는다.

김 단장: 어떻게 된 판이요? 지도자들이 다 와서 기다리는데? 빨리 더
    연계해보오!

미란: 네!

    ＊ 미란 달려 나가고 김 단장 무용배우들에게 소리친다.

김 단장: 모두들 준비를 딱 갖추고 기다리시오! 영수만 오면 착 시작
    하겠습니다.

    ＊ 김 단장 급히 나간다.

교외길

    ＊ 차사고가 나서 길이 막혀있다.
    ＊ 부득불 차를 세우는 린나!

린나: 바쁜 목에 매듭이라더니? 이건 정말…

    ＊ 이때 영수의 휴대폰이 울린다.

영수: 얘! 시교까지 다 왔는데 길이 막혀서 그러오! 얘! 빨리 갈게!

가무단 회의실 안

    ＊ 이 국장 기다리기 답답하여 회의실에 걸린 사진이며 공연극조들을 돌
    아본다.
    ＊ 김 단장 들어오자 이 국장 따지고 묻는다.

이 국장: 김 단장! 도대체 딱 몇 시에 시작할 거요?
김 단장: 네! 방정맞게 길이 막혔답니다. 안 그러면 진작 왔을 텐데…
이 국장: 검사하러 오는 줄 알면서 왜 주요배우를 외출시킨단 말이
    요? 참…
김 단장: 네! 인차 올 겁니다.

* 김 단장 다시 밖으로 나간다.

시교길

* 마침내 길이 통한다.
* 막혔던 차들이 서서히 움직인다.
* 그러나 그 움직임이 대단히 굼뜨다.

영수: 야, 이건 진짜 사람을 싹 골려 죽이는구나! 에익!

* 영수 주먹으로 자기 무릎을 친다.

가무단 회의실

* 썰렁한 회의실에 김 단장 혼자서 왔다 갔다 하고 있다.

무용 연습실

* 순녀와 미란이만 말없이 남아있다.

가무단 밖

* 급정거하며 멈춰서는 승용차.
* 영수 승용차에서 뛰어내려 정신없이 가무단 안으로 달려 들어간다.
* 초조한 마음으로 가무단안을 지켜보는 린나.

가무단 복도

* 뛰어가는 영수.
* 영수 무용연습실의 문을 연다.

무용 연습실 안

* 영수 문을 차고 뛰어 들어온다.

* 썰렁한 연습실
* 순녀와 미란 들어온 영수를 보고 아무 말도 하지 않는다.
* 또 말할 필요도 없다.
* 김빠진 공처럼 후줄근해지는 영수.

린나네 집(밤)

* 영수와 린나 술상에 마주앉아있다.
* 영수 진작 술에 만취했다.

영수: 모두 총경리 때문입니다. 총경리 당신이 날 망쳤습니다. 처음에
난 김 단장과 소리를 지르며 맞다들어 싸웠습니다. 그런데 이번
엔 김 단장을 마주볼 면목도 없어졌습니다. 난 이제 죽어도 가무
단에 발길을 들여놓지 않을 겁니다. 나의 무용생애는 이상으로
깨끗이 끝났습니다.

린나: 내가 잘못했습니다. 그리고 영수씨도 김 단장과 잘못했다하고
다시…

영수: 이러지 마시오! 벼룩이도 낯짝이 있고 나도 얼굴이 있는 놈입니
다. 내가 무슨 얼굴을 들고 다시 김 단장을 찾아가란 말입니까?
문화국지도자들 앞에서 김 단장이 얼마나 난처했겠습니까? 이
사람구실 못하는 영수 때문에 말입니다.

* 영수 모진 자책감에 훌쩍거린다.

영수: 미란이도 오늘부터는 날 다른 사람처럼 대할 겁니다. 그는 열광
적인 무용 미치광이이니깐요! 나를 사랑한 것도 무용이라는 공동
한 지향이 있었기 때문입니다. 북경에서 여기로 올 때도 그 사람
은 오직 무용을 위해 달려온 겁니다. 내가 그때 무용을 버리고
따라오지 않았다면 걔는 벌써 나를 멀리 했을 것입니다. 무용 때

문에 우리는 사랑을 했고 무용 때문에 우리는 결혼을 했습니다. 그런데 지금 무용을 버린 이 남자를 그가 용서할 수 있겠습니까? 끝났습니다. 모든 것이 다 끝났습니다.

* 영수 술을 컵에 부어 꿀꺽꿀꺽 마신다.

린나: 욕하시오! 모든 욕을 나한테 하시오! 난 나쁜 여잡니다. 영수씨를 미란의 품에서 떼어내고 영수씨의 창창한 앞길에 함정을 판 나쁜 여잡니다. 그러나 난 딱 그렇게 하고 싶었습니다. 영수씨를 미란 이란 여자한테서 떼어내어 영수씨를 끌어오고 싶었단 말입니다. 내가 그때도 말하지 않았습니까? 나의 사랑이 짝사랑으로 끝나더 라도 나는 진심으로 영수씨를 사랑한다고 말입니다. 사랑은 선함 과 아름다움만 키우는 게 아닙니다. 사랑은 추악과 더러운 것도 함께 키웁니다. 사랑을 위하여 남의 품에서 자기가 사랑하는 남자 를 빼앗기 위하여 추악한 짓을 안 하면 됩니까? 사랑도 모는 사 물과 마찬가지로 이중성을 띠고야 존재할 수 있는 겁니다. 이런 사랑은 좁니다. 그러나 이런 죄는 아름다운 죄라고 봅니다.

영수: 인셴 또 '사랑학설'을 시작힙니끼? 그레 난 뭡니까? 사냥물입니 까? 포로병입니까? 아니면 총경리 당신의 노리갭니까?

린나: 이 세상에서 내가 죽을 때까지 아니, 죽어서도 영원히 가장 사랑 하는 남자! 저의 남편이 되어야 할 남잡니다.

영수: 남편? 그렇다면 미란이는?

린나: 무용과 함께 사라지는 사랑은 사랑이 아니므로 그런 아내는 이 혼하는 게 명지한 선택이라고 봅니다.

영수: 그렇다면 총경리는 나한테 사랑과 함께 또 어떤 걸 줄 수 있습 니까?

린나: 모든 걸! 영수씨가 원하는 모든 걸! 영수씨가 원하는 모든 걸 다 줄 수 있습니다.

영수: 돈?

린나: 되지요.

영수: 재산?

린나: 되지요.

영수: 화사한 생활?

린나: 되지요.

영수: 무용은?

린나: 역시 되지요.

영수: 무용도?

린나: 당연 될 수 있고 말구요! 무용을 하는 곳이 가무단뿐이겠습니까? 텔레비전! 영화! 무용학원… 많고도 많지 않습니까? 내가 말한 적 있을 겁니다. 돈만 있으면 뭐나 다 있을 수 있다고 말입니다. 단지 먼저 돈이냐 후에 돈이냐 하는 문제에서 차별이 있을 뿐입니다.

영수: 좌우간 난 인젠 잘 모르겠습니다. 총경리 마음대로 해보십시오!

　* 영수 비틀거리며 침대에 가 쓰러진다.

다방(밤)

　* 순녀와 미란 차를 마시며 영수의 일을 의논하고 있다.

미란: 선생님 어쨌으면 좋겠습니까? 내 생각에는 자꾸 영수씨가 무용을 버리고 그 호텔경리한테로 갈 것만 같습니다.

순녀: 설마 그렇게야 하겠소? 몇 년이나 배운 무용이라고?

미란: 아닙니다. 영수씨 정황은 내가 제일 잘 압니다. 영수 씬 절대로 김 단장한테 빌고 들지 않을 겁니다. 그러면 갈 길이 어딥니까? 그 총 경리 때문에 앞길이 막혔다면서 꼭 총경리를 찾아갈 거란 말입니다. 그러면 그 여자 총경리가 너무나 좋아서 떠밀어내겠습니까?

순녀: 그렇게 되면 우린 아주 훌륭한 인재를 놓치는 것으로 되오! 절대 그렇게는 못하게 해야 되오! 미란인 영수 공작을 좀 잘해주오! 내가 김 단장 사업을 적극 해볼게!

미란: 그럼 선생님 수고해주십시오!

순녀: 수고는? 인재를 아끼는 건 전업일군의 의무인데!

미란: 감사합니다.

* 둘은 차를 마신다.

린나네 집 안(아침)

* 영수 깨여나 보니 린나가 잠옷 바람으로 한 이불 속에 들어있다.
* 영수 살며시 일어나 화장실에 가서 냉수로 세수를 한다.
* 그리고는 베란다에 다가서서 시원한 공기를 마시며 지난밤 일을 더듬어 본다.
* 영수 서재로 가서 종이와 필을 찾아든다.
* 여기에 노래가 흐른다.

[노래]

사랑하는 직업을 버리는 것은
자기 몸의 살점을 오려내는 일
오죽하면 떠나랴 정 배인 무대
잘 가거라 안녕히 나의 무용아
파도 세찬 바다가 펼치어질까
가시덤불 산악이 가로 막을까
시작부터 막막한 새로운 무대
잘 가거라 안녕히 나의 무용아

* 영수 노래에 맞춰 모순 속의 심정을 표현하는 춤을 춘다.
* 영수 다시 종이를 펼치고 사표를 쓴다.

단장 사무실

* 김 단장 영수의 사표를 보고 있다.

영수(방백): 존경하는 김 단장님, 마주 볼 면목이 없어서 서한식으로 사표를 제기하니 용서해주십시오! 어려서부터 무용수가 되고 싶어서 청춘의 심혈을 몰부어 무용을 배웠습니다. 연길로 올 때에는 그래도 우리 조선민족의 무용을 전국, 심지어는 세계무대에까지 올려보려는 야심도 있었지만 무능한 영수는 제 손으로 제 뺨을 치고 우리 민족 무용무대에서 서서히 물러갑니다. 우리 조선민족의 무용발전을 위하여 김 단장님과 모든 무용수들이 악전고투하여 우리의 무용을 빛내주시오!

김 단장: 아, 한창 빛을 뿌릴 별 하나가 별찌로 떨어져버리는구나! 아쉽다! 아쉬워!

* 순녀 들어온다.

순녀: 김 단장! 이건 우리 가무단의 손실입니다. 이 사표를 접수하지 마십시오! 아직도 가망이 있습니다.
김 단장: 오늘 즉시로 중앙민족학원에 가서 재학 중인 정일이를 남자 주인공으로 요청해 오십시오!
순녀: 김 단장님, 아직…
김 단장: 늦었습니다. 오늘 저녁 비행기로 떠나도록 하십시오!

* 순녀 더 말을 못하고 나간다.

단장 사무실 밖 복도

* 미란 울상이 되어 서있는데 순녀 나온다.

미란: 선생님! 어떻게?

순녀: 다른 방법이 없소! 빨리 가서 영수를 찾아 잘 말해보오! 빨리!

미란: 네!

* 미란 눈굽을 손등으로 꾹꾹 찍고 달려간다.

변강호텔 회의실 안

* 이사회 회의가 한창이다.
* 미란 달려와 문밖에서 들여다본다.
* 린나 새로운 인사변동 결정을 선포한다.

린나: 지금 새로운 인사변동문건을 낭독하겠습니다. 원 이사장 겸 총경 리였던 린나 동무의 총경리직을 해임하고 영수 동무를 총경리로 임명합니다.

* 울려터지는 박수.
* 미란 사지가 축 처져 물러간다.

단장 사무실 안

* 노크를 앞세우고 은주와 준호 들어온다.

은주: 김 단장님, 정말 영수오빠의 사표를 접수했단 말입니까?

준호: 절대 안 됩니다. 그 형님이 연변 무용을 위해서 북경 그 좋은 도 시를 버리고 왔는데 이러면 절대 안 됩니다.

은주: 지도자라는 게 뭡니까? 이런 때에 나서서 교육하고 인도해서 인 재유실을 될수록 줄이는 게 지도자가 응당 할 일이 아닙니까?

준호: 옳습니다. 김 단장이 한번 직접 영수형님을 찾아가 잘 말해보십 시오! 그 형님 단장 말은 들을 겁니다.

김 단장: 동무들 지금 단장을 교육하러 왔소?

은주: 네! 교육할건 해야 됩니다. 교육이란 게 호상 교육이지 어찌 일방 교육입니까? 인재 귀한 줄을 모르는 단장은 교육을 받아야 합니다.

김 단장: 그럼, 내 동무들에게 임무를 하나 줄게! 어떤 방법을 대서라도 나와 영수가 직접 만나게만 해주오!

준호: 정말입니까?

김 단장: 단장이 체면 없이 거짓말을 하겠소?

은주: 그럼 봅시다! 준호야! 가자!

　　* 준호와 은주 밖으로 나간다.

거리

　　* 준호와 은주 택시를 타고 변강호텔로 가고 있다.

준호: 은주야! 영수형님 우리 말 들을까?

은주: 듣던 말든 해보자! 그래 정 우기면 우리도 방법 없지 무슨!

준호: 그럼 김 단장과 장훈을 치고 나온 건 어쩌니?

은주: 내 가서 회보할 게! 일없다.

변강호텔　앞

　　* 택시 호텔 앞에 와 멈춰 선다.
　　* 준호와 은주 호텔로 곧추 들어가려다가 호텔 옆에 수심에 잠겨 앉아있는 미란을 발견한다.

은주: 저게 미란 언니 아니야?

준호: 어디? 응! 옳구나! 미란 누나!

은주: 미란 언니!

* 준호와 은주 미란이한테로 달려간다.

은주: 어째? 영수오빠 없습데?

미란: 있다. 안에! 너네는 왜 왔니?

준호: 영수 형님 사상 사업하러 왔소! 그런 일에 사표를 내면 되오?

은주: 김 단장이 영수 오빠를 데려오랍데! 교육해서 계속 쓰겠다오!

미란: 늦었다.

은주: 양? 어째?

준호: 어째 늦었소?

미란: 방금 호텔 이사회에서 그분을 이 호텔 총경리로 임명했다.

은주: 뭐라오? 호텔 총경리?

준호: 그 여자 선손을 썼구만! 가기요! 가서 해내기요.

* 이때 영수 린나와 함께 나온다.
* 준호와 은주 달려가 영수를 마구 끌고 온다.

준호: 형님 총경리 됐다면서? 형님 그래 이럴 내기요? 우리 다 같이
   예술을 하사고 와가지고 혼자 쏙 몸을 뺄 내긴가 말이요?

은주: 오빠, 김 단장이 오빠를 보잡데! 지금 가기오.

영수: 시간이 없다.

준호: 형님 총경리 되더니 벌써 그리 센양하오? "시간이 없다."

* 린나 승용차에 앉아 나팔을 울려댄다.

은주: 그럼 아무 때건 시간을 짜서 김 단장 한번 만나오. 양?

영수: 후에 보자!

* 영수 승용차께로 가다가 미란을 바라본다.

* 미란 무표정이다.
* 영수 승용차에 앉아 떠나간다.

준호: 끝났구먼! 우리 형님 끝났소! 인젠 못 말리오!

공항

* 순녀 수속을 마치고 공중전화를 건다.

상철네 집

* 전화벨이 울리자 상철 들어와 전화를 받는다.

상철: 네! 여보시오? 네? 순녀 선생?

공항

* 순녀 전화를 걸고 있다.

순녀: 지금 북경으로 떠나기에 시간이 없어서 그러는데 선생님 영수와 잘 말해보십시오! 혹시 이제라도 돌아올 수 있겠는지? 부탁합니다. 영수를 잘 도와주지 못해서 죄송합니다. 그럼 갔다 와서 찾아뵙겠습니다.

* 순녀 전화를 끊고 출구를 나간다.

상철네 집

* 상철 전화를 놓는데 얼굴에 노기가 서려있다.

상철: 몹쓸 놈! 계집한테 홀리어 무용을 그만두다니? 어떻게 배운 무용이라고?

* 상철 점점 분이 치밀어 집안을 오락가락하는데 미란 들어온다.
* 상철 자기 방으로 들어가려는 미란을 부른다.

상철: 여기… 나 좀 보자!

* 미란 발길을 돌려 상철의 앞으로 온다.

상철: 영수가 무용 그만두고 호텔경리로 갔다는데 사실이냐?
미란: 네!
상철: 그래 너도 동의했니?

* 미란 잠자코 말이 없다.

상철: 왜 말이 없니? 넌 어떤 태도니?
미란: 저의 태도가 상관있습니까! 그분이 언제 서의 의견을 듣고 무슨 일을 결정하였습니까?
상철: 나쁜 놈! 그래 이처럼 중대한 일도 부부간에 토론이 없었단 말이니?

* 미란 또 대답이 없다.

상철: 영수 지금 어디에 있니? 호텔에 있더니?

* 상철 당장 찾아 떠나갈듯 옷을 찾아 입는다.

미란: 아버지, 가지 마시오! 찾아가도 쓸데없습니다. 호텔 이사회 회의에서 이미 임명장까지 내리고 또 방금 이사장과 함께 어디론가 떠났습니다.

상철: 이런… 이런 자식이…

 * 상철 부들부들 떨며 경련을 일으킨다.

상철: 내가 어떻게 노심초하면서 무용공부를 시켰다고 이 애비와 한
       마디 말도 없이 그 무용을 버린단 말이냐? 이런 개보다도 못한
       자식을 내 그냥…

 * 상철 비칠거리다가 쓰러진다.
 * 미란 뛰어가 상철을 일으킨다.

미란: 아버지, 왜 이러십니까? 진정하시오, 아버지!

 * 미란 상철을 안아 일으키려다 안 되니 전화로 120을 부른다.

미란: 120구급센텁니까? 네! 급한 환자가 있습니다. 네! 속히 와주십
       시오!

 * 미란 서랍을 열고 안궁환을 꺼내다 상철에게 먹인다.

미란: 아버지! 안궁환 자십시다.

 * 미란 상철의 입에 안궁환을 넣어주고 물을 권한다.

병실 안

 * 상철 침상에 누워있고 미란 침대가에 지켜서있다.
 * 의사와 간호원들이 들랑날랑하며 분주히 서둔다.
 * 영수 허둥지둥 달려온다.
 * 영수 미란을 붙잡고 물어본다.

영수: 웬 일이요? 아버지가 웬 일인가 말이요? 지금 어떻소?

* 미란 대답이 없자 영수 상철의 손을 잡고 흔든다.

영수: 아버지! 웬 일입니까? 갑자기 이게 웬 일입니까? 아버지, 눈 좀
떠보시오! 아버지, 영수가 왔습니다.

* 상철 무감각하다.
* 의사 들어오자 영수 의사에게 물어본다.

영수: 선생님, 우리 아버지 병세가 어떻습니까? 무슨 병입니까?
의사: 좀 더 관찰하고 봅시다. 아마도 뇌혈전 같습니다.
영수: 그럼 풍이 왔단 말입니까?
의사: 글쎄 좀 더 봅시다. 자리를 좀 비켜주시오!

* 영수 뒤로 물러선다.
* 영수 미란에게 자초지종을 묻는다.

영수: 도대체 어쩌다 저렇게 되었소? 그때 당신 옆에 있었소?
미란: 나가서 얘기합시다.

* 영수와 미란 병실에서 나간다.

병실 정원

* 영수와 미란 정원으로 나온다.

미란: 내가 집으로 가니 아버지가 한창 성이 나 계셨습니다. 그러면서
나 보고 당신이 정말 무용을 그만두었는가 정말 호텔경리로 갔
는가고 묻습디다. 그래서 이미 다 알고 있는 일인지라 그렇다고

대답하였습니다. 그러니 당신을 마구 욕하면서 점점 더 격동돼하
던 것이 저렇게…

영수: 그럼 아버지가 내 일 때문에 저렇게 되었단 말이요?

미란: 네!

    * 영수 더 묻지 못하고 자책감에 사로잡혀 가슴을 쥐어뜯는다.

영수: 나 때문에 아버지가? 저러다가 아버지가 잘못되면 내가 아버지를
      죽인 후레자식이 되지 않소? 내가 왜 점점 미친 짓만 하는지?

미란: 너무 그러지 마시오! 의학이 발달했는데 설마 잘못되기야 하겠
      습니까? 치료를 바싹 하면 호전될 겁니다.

영수: 호전돼야지! 만약 호전되지 않는다면 내가 어떻게 이 낯을 쳐들
      고 나다닌단 말이요!

미란: 호전될 겁니다. 호전됩니다.

    * 미란 영수에게 다가가 영수의 팔을 끼고 걸어간다.

공원 어린이 놀이터

    * 준호와 은주 목마를 타고앉아 속심나누기를 한다.

은주: 준호야! 오늘은 몽땅 제대로 말할 내기다. 거짓말 말고?

준호: 속심 나누기야? 그러자!

은주: 너 나와 그런 관계를 끊은 다음에 감상이 어떻니?

준호: 제대로 말하래?

은주: 제대로 말할 내기라 했잖아?

준호: 제대로 말하면 무거운 짐을 지고 가다가 부려놓은 것 같다.

    * 은주 눈을 흘긴다.

은주: 그렇게 시원하니?

준호: 응! 너는?

은주: 나는 앓던 이를 뺀 것 같다.

준호: 내 그럼 벌레 먹은 이빨 같았니?

은주: 응! 어째?

준호: 그럼 그 이빨 빠진 자리에 금이빨을 해 넣어야 되겠구나! 봐둔 남자 있니?

은주: 너는 봐둔 여자 있니?

준호: 내 먼저 물었잖아?

은주: 네 먼저 대답해라!

준호: 또 제대로?

은주: 응!

준호: 내 말하면 너 인차 알거다.

은주: 누구야?

준호: 어떤 선생님?

은주: 우리 언니?

준호: 비슷하다.

은주: 너 머저리 아니야? 우리 언니 너보다 다섯 살이나 더 많다. 거기다 이혼을 했지 딸까지 있지…

준호: 그래도 난 영 좋다. 결혼하기 전부터 딸이 있으면 얼마나 좋니? 됐다. 너는 누구야? 네 말할 차례다.

은주: 말하면 너도 이내 안다.

준호: 내 안다고? 누구야?

은주: 김 단장!

준호: 뭐라니? 진짜 정신이 팽 돌았잖니? 그 나그네 너보다 열 살이나 이상이다.

은주: 그러니깐 딱 좋지? 열 살 터울! 얼마나 딱 맞니?

준호: 그리고 그 나그네 지금 아내가 퍼렇게 살아있다.

은주: 이혼시키면 되지! 내 더 좋으면 이혼하지 않으리?

준호: 그 집 김철이 열 살이다. 열 살! 너와 열 살 차이 아들이다. 네
      걔 엄마 되니?

은주: 낳은 것만 엄마야? 키운 것도 엄마라더라!

준호: 말 말라! 넌 돌아도 너무 돌아서 원래 말이 나들지 않는다.

은주: 네가 우리 언니를 좋아하는 거나 내 김 단장을 좋아하는 게 뭐
      가 다르니? 내 돌았으면 너도 돌았지!

준호: 나는 다르다. 성질상에서 근본적으로 다르다는 게다. 나는 제3자
      로 끼어들어 가정파괴는 안 하지만 너는 제3자란 말이다.

은주: 지금은 제3자란 게 없다더라!

준호: 그럼 뭐라고 한다니?

은주: 차뚜이깐부(揷队干部)라더라.

준호: 차뚜이깐부(揷队干部)? 생산대로 쑥 들어가는 간부겠구나.

은주: 응! 현 퇀급이다. 너 되니?

준호: 응! 안된다. 그런데 넌 나를 도와 언니 공작을 좀 해주겠니?

은주: 너 저절로 해라! 내 어떻게 네 연애를 해주니?

준호: 옆에서 좋은 말씀을 좀 많이 해달라는 거다.

은주: 자칫하다간 정말 너 우리 아저씨 되겠다. 응?

준호: 그래! 아저씨 된 다음에는 나보고 '예! 예!' 해야 된다?

은주: 야, 메스꺼워라. 정말 그렇게 되면 어쩌겠니? 아저씨?

준호: 오냐! 처제야!

  * 둘은 죽어라고 웃어댄다.
  * 돌아가는 목마.

성악 연습실

  * 금주 피아노를 치는데 은주와 준호 들어온다.

은주: 언니! 영 재미있는 노래하나 있소! 보겠소?

* 은주 오선보를 꺼내 금주에게 준다.

은주: 언니, 쳐보오! 준호야! 이 곡이 남자곡이다. 네 불러봐라!

* 금주 피아노를 치자 준호 노래를 부른다.

> **[노래]**
>
> 어쩌라고 알았던가 어떤 선생님
> 이 내 마음 잡아끄는 어떤 선생님
> 만나면은 공연히
> 얼굴이 화끈화끈
> 헤어지면 어쩐지
> 가슴이 썰렁썰렁
> 아—
> 내 마음 모질게도 휘저어놓고
> 모르는 척 시침 따는 어떤 선생님

은주: 언니, 여기 나오는 '어떤 선생님'이라는 게 딱 누구 같지 않소?
금주: 모르겠다. 누구 같니?
은주: 나는 어째 딱 언니 같소!
금주: 그럼 그 서정토로의 주인공은 누구 같니?
은주: 모르지?

* 금주 준호를 돌아본다.

금주: 준호는?
준호: 모…모르겠습니다. 어쨌든 그 '어떤 선생님'을 좋아하는 그런 남
　　　자 같습니다.

금주: 내 노래 한곡 할 게 들어보겠소?

 * 금주 피아노를 치며 노래한다.

   [노래]

   올똘한 것 같으면서 모자란 총각
   먹은 나이 없어선가 모자란 총각
   처녀들의 웃음소리 지척에 두고
   어이하여 묵은 꽃밭 찾아 헤매나
   아—
   인물도 마음도 잘 썼지만은
   철없이 까불대는 모자란 총각

 * 금주 노래를 마치고 준호를 돌아본다.

금주: 준호, 이 노래의 주인공이 누구와 비슷하지 않소?
준호: 글쎄 말입니다. 딱 누구와 비슷한지는 잘 모르겠는데 나는 어째
    그 총각이 모자란 것 같지 않습니다. 주견이 선명하고 추구가 견
    정한 똑똑한 총각 같습니다. 은주야! 옳지 응?

 * 준호 호주머니에서 종이쪽지를 꺼내 보이면서 빨리 금주의 옷을 벗기
   라고 암시한다.

은주: 응! 내 보기에도 별로 모자란 것 같지 않다. 그런데 어마나? 언
    니! 얼굴에 그 땀을 보오! 웃옷을 벗소!

 * 은주 금주를 거들어 옷을 벗겨 벽에다 건다. 그리고는 준호에게 넣으라
   는 시늉을 하고 부러 금주와 너스레를 떤다.

은주: 내 보기에는 양? 이 두 노래에 나오는 '어떤 선생님'하고 '모자란
총각' 이 두 사람이 연애를 한다면 천생배필일 것 같소! 어째 그
런가? '어떤 선생님'은 어쨌든 제 학생의 가슴을 건드려놨으니
깐… 어째 말이 안 되니? 준호야! 됐니?

* 준호 쪽지를 인차 금주가 벗어놓은 웃옷호주머니에 찔러 넣는다.

제10회

금주네 집 밖

* 금주 퇴근하여 집으로 돌아온다.
* 문을 열려는데 문이 잠가져 있다.
* 금주 습관적으로 호주머니를 들추는데 편지가 쥐어진다.
* 금주 편지를 펼치고 첫대목을 읽어본다.

금주: '사랑하는 선생…'

* 금주 깜짝 놀라 입을 막고 주위를 돌아본 후 부랴부랴 문을 열고 들어 간다.

금주네 집 안

* 금주 만사 제쳐놓고 편지부터 꺼내 읽는다.

준호(방백): 사랑하는 선생님, 오늘 정식으로 청혼합니다. 나는 선생님을 진심으로 사랑합니다. 선생님의 인물, 체형, 인격, 재질, 지어는 선생님의 딸 미라까지 전부의 전부를 사랑합니다. 처음 선생님의 집으로 가서 선생님의 그 남편이라는 사람을 보았을 때 나는 정말이지 자기 눈을 믿지 않았습니다. 선생님 같은 분이 어떻게 그런 알코올과 살 수 있단 말입니까? 선생님이 그 남자와 이혼하자 나는 만세를 불렀습니다. 그리고 선생님의 남편은 꼭 내가 되어야 한다고 굳게 다졌습니다. 선생님은 나를 단지 학생으로, 철부지로만 보지 마시오! 나도 인젠 남편으로서 갖추어야 할 모든 것을 다 구비한 남자입니다. 선생님이 나와 결혼한다면 한평생 행복할 것입니다. 그러니 저의 청혼을 절대 거절하지 말아주십시오!

* 금주 웃지도 울지도 못한다.
* 서글피 피식 웃었다간 인차 또 심각해진다.
* 이때 은주가 들어온다.

은주: 언니, 그 손에 쥔 게 준호 연애편지지? 준호 다 말합데! 어쩌겠
소? 동의하겠소?

금주: 뭘? 동의라는 게 뭐야?

은주: 애들 장난인가 하지 마오! 준호 정식입데! 언니 거절하는 날에는
무슨 사건이 꼭 일어날게요!

금주: 무슨 사건?

은주: 무슨 사건일지는 몰라도… 말하자면 자살사건, 도주사건, 폭발사
건, 암살사건, 공갈사건… 무슨 사건이 일어날지 모르오! 준호 머
리 속엔 지금 언니밖에 없소! 그러기 때문에 언니 싫다는 날이면
준호 어떻게 나갈지 모르오!

금주: 그래서?

은주: 그래서 언니도 참답게 대하라는 게요!

금주: 참답게라는 게 글쎄 뭐야? 내 준호 아내로 되란 말이야? 아니면
냉정하게 본체만체하라는 게야?

은주: 언니 준호 나쁘오?

금주: 좋다고 그래 너만한 남자를 남편이라고 같이 살란 말이야?

은주: 어떻소? 좋지! 언니 정말 고태요. 지금 홍콩에서랑은 돈 있는 여
자들이 전문 젊은 남자들을 돈 주고 사서 같이 산답데! 어디 홍
콩만 그러오? 우리 연길시내에도 몇이 된다오.

금주: 너도 준호 어리다고 싫다면서 나를 준호와 결혼하라니?

은주: 차라리 언니처럼 나이 차가 콱 있으면 낫단 말이요. 동생삼아 남
편삼아!

금주: 듣기 싫다. 그만해라!

　　* 금주 자기 방으로 들어가 버린다.

성악 연습실

　　* 금주 피아노를 치며 노래한다.

　　　[노래]

　　　　사랑이란 무엇일가 무엇이기에
　　　　내 가슴 파도처럼 설렐까
　　　　피곤하던 첫사랑에 너무 지쳐서
　　　　사랑의 불길이 꺼져 가는데
　　　　아- 나 어린 총각이
　　　　사랑의 불씨를 들고 오누나
　　　　어쩌면 좋을까 어쩌면 좋아
　　　　받기도 어렵고 안 받기도 어려운
　　　　아- 사랑의 불씨여

　　* 준호 들어와 금주가 입은 옷부터 눈여겨본다.

준호: 선생님 그 옷이 영 곱습니다. 그런데 어제 입었던 옷은 어쨌
　　　습니까?
금주: 빨려고 세탁기에 불궈 놓았소!

　　* 준호 돌아서서 발을 구른다.

금주: 그런데 누가 나 몰래 호주머니에 초콜릿을 넣어줘서 잘 먹었소.

　　* 준호 얼굴이 인차 개어진다.

준호: 맛이 어떻습니까? 못 좋습디까?

금주: 글쎄… 맛이 어떻든지? 먼저 노래연습이나 하기요.

　* 금주 피아노를 치고 준호 노래를 부른다.

　　[노래]

　　사랑은 불이라네
　　심장에서 타오르는 불이라네
　　사랑은 불이라네
　　꺼질 줄 모르는 불길이라네
　　심장에서 타는 불
　　꺼질 줄을 모르는 불
　　아― 사랑은 불이라네.

무용 연습실

　* 미란 연습준비를 하는데 순녀 정일이와 함께 들어와 정일이를 미란에게 소개시킨다.

순녀: 미란이! 와서 인사하오! 영수 대신 『징벽 정』의 남주인공을 맡을 사람이요!

정일: 정일이라고 부릅니다. 반갑습니다.

미란: 미란이라고 합니다. 반갑습니다.

순녀: 둘이 합작을 잘 해보오!

정일: 힘쓰겠습니다.

　* 정일이와 미란 악수를 한다.

가무단 밖

　* 전 경리 승용차 안에 앉아 은주를 기다린다.

　* 은주 나오자 전 경리 승용차에서 내려 은주를 마중 간다.

전 경리: 은주씨!

은주: 어마나! 전 경리?

전 경리: 시간이 좀 있소?

은주: 네! 무슨 일이 있습니까?

전 경리: 얘기나 하면서 좀 놀자고! 되오?

은주: 네!

　* 전 경리 승용차문을 연다.

전 경리: 타오!

은주: 전 경리 참니까? 영 곱습니다. 네?

전 경리: 수수하오!

　* 부르릉 떠나가는 승용차.

병실 안

　* 상철 침대에 누워있다. 미란 상철의 시중을 들다가 입을 싸쥐고 달려 나
　간다.

부산과

　* 미란 검사단을 들고 나온다.

위생실 안

　* 미란 거울 앞에 가서 자기 배를 거울에 비추어본다.

미란: 벌써 임신이라고? 어쩌나?

　* 미란 자꾸 도리질을 한다.

식당 안

* 전 경리와 은주 술을 마신다.

전 경리: 은주를 찾기 영 힘들더구먼! 전화도 잘 안되지…
은주: 그래서 가무단 앞에까지 와서 지켰습니까?
전 경리: 어쩌겠소? 안 그러면 못 찾겠는걸.

* 전 경리 휴대폰을 꺼내 은주에게 준다.

전 경리: 얻소! 이걸 가지고 다니오! 내가 은주를 찾기 헐하게!
은주: 이래도 됩니까? 비싼 걸!
전 경리: 나한테 또 있으니깐!
전 경리: 휴대폰을 또 하나 꺼내 보인다.
전 경리: 그건 득별히 은주를 주자고 신물로 신거요.
은주: 감사합니다.

* 확대되어 아겨오는 휴대폰

병실 안

* 상철 침대에 누워있다.
* 미란 들어와 상철의 시중을 든다.

상철: 왜? 어디 아프니?
미란: 아니, 아픈 데 없습니다.
상철: 그런데 방금 왜 낯빛이 그러니? 새하얗더라!
미란: 점심 먹은 게 좀 없힌 것 같습니다. 괜찮을 겁니다.
상철: 그럼 소화제라도 사먹어라!

미란: 네!

　＊ 순녀 들어온다.

미란: 선생님 또 왔습니까?
순녀: 또라니? 이제 몇 번 왔다고? 저녁엔 내가 선생님과 말동무를 할
　　　　테니깐 미란인 집에 가오!
상철: 안 그래도 미란이 속이 좋지 않다오!
순녀: 그럼 빨리 가보오! 어서!

　＊ 순녀 자꾸 미란을 떠밀어 보낸다.

미란: 그럼… 선생님 수고하시겠습니다.
순녀: 수고는? 재미지!

　＊ 미란 나간다.

린나네 집 안

　＊ 영수와 린나 이불 속에 함께 누워있다.

린나: 우리는 그냥 이렇게 도적연애만 하겠습니까?
영수: 내 언제 이사장과 연애를 하겠다고 했습니까? 유희를 한다고 했지!
린나: 유희를 그만큼 했으면 아직도 사랑하고 있다는 감이 안 듭니까?
　　　　사랑이 전혀 없는 깡깡 마른 유희입니까?
영수: 미란이 혼자서 아버지를 지키고 있는데 가봐야 되겠습니다.
린나: 나도 같이 갑시다.

　＊ 린나도 따라 일어나 옷을 주어 입는다.

영수: 어딜 같이 같다고 그럽니까?

린나: 병원에!

영수: 그러다 미란이 좋아 안하면 어쩝니까? 오지 마시오!

린나: 가겠습니다.

* 영수 큰소리를 친다.

영수: 오지 말라는데!

* 영수 어쩌다 큰소리를 치는 통에 린나 멍해진다.
* 영수 혼자서 가버린다.

영수네 집 안

* 미란 거울 앞에 서서 옷을 쳐들고 배를 들여다본다.
* 영수 들어오자 미란 인차 옷을 내리운다.

영수: 어째 옷은 벗고 난리요?

미란: 여보시오. 어쩔까?

영수: 뭐 어쩐단 말이요?

미란: 내 임신이랍니다.

영수: 뭐라고? 내 아들이 생겼다구? 와…

* 영수 미란을 안고 춤을 춘다.

[노래]

꿈이런가 생시런가 아들 아들 내 아들
얼시구나 좋을시구 아들 아들 내 아들
아들이면 나를 닮아 미남자로 자라고

딸이면 엄마 닮아 꽃처럼 피거라
꿈이런가 생시런가 아들 아들 내 아들
얼시구나 좋을시구 아들 아들 내 아들

미란: 그런데 어쩌겠습니까? 낳겠습니까?

영수: 뭐라오? 안 낳고 그래 유산하겠는가?

미란: 연습이 한창 바쁜데!

영수: 정신 나갔다. 연습이 중하오? 생명이 중하오? 웃기고 있소! 죽어
도 유산은 못하오! 아버지 아오?

미란: 모릅니다.

* 영수 밖으로 뛰어나간다.

병실 안(밤)

* 순녀 상철의 팔을 주물러주고 있다.

순녀: 영수 일이 안됐습니다. 원래는 내가 잘 맡아서 가무단을 뜨지 말
게 해야 하는데… 영수 가무단을 뜬 것은 다 내 탓입니다.

상철: 다 그놈 탓이지 왜 선생님 탓이겠소? 아마 그 자식 돈 냄새에
홀린 것 같소!

* 이때 영수 뛰어 들어온다.

영수: 아니, 선생님도 계셨습니까? 아버지, 아버지께 손자가 생겼습니다.

상철: 미란이 임신 옳지? 소화불량이라더니? 그래 몇 달이나 됐다니?

영수: 넉 달이랍니다. 이제 여섯 달, 반년만 지나면 아버지 손자를 안
아볼 수 있습니다.

상철: 음! 손자일지 손녀일지? 너도 반년 후면 아버지가 되겠구나!

영수: 네!

* 영수 자기로도 대견스러워 으쓱해한다.

김 단장네 집(밤)

* 김 단장 돌아와 보니 불도 안 켠 방에서 김철이 마구 엎드려 자고 있다.
* 김 단장 김철을 바로 눕히는데 김철 깨여난다.

김 단장: 엄마는?

김철: 모릅니다.

* 김 단장 전화를 친다.

실내 수영장(밤)

* 영애 전 경리와 수영을 하고 있다.

영애: 전 경리 헤엄을 영 잘 칩니다. 어디서 배웠습니까?

전 경리: 부내에 있을 때 대련에서 배웠습니다.

영애: 바다에서?

전 경리: 네!

영애: 하기에!

전 경리: 지금 대부금을 내기 바쁩니까?

영애: 네! 하지만 전 경리야 예외지요. 갚을 능력이 얼마든지 있지 않
　　　습니까? 대부금을 내서 뭘 하려고 그럽니까?

전 경리: 아닙니다. 뭘 좀 해볼까 해서… 나가서 음료나 마십시다.

영애: 네!

* 둘은 물에서 나온다.

김 단장네 집(밤)

* 문 두드리는 소리가 나서 김철 달려가 문을 연다.

김철: 누나… 정말 아지미! 아버지! 아지미 왔습니다.

* 김 단장 주방에서 이남박을 들고 나온다.
* 은주 죽어라고 웃어준다.

은주: 김 단장도 집에 와 밥을 다 합니까? 김 단장 좀 보시오! 딱 뭐 같습니까? 남자도 아니고 아줌마도 아니고 연극단 남자들이 쌀 함박 춤을 출 때 같습니다.

* 은주 곡을 부르며 이남박 춤을 춘다.

[노래]

햇쌀이라네 햇쌀이라네
정성들여 찧어온 햇쌀이라네
이 햇쌀로 밥을 지어
시부모님 상에 놓고
온 집식구 모여앉아 맛나게 먹어보세

* 은주 팔소매를 걷어 올린다.

은주: 김 단장 객실에 가 앉아 쉬시오.

* 은주 쌀을 일어 안친다.

김 단장: 은주도 밥 할줄 아오?

은주: 어째 이럽니까? 괜히 처녀 시집도 못가겠습니다. 밥할 줄도 모른 다고!

김 단장: 나는 어째 은주 밥할 줄 아는 것 같지 않소! 채도 할줄 아오?

은주: 채감을 내놓으시오! 내 식당요리보다 더 맛있게 하는걸 보시오!

　* 김 단장 냉장고에서 돼지고기며 채소감을 내놓는다.

은주: 김 단장, 그 앞치마를 날 입혀주시오!

　* 김 단장 자기가 입었던 앞치마를 벗어 은주에게 입혀준다.
　* 은주 김 단장을 마주보며 돌아선다.
　* 김 단장 치마끈을 매느라고 두 손을 은주의 허리 뒤로 가져가자 은주 김 단장의 허리를 끌어안는다.

김 단장: 왜 이러오?

은주: 일없습니다. 빨리 매시오!

　* 김 단장 끈을 다 맸는데도 은주 손을 놓지 않는다.

김 단장: 다 됐소! 다 맸소!

은주: 안아주시오!

김 단장: 이러면 안 되오!

은주: 안 안아주면 내 손 안 놓겠습니다. 일 분만!

　* 김 단장 방법 없이 은주를 안아준다.
　* 은주 두 눈을 꼭 감았다 뜬다.

무용 연습실

　* 정일이와 미란 『장백 정』의 쌍무 「사랑이 익을 때」를 추는데 미란의 눈에 정일이가 자꾸 영수처럼 돼 보인다.

* 순녀 옆에서 감정문제를 강조하나 미란 그냥 영수와 출 때를 생각한다.

순녀: 됐소! 이만 하기요. 그리고 저네 둘이 감정교류를 좀 많이 해야 되
겠소! 일상생활에서도 의식적으로 좀 많이 접촉하오! 알았소? 정
일이! 남자가 좀 주동이 돼서 자주 만나 감정교류를 하란 말이요.

정일: 네! 알았습니다.

거리

* 순녀 미란이와 함께 걸어간다.

미란: 선생님, 아무래도 정일이와 맞출 것 같지 못합니다. 동생과 연애
하는 것 같은 게… 여자주역을 바꾸시오.

순녀: 누구를 시키라오? 미란이 추천해보오! 딴 사람이 있으면 내 북
경 한 끝에 가서 미란이를 데려왔겠소? 미란이 안 하겠다는 게
다른 이유 있지?

미란: 다른 이유? 없습니다.

순녀: 내 모르는가 하오? 미란이 임신이지?

미란: 선생님, 선생님이 어떻게 아십니까?

순녀: 나도 여잔데 왜 모르겠소? 나도 아이 둘이나 낳은 여잔데!

미란: 영수는 유산을 못하게 하지 연습을 다 해놨다가 공연할 때 해산
하면 어쩝니까?

순녀: 글쎄 좌우간 먼저 연습하면서 보기요! 전국무용극회연까지는 아
직 멀었으니깐!

* 버스가 와서 멈춰 서자 둘은 버스에 오른다.

은주네 집 안

* 은주 집으로 들어와 옷을 벗는데 휴대폰이 울린다.
* 은주 휴대폰을 꺼내 받는다.

은주: 여보세요? 은줍니다. 네! 전 경리? 알았습니다. 인차 나가겠습
　　　니다.

　　＊ 은주 휴대폰을 끄고 벗던 옷을 다시 입고 밖으로 나간다.

거리

　　＊ 전 경리 승용차에 앉아 은주를 기다리고 있다.
　　＊ 은주 달려와 승용차에 오른다.
　　＊ 승용차 떠나간다.

아파트 단지 앞

　　＊ 승용차 아파트단지 앞에 멈춰 선다.
　　＊ 전 경리와 은주 승용차에서 내려 아파트로 들어간다.

진 경리네 집 안

　　＊ 보모가 문을 열어주자 전 경리와 은주 들어온다.
　　＊ 은주 집안을 둘러본다.

은주: 집이 영 좋습니다. 네? 몇 평방이나 됩니까?
전 경리: 크지 않소! 백팔십 평밖에 안되오!
은주: 와! 백팔십 평도 안 큽니까? 그럼 인민대회당만한 집이구야 맞
　　　춤하겠습니다. 네?
전 경리: 은주도 농담가구만! 거기 앉소!

　　＊ 전 경리 보모에게 상을 차리라고 분부한다.

전 경리: 아줌마, 상을 차리시오!

　　＊ 보모 주방으로 들어간다.

은주: 사모님은 어디 갔습니까?

전 경리: 사모님? 없소!

은주: 어디 갔습니까?

전 경리: 작년에 이혼했소!

은주: 아이는?

전 경리: 엄마따라 갔소!

은주: 그럼 이 큰 집에서 혼자 삽니까?

전 경리: 그래서 은주를 모셔올까 하오!

은주: 뭐랍니까?

* 은주의 눈이 대뜸 화등잔이 된다.

다방 안

* 정일이 미란이와 앉아있다.

정일: 영수 형님과 출 때보다 잘 안 맞지. 예? 영수 형님과 대비하면 나야 햇병아리 아닙니까?

미란: 아니, 내가 잘 배합해주지 못해서 안됐소! 아직 좀 서먹서먹해서 그런지?

정일: 글쎄 말입니다. 나도 아직 감각을 잘 찾지 못하고 있습니다. 금후 자주 접촉하면서 감정을 빨리 키워야겠습니다.

* 이때 영수와 린나 다방으로 들어온다.

* 영수 먼저 미란을 발견하고 린나를 툭 치며 다른 곳으로 가려는데 린나 인차 알아채지 못한다.

* 미란이도 영수를 알아본다.

* 영수 하는 수 없이 미란이네 상으로 다가온다.

영수: 여긴 어떻게?

미란: 네! 좀 토론할 일이 있어서…

* 미란 정일이를 소개한다.

미란: 저…『장백 정』의 남주인공으로 청해온 무용숩니다.
영수: 그렇소? 영수라고 하오!

* 정일이도 일어나 인사를 받는다.

정일: 네! 정일이라고 합니다. 두 선배님께서 많이 아껴주기 바랍니다.
영수: 나야 무슨 인젠 항업을 바꾼 게! 미란이, 우리 이사장과도 인사
   를 하오.
미란: 이사장님도 그냥 귀부인 같군요! 점점 젊어지시는 것 같습니다.
린나: 세월이 내리 흐르는데 젊어질 수가 있습니까?
미란: 그래도 피뜩 보면 아가씨 같습니다.
린나: 감사합니다.
영수: 미란이! 그럼 둘이 조용히 얘기하오! 우린 저쪽에 가 앉을게!

* 영수 린나와 함께 다른 방으로 건너간다.

전 경리네 집 안

* 전 경리와 은주 술을 나누며 얘기를 하고 있다.

전 경리: 은주는 아직 약혼 전이지?
은주: 약혼 중입니다.
전 경리: 남자는?
은주: 아직은 비밀인데 후에 알려드리겠습니다.
전 경리: 그 남자의 조건이 나보다 낫소?

은주: 무슨 조건 말입니까?

전 경리: 모든 조건!

은주: 나은 것도 있고 못한 것도 있고…

전 경리: 총적으로 보면?

은주: 총적으로 보면 아직까지는 저쪽 남자 낫습니다.

전 경리: 아직까지라니깐 금후에는 어떻게 변할지 모른다는 뜻도 있지 않소? 금후에는 내 조건이 더 나을 수도 있다는 암시요?

은주: 그런 생각까지는 못하고 '아직까지는' 하는 단어를 썼는데 잘못 썼다면 되찾겠습니다.

전 경리: 그럴 필요는 없고… 충분한 여지를 두는 게 좋을 것 같소! 난 처음 은주를 만났을 때부터 은주야말로 내 이상속의 여자라고 생각했었소! 첫 눈에 정이 든다는 말이 있지 않소? 그러니 만약 은주가 동의한다면 난 아무 때까지도 기다릴 수 있소! 은주가 돌아설 때까지!

  * 은주 자리에서 일어난다.

은주: 기다리지 마시오!

  * 전 경리 따라 일어나 은주의 손을 잡는다.

전 경리: 은주! 사랑하오!

  * 은주 잡힌 손을 살며시 뺀다.

은주: 취하는 것 같아서 가야 되겠습니다.

전 경리: 가느라 말고 저쪽 방에 가 자고 가오!

은주: 안됩니다. 처음 오는 집에서 자고 가는 법이 없습니다.

  * 은주 밖으로 나간다.

전 경리: 잠간! 내 차로 데려다줄게!

* 전 경리 따라 나간다.

병원 정원

* 순녀 상철을 부축하여 걷는 운동을 한다.
* 상철 절룩거리며 애써 걷는다.
* 상철의 이마에 땀방울이 맺힌다.

순녀: 선생님, 좀 앉아서 쉽시다.

* 순녀와 상철 의자에 앉는다.

순녀: 이제 며칠 후면 퇴원해도 되겠습니다.
상철: 글쎄 말이요. 빨리 나가야지 미란일 다 죽이겠소! 그게 낮엔 출근을
     할라 아침 점심 저녁으로 때를 해서 나를라 지쳐서 살겠소?
순녀: 거기다 임신까지 한 몸으로 연습하기만도 힘든데…
상철: 퇴원해서 나긴대도 기실은 걱정이요. 내가 아무 일도 거들어주지
     못하니깐 또 안팎일을 다 미란이가 해야 할게 아니요?
순녀: 그러게 말입니다. 웬만하면 우리 집에 가 있었으면 좋으련만 은주
     라는 게 아직 저러고 있지 금주라는 게 이혼을 하고 집에 와 있으
     니… 우리 셋집을 하나 잡고 따로 나가 있지 않겠습니까?
상철: 그런데 애들이 그렇게 하라고 하겠습니까? 그리고 선생도 『장백
     정』 연습 때문에 쩔쩔 매며 돌아치는데?
순녀: 그럼 어떻게 하면 좋습니까? 이러지도 저리지도 못하고?
상철: 하기에 늙으면 인차 껌벅 꺼져버려야 하는데… 이번에도 뇌출혈
     이 크게 왔다면…
순녀: 무슨 말씀을?

* 이때 미란 저녁밥을 해가지고 오다가 그들을 발견한다.

미란: 아버지, 또 걸음 연습하러 나왔습니까?
상철: 그래! 이제 걸음마를 떼는 애기다.
미란: 빨리 들어가 저녁 잡습시다. 선생님도 같이 들어갑시다.

* 순녀와 미란 상철을 부축하며 병원으로 들어간다.

금주네 집 안

* 금주 들어와 옷을 벗는데 준호 따라 들어온다.

금주: 여기까지 따라왔소? 오지 말라고 하지 않았소?
준호: 왜 확정한 대답을 주지 않습니까? 편지를 쓴지 벌써 며칠입니까?
금주: 그만하면 알아차려야 할게 아니요? 요즘 내가 준호를 좋게 대합데?
준호: 그럼 왜서 좋지 않다는 답을 명확히 주어야 할 게 아닙니까? 왜 싫습니까? 나이가 어리다는 건 구실이니깐 그 이유를 제외하고 다른 답을 주시오!
금주: 정말 답답하오!
준호: 누가 더 답답합니까? 내 더 답답하지! 딱 될 것 같은데 어째 안 된다고 하는가 말입니다. 내 선생님 나이 많다고 꺼립니까? 이혼 했다고 꺼립니까? 미라까지도 사랑한다고 하지 않았습니까? 그런데 왜 안 됩니까?
금주: 그러니깐 안 되지. 준호 그 좋은 조건에 왜 하필 나이도 저보다 더 많고 아이까지 달린 이혼한 여자와 살겠단 말이요?
준호: 딱 선생님만 마음에 드는 걸 어쩝니까? 동의하시오 네?

금주: 빨리 가오! 내 막 골이 빠개지는 것 같소! 빨리 가오! 내 좀
　　　눕게!

준호: 누우시오! 누가 눕지 말랍니까?

　* 준호 금주의 방으로 들어가 이불을 펴고 베개를 바로 놓는다.

준호: 누우시오!

　* 금주 너무 억이 막혀 돌아선다.

미란이네 집 안

　* 미란 맥없이 들어와 객실 소파에 쓰러진다.
　* 전화벨이 울린다.
　* 미란 송수화기를 든다.

미란: 여보시오? 정일이? 양!

어구상점

　* 정일이 어구상점에서 전화를 건다.

정일: 내일 산보를 갑시다. 휴식도 할 겸 감정교류도 할 겸! 네! 경치
　　　좋은데 있습니다. 낚시질도 하고 놀기도 좋은데 말입니다. 아침
　　　에 기다리시오!

　* 정일 전화를 다 걸고 낚싯대를 쥐고 어구상점에서 나온다.

별장 양어장

　* 정일이 낚시질을 하고 미란 구경하고 있다.

미란: 낚시질에 재미 들면 아무 일도 못 한답데! 정일이는 언제 낚시
　　　질을 다 배웠소?

정일: 북경에서 공부할 때 일요일이면 드문드문 다녔습니다.

미란: 그런데 고기 물린 걸 어떻게 아오?

정일: 저기 저 찌 있지 않습니까? 저 찌가 오물오물하다가 쏙 들어가
　　　면 물린 겁니다. 왔습니다. 잘 보시오. 예? 물었습니다.

　＊ 정일이 낚싯대를 채자 손바닥만한 붕어가 걸려나온다.

정일: 빨리 고기를 뜯으시오! 자!

미란: 아쓸해서 어떻게 쥐오?

공원 어린이 놀이터

　＊ 준호와 은주 앵코에 앉아있다.

준호: 은주야! 너는 김 단장과 어떻니? 거의 되니?

은주: 진척 중이다. 너는? 우리 언니 그냥 답이 없니?

준호: 애나 죽겠다. 그냥 안 된단다. 정말 싫어하지 않니? 나를?

은주: 너무 좋아서 싫다하겠니? 과부한테 총각이 생겼는데!

준호: 그런데 어째 그냥 싫은 척하니?

은주: 너무 과분해 그러는 거다. 호박이 갑자기 넝쿨째로 허망 뚝 떨어
　　　져봐라! 데꺽 주어먹니? 한 가지 도리다.

준호: 그럼 이럴 때는 어쩌니?

은주: 나도 지금 다음 보조를 생각하는 중이다. 다음 보조는 내 하자는
　　　대로 하자!

준호: 어떻게?

은주: 주동진공!

준호: 주동진공?

은주: 응!

* 은주 앵코를 구르며 노래한다.

> **[노래]**
>
> 앵코 앵코 나는 좋아요
> 앵코 타고 솟아보면
> 우리 아빠 철공장 한눈에 보여요

별장 낚시터

* 승용차 달려오더니 별장 앞에 와 멈춰서고 영수와 린나 차에서 내려 별장 안으로 들어간다.

정일: 누님, 저기 영수 형님 온 것 같소.

* 정일 낚싯대를 받침대에 받쳐놓는다.

정일: 누님, 내가 본거 틀림없소! 우리 가보기요.

미란: 거기 가봐 뭘 하오? 와도 일이 있어 왔겠지.

정일: 글쎄 딱 옳은가 가 보기요! 옳으면 같이 놀면 얼마나 좋소? 가잔데!

* 정일 미란의 손을 잡고 일어난다.

별장 안

* 정일이 복무원에게 몇 마디 물어보고 미란이와 함께 이층으로 올라간다.
* 정일 번호를 헤며 가다가 한 방문 앞에 멈춰 선다.

* 정일 문을 두드린다.
* 안에서 영수의 목소리

영수(소리): 누굽니까?
정일: 물 가져온 사람입니다.

* 잠간 후 영수 문을 여는데 웃통은 맨살바람이다.
* 린나 반나체로 침대가에 서있다.

영수: 당신?

* 미란 아무 말도 없이 모든 정경을 똑똑히 지켜본다.
* 영수 발명을 한다.

영수: 미란이! 우린 너무 더워서…

* 미란 영수를 쏘아보다가 돌아서서 뛰어간다.

제11회

벌판

* 번개치고 우레 울며 줄비가 쏟아진다.
* 미란 소리치며 벌판을 내닫는다.
* 미란 배신당한 자신의 심정을 무용으로 공소한다.

[노래]

우레야 울어라 폭풍아 터져라
마음속 고통을 깨끗이 청산하라
그토록 사랑했던 사람이
어쩌면 변할 수가 있으랴
참을 수가 없구나 원통한 현실
용서할 수 없구나 사랑의 배반
사랑의 결실인 배속의 아이는
날마다 달마다 커만 가는데
아빠 없을 아이는 어떻게 하나
사랑은 산산이 무너져간다

* 미란 폭풍우에 축 처져 서있다.
* 정일 빗속을 헤매며 미란을 찾아온다.
* 정일 자기 옷을 벗어 미란에게 입혀준다.

정일: 누님 빨리 돌아갑시다. 병에라도 걸리면 어쩝니까? 모두 내 탓입
니다. 내가 원래 보지 말았어야 할 텐데 또 누님을 그런 곳까지
끌고 갈건 뭐란 말입니까?

　* 미란 조금은 진정된 듯.

미란: 보기를 잘했소! 만약 보지 못하고 계속 그대로 살았다면 나라는
　　　인간은 얼마나 부실하오? 보기를 천만 잘했지!

　* 미란 빗속을 씨엉씨엉 걸어간다.
　* 정일 뒤쫓아 간다.

별장 객방

　* 영수 창가에 서서 억수로 쏟아지는 빗발을 내다보고 있다.
　* 린나 다가가 영수 몸에 붙어 선다.

린나: 죄송합니다. 나 때문에…

　* 영수 별안간 홱 돌아서서 린나를 힘껏 떠민다.
　* 침대에 밀려가 쓰러지는 린나.

영수: 나 때문에, 나 때문에가 무슨 소용이 있습니까? 나 때문에 무용
　　　을 버리게 하고, 나 때문에 가무단을 나오게 하고, 나 때문에 아
　　　내마저 버리게 하고, 그래 어느 때까지 나 때문에 하면서 물고
　　　늘어질 판입니까?

　* 린나도 참지 못하고 일어선다.

린나: 내 쪽에서 나 때문이라고 하니깐 진짜 모두가 나 때문인 걸로 밀
　　　어붙일 판입니까? 그래 아내를 집에 두고 나와 동거를 한 것도
　　　내가 홀려서만 입니까? 내가 강박해서 한 겁니까? 영수씨는 그래
　　　내 몸이 추악하고 더러운 데도 내가 꼬여서 놀았단 말입니까? 싫

은 유희를 놀았습니까? 싫은 돈을 흔하게 썼고 싫은 향락을 누린 겁니까? 난 처음부터 똑똑히 말했습니다. 영수씨를 사랑하기에 동거하는 거지 장난으로 하는 건 절대 아니라고 말입니다. 그렇다면 영수씨는 사랑이 없으면 내 곁을 떠나야 했을 게 아닙니까? 우리 둘이 함께 엎지른 물이지 나 혼자 쏟아버린 겁니까?

영수: 좌우간 미란이 그저 저러고 말지 않을 겁니다.

린나: 그럼 이혼하고 저와 결혼하면 끝나는 게 아닙니까? 한 나무에 목매고 죽으라는 법은 없지 않습니까? 다시 말하자면 나는 진정으로 영수씨를 사랑하고 있습니다. 영수씨도 얼마간은 날 사랑하고 있지 않습니까?

  * 린나 다시 다가가 영수의 품에 안긴다.

금주네 집 앞

  * 준호 택시를 타고 금주네 집으로 온다.

금주네 집 안

  * 은주 금주를 빨리 준비하라고 못살게 재촉한다.

은주: 어째 그리 늦소? 빨리 좀!

  * 순녀 웬일인지 어리벙벙해 있다.

순녀: 오늘은 어디로 간다고 식전부터 이렇게 볶아치며 야단이니?

금주: 나도 모릅니다. 이 은주가…

은주: 언니, 빨리 옷을 입소!

  * 은주 금주의 옷을 가져다 입혀주는데 택시소리 울려온다.

은주: 보오! 벌써 왔소! 빨리 가기요.

    * 은주 금주를 떠밀며 밖으로 나간다.
    * 순녀 나가는 두 딸을 바라보며 혼자서 중얼거린다.

순녀: 애들도! 무슨 도깨비장난을 하는지?

거리

    * 준호, 금주, 은주 택시를 타고 간다.
    * 은주 휴대폰을 꺼내 김 단장을 찾는다.

은주: 김 단장입니까? 준비 다 됐습니까? 그럼 빨리 내려오시오!

김 단장네 집 안

    * 영애 어쩌다 집에 있는데 세수도 안 해서 부수수하다.

영애: 오늘은 무슨 행사 있어서 새벽부터 볶아칩니까?
김 단장: 글쎄 나도 모르겠소! 어디 산보를 가는지?

    * 김 단장 나간다.

영애: 만날 바쁘지! 일요일까지도 바삐 돌아치니 마누라 고와할 새나
      있소? 홍!

    * 영애 침대에 가 도로 눕는다.

산 길

    * 승용차가 산길을 누비며 달리고 있다.

은주: 김 단장! 우리 오늘 어디로 가는지 압니까?

김 단장: 어디 가오?

은주: 조종의 산! 백두산!

김 단장: 뭐라오? 그 먼 데를?

* 은주 흥이 나서 노래 부른다.

[노래]

> 아— 노래 싣고 아— 웃음 싣고
> 백두산 찾아가는 유람 길은 좋아라
> 유람 길은 좋아라

* 준호도 은주와 함께 노래 부른다.

> 맑고 푸른 청계수도 우리 반겨 노래하고
> 높이 솟은 미인송도 우릴 반겨 춤을 추네
> 아— 노래 싣고 아— 웃음 싣고
> 백두산 찾아가는 유람 길은 좋아라.
>
> 사태치는 폭포수엔 꽃 무지개 아롱지고
> 사품치는 온천물엔 더운 안개 피어나네.
> 아— 노래 싣고 아— 웃음 싣고
> 백두산 찾아가는 유람 길은 좋아라
>
> 아름다운 우리 생활 행복으로 꽃펴나고
> 경치 좋은 우리 연변 자랑으로 전해가네
> 아— 노래 싣고 아— 웃음 싣고
> 백두산 찾아가는 유람 길은 좋아라

* 고개를 치달아 오르는 택시

* 멀리 백설을 떠인 장백산이 보인다.

* 준호와 은주 "와!" 소리친다.

미란네 집 안

* 영수 방에서 자고 미란 객실 소파에서 자다 일어나 주방으로 들어간다.
* 미란 상철이한테 가져갈 음식을 짓는데 영수 주방으로 들어온다.

영수: 말 좀 하자는데 왜 대답을 안 하오?

* 미란 그냥 대꾸가 없다.

영수: 내 말하지 않았소? 나와 린나 사이는 사랑관계가 아니라고! 순전한 오락이란 말이요! 내 이후부턴 그런 오락을 안 하면 되지 않소?

* 미란 그냥 말이 없자 영수 미란의 어깨를 잡고 빈다.

영수: 미란이! 내 다 잘못했소! 다시는 그런 짓을 안 할 테니 한번만 눈을 감아주오! 안되겠소?

* 미란 영수의 손을 밀쳐버리고 주방에서 나간다.

장백산

* 세 갈래의 폭포가 소리를 지르며 쾅쾅 쏟아진다.
* 은주 준호와 금주를 맞붙여 세워놓고 사진을 찍는다.
* 그리고는 사진기를 준호에게 주며 김 단장과 자기를 찍어달란다.
* 김 단장 피하려하자 은주 더군다나 김 단장의 팔을 꼭 붙들고 사진을 찍는다.

영수네 집 안

* 미란 상철의 아침밥을 싸들고 나간다.
* 영수 막지 못하고 멍하니 바라보고만 있다.

백두산정

  * 김 단장, 준호, 금주, 은주 산꼭대기에 올라가 소리친다.

일동: 백두산… 백두산…

  * 백두산을 노래하는 춤 노래가 펼쳐진다.

> **[노래]**
>
> 아… 백두산 아… 백두산
> 백의민족 얼을 안고 높이 솟았네
>
> 구름은 여기 내려 머물다 가고
> 바람은 여기 와서 쉬다가 간다
> 산새는 여기 모여 노래 부르고
> 선녀들 여기 내려 물놀이 한다
> 우리 겨레 여기 모여 절을 올리고
> 어머니 산 빛내어갈 마음 벼린다
> 아… 백두산 어버이 산
> 우리 동포 마음속에 높이 모신 산

  * 노래와 무용이 끝나면 김 단장, 준호, 금주, 은주 기념사진을 찍는다.
  * 백두산정에 저녁노을이 물든다.

폭포가(밤)

  * 김 단장, 준호, 금주, 은주 모닥불가에 모여앉아 천렵을 한다.
  * 주위의 유람객들도 무덕무덕 모닥불을 피워놓고 천렵을 한다.

준호: 자, 기분도 좋은데 술이나 마십시다.

* 은주 김 단장과, 준호 금주와 잔을 쫓고 술을 마신다.
* 어디선가 먼저 선창을 뽑자 여기저기서 노랫소리 터져 나오고 이어 춤
  판이 벌어진다.

[노래]

춤을 추는 인생이다
노래하는 인생이다
술 마시고 흥이 날 땐
노래하며 춤을 추자
얼씨구절씨구 좋구나 좋다
노래하며 살며는 늙지를 않고
춤을 추며 살며는 젊어만 진다
노래하자 춤을 추자
우리 모두 손잡고
즐거운 이 한밤을 춤 노래로 지새보자

온실욕탕 남탕

* 더운 김이 가득 서린 속에 김 단장과 준호 얘기하고 있다.

준호: 김 단장, 오늘 우리 백두산에 온 목적이 뭔지 알립니까? 인제는?

김 단장: 양! 유람하러 왔구면!

준호: 그뿐입니까?

김 단장: 또 있소?

준호: 김 단장 너무 모른척하지 마시오! 김 단장과 은주, 나와 우리 선
생님! 은주 김 단장과 비슷하게 말했답디다. 무슨?

김 단장: 무슨 말을?

준호: 은주 김 단장을 좋아한답디다.

김 단장: 헛소리.

* 김 단장 준호의 잔등을 착 갈긴다.

온수욕탕 여탕

* 은주 공개적으로 금주를 추긴다.

은주: 준호를 애나게 굴지 말고 이번에 맺고 끊소!

금주: 어떻게?

은주: 사랑한다고 하란 말이요!

금주: 그리고 정말 결혼하게?

은주: 양! 둘이 좋아서 하는데 무슨 일이 있소? 사람이란 게 나이로 하오? 감정으로 하지! 언니는 준호 나쁘오?

금주: 좋으면 다 남편 되니?

은주: 오늘 밤에 내 준호를 추겨서 보낼게. 잘 토론해보오!

금주: 듣기 싫다. 그러지 말라! 그럼 안 된다.

* 금주 은주의 어깨를 두드린다.

미란의 방(밤)

* 미란 누워서 영수와 함께 찍은 사진을 들여다본다.
* 미란의 눈귀에 이슬이 맺힌다.
* 영수 들어오자 미란 사진을 놓고 돌아눕는다.
* 영수 옷을 벗고 자리에 들자 미란 일어나 나가련다.
* 영수 미란의 팔을 붙잡는다.

영수: 계속 이러겠소? 이럴 내긴가? 내 잘못했다고 빌고 또 후에는 안 그런다는데 계속 이럴 내긴가 말이요?

* 미란 영수의 손을 물리치고 방에서 나간다.

* 영수 따라 나간다.
* 영수 객실에서 또다시 미란의 손을 잡는다.

영수: 그래 그냥 이렇게 살겠소?
미란: 어떻습니까? 당신 그냥 그 여자한테 가서 사시오! 나를 건드리
지만 마시오! 난 여기서 혼자 살겠습니다.

* 영수 성이 나서 씩씩거린다.

영수: 그래 당신 그래 정말 계속 이렇게 살겠단 말이요?
미란: 얼마나 좋습니까? 당신은 당신 좋은 멋에 그 여자와 살고 난 내
좋은 멋에 배속의 애기와 같이 살고… 당신 바라던 대로 아닙니
까? 당신 소원대로 다 됐는데…
영수: 뭐라고?

* 영수 홧김에 미란의 뺨을 갈긴다.
* 미란 아무런 반항도 없이 입귀에 흘러내리는 피를 닦는다.

영수: 잘못했소! 때린 건 내가 잘못했소!
미란: 때린 건 잘못했고 뭘 잘했습니까? 무용을 그만두고 가무단에서
나간 게 잘했습니까? 그 여자한테 붙어서 총경리가 된 게 잘했
습니까? 아버지를 풍 일구게 해놓고도 병시중은 안 들고 그 여
자와 붙어 노는 게 잘 습니까? 당신이 무용을 버린다고 할 때도
난 여전히 당신을 사랑했습니다. 돈을 벌기 위해 그 여자 밑에서
일을 할 때도 난 여전히 당신을 사랑했습니다. 그런데 집에다 나
를 처박아두고 보모처럼 부려먹으면서 다른 여자와 한 이불속에
서 놀아나는 그런 남편도 계속 사랑하란 말입니까? 체면이 있습
니까? 양심이 있는가 말입니다.

백두산호텔(밤)

* 김 단장과 준호 한방에 들었다.
* 김 단장이 먼저 잠옷을 입고 자리에 든다.

김 단장: 준호, 빨리 불 끄고 자기요!
준호: 네! 잡시다. 내 제꺽 밖에 나갔다 와서 네?

* 준호 밖으로 나간다.

호텔 복도(밤)

* 준호 자기 방에서 나와 옆방에 가 노크를 한다.

다른 방(밤)

* 은주 기다렸다는 듯 달려가 문을 연다.
* 잠옷 바람이던 금주 인차 이불을 쓰고 눕는다.
* 준호 들어오자 은주 인차 자리를 비워준다.

은주: 준호아! 너 여기서 잠간만 언니 맏동무를 해라! 내 제꺽 밖에 나
  갔다올게!

* 은주 인차 방에서 나간다.

김 단장네 방(밤)

* 은주 살며시 들어온다.
* 김 단장 준호인 줄로만 생각한다.

김 단장: 어디 갔댔소? 빨리 불을 끄고 자기요.

* 은주 준호가 누웠던 침대에 가 앉는다.

김 단장: 어째 불을 안 끄오?

* 김 단장 돌아보다가 은주가 와 있는 것을 보고 와뜰 놀란다.

김 단장: 준호는? 은주는 왜 왔소?
은주: 이 좋은 날 재미없이 벌써 쉽니까?

* 은주 김 단장의 침대에 옮겨 앉는다.

은주: 얘기나 좀 하다가 쉬시오!

소천지가

* 금주 준호와 함께 앉아있다.
* 준호 손바닥을 비비다가 입을 연다.

준호: 선생님, 이 장백산의 「선녀와 나무꾼」이라는 전설을 들어봤습
니까?
금주: 양 대충 들었소!
준호: 내 들은 것과 다를 겁니다. 내 하거든 들어보시오. 네? 멀고 먼 옛날
호랑이 담배 피우고 사자가 술 마시던 그런 먼 옛날에 하늘에서 선
녀 일곱이 이 장백산 소천지에 척 내려와서 목욕을 했단 말입니다.
그런데 이때 마침 나무꾼 총각이, 나이는 지금의 내 나이만큼 먹은
총각이 여기로 지나가다가 목욕하는 선녀들을 보게 됐단 말입니다.
그래서 들은 풍월이 있는지라 가만가만 다가가서 제일 막내선녀 옷
을 훔쳐냈습니다. 그래서 다른 선녀들은 다 하늘로 올라갔는데 막
내선녀 혼자 지상에 남게 됐단 말입니다. 그래서 나무꾼총각과 연
애를 하게 됐는데 그 연애장면이 죽여줍니다. 선녀가 나무꾼총각의
이름과 나이를 묻는데 나무꾼총각이 내 이름은 없고 나이는 스무

한살입니다. 이렇게 대답했답니다. 그러니깐 선녀가 왜 이름이 없느냐 물었다 이겁니다. 그러니깐 나무꾼이 뭐라고 대답했는지 압니까? 선생님 맞춰보시오!

금주: 모르겠소!

준호: 산속에서 나 혼자 사는데 내 이름 부를 사람 어디 있습니까? 부를 사람도 없는 이름은 무용지물이 아니겠습니까? 그래서 이름이 없습니다. 그래서 선녀가 이제부턴 내가 불러야 되겠으니 이름이 있어야 할 게 아닙니까? 제가 하나 지어드리이다. 하고 이름을 지어주었는데 뭐라고 지었는지 압니까? 준호! 준호라고 지었단 말입니다. 그래서 그 준호 총각이 선녀더러 이름은 그냥 선녀라고 부르면 되겠기에 구태여 다른 이름을 짓느라 말고 선녀라고 할 테니 나이를 알려달라고 했답니다. 그런데 그 선녀 나이, 아니 연세… 아니, 춘추가 얼만지 압니까? 음력으로 세여도 일만 팔천오백사십 살이라는 겁니다. 와차! 나무꾼총각 준호보다 일만 팔천오백사십 살이나 이상이지 뭡니까? 하느님도 자기 딸이 딸보다 나이가 어린 남자를 데리고 살아야 행복하게 잘 산다면서 자기 딸을 우정 스물한 살짜리 나무꾼 준호에게 하사한거랍니다. 재미있습니까?

금주: 이제 보니 준호 황통쟁이구먼!

미인송림

* 은주 못내 뾰로통해 한다.

은주: 김 단장, 단장이라고 이럴 때도 틀거지를 피웁니까?

김 단장: 틀거지라니?

은주: 김 단장 솔직하게 말해보시오! 집의 사모님과 나를 비기면 누가 더 났습니까? 내 더 났지?

김 단장: 그런데?

은주: 그런데 왜 나를 싫답니까? 지금 그냥 원래 마누라와 사는 남자
　　는 상등머저리랍디다. 특등 불구자!

김 단장: 야, 이놈아! 그래 내 우리 철이 엄마와 이혼하고 너하고 같이
　　산단 말이야?

은주: 이놈이라니? 연애하는 여자와 그런 말버릇이 어디 있습니까? 나
　　하고 같이 살면 뭐가 나쁩니까? 단장이란 게 어디 나가 외교를
　　해도 좀 츨츨한 부인을 데리고 다녀야 일도 척척 잘 되지! 그런
　　데 왜 갑자기 이리 덥습니까?

　* 은주 웃옷을 벗는다.

김 단장: 덥기는? 덥지도 않은데 옷은 왜 벗소?

은주: 안아달라고!

김 단장: 개버릇을 하고 있니? 입어라!

은주: 어째? 난 그래 김 단장이 손님 청할 때나 데려다 쓰는 기생처럼
　　생각했습니까? 김 단장을 위해서 술이나 먹고 춤을 추고 그런
　　여자로 봤습니까? 전번에는 어째 1분 동안 안아달라니깐 안아주
　　던 게 지금은 안 됩니까? 안으시오, 안으시오!

　* 은주 김 단장의 허리를 안고 매달린다.

김 단장: 은주야! 이러면 안 된다. 이걸 놔라! 안된다는데!

　* 김 단장 은주를 떼여 밀어놓는다.

은주: 안 되는가 보시오! 내 김 단장 사모님 찾아가서 물러나라고 하
　　겠습니다.

　* 은주 벗었던 옷을 주어들고 가버린다.

소천지가(밤)

＊ 금주 준호와 마주 서있다.

준호: 나 여기 오기 전에 내 연애문제 때문에 점쟁이한테 가서 점을
　　　쳐봤는데 나는 나무꾼총각처럼 꼭 나보다 이상인 그것도 제일
　　　좋기는 다섯 살 이상인 여자를 찾아야 잘 살지 그렇지 않으면
　　　벼락에 맞아죽는다고 하더란 말입니다. 그래서 찾고 또 찾던 중
　　　에 선생님을 딱 찾았단 말입니다.

＊ 준호 갑자기 금주의 허리를 끌어안는다.

준호: 선생님, 받아주시오. 네?

＊ 금주 너무 바빠 어쩔 줄을 모른다.

금주: 안되오! 이러지 마오! 안된다는데!
준호: 안되면 아니 됩니다. 꼭 돼야 합니다. 선생님, 받아주시오!

＊ 준호의 입이 금주의 낯으로 육박해온다.

금주: 준호, 제발… 오늘만 이걸 놓소! 내 좀 더 생각해보고… 안 놓으
　　　면 성을 내겠소!

＊ 준호 할 수 없이 손을 푼다.

준호: 빨리 생각해봐야 합니다.
금주: 양!
준호: 오늘은 그럼 키스만 한번!

금주: 야, 안된다는데?

준호: 그럼 안 가겠습니다. 그냥 여기 꿇어앉아 있겠습니다.

* 준호 정말 꿇어앉는다.

금주: 그럼 자, 빨리!

* 준호 일어나 금주의 입에 키스를 한다.

호텔 밖(밤)

* 은주 나무 밑에서 나무를 치고 차며 화풀이를 하고 있는데 준호 걸어 온다.

준호: 은주야! 어떻니? 성과가 있니?

은주: 냉혈이더라! 냉혈! 그런 냉혈동물이 어디 있니? 머저리다. 머저 리. 상등머저리! 특등 불구자!

준호: 그래 인젠 손 씻고 그만두니?

은주: 그만두기는? 내 그렇게 그저 망신만 당하고 말면 뭐라는 게야? 계속 혁명이다. 계속 혁명!

준호: 나도 아직 좀 더 해야 될 것 같다. 너네 언니도 왜 그렇니? 나를 좋아하는 게 낮에는 환히 알리는데도 말로는 그냥 싫다는 말이 다. 내 머저리 아닌지 몰라! 내보다 어린 여자면 들었다 났다 감 았다 폈다 하면서 연애를 하겠는데 제 선생님과 하자니깐 얼마 나 바쁘니?

은주: 바쁘지 않은 연애는 재미없단다. 슴슴해서! 그래도 바쁘다가 되 는 게 재미있지!

준호: 우리 둘은 헐하게 했는데 응?

은주: 하기에 또 헐하게 끝났지.

준호: 바쁘더라도 제대로 되면 일없는데 바쁘다가 안 되면 어쩌니? 개
   판이 아니야?

은주: 하기에 되게 해야지! 노래에도 있지 않니?

   [노래]

   못 갈 길이 없어라 가면 된다
   못 할 일이 없어라 하면 된다
   오르지 못할 산 땅 위에 없고
   해내지 못 할 일 세상에 없다
   사랑을 하려면 끝까지 하라
   지성이면 감천이라 아니 될 일 있으랴

김 단장네 방(밤)

   * 김 단장 옷을 주어입고 담배를 연신 빨며 방안을 거닐다가 밖으로 나
   간다.

복도(밤)

   * 김 단장 금주네 방문을 노크한다.

금주네 방(밤)

   * 금주 문을 열어주자 김 단장 성난 얼굴로 들어온다.

김 단장: 오늘밤 저 은주가 무슨 연극을 노는 거요? 금주 선생이 시킨
   게 아니요?

금주: 은주가 어쩝니까? 난 모르는데?

김 단장: 옷을 벗어들고 안아 달라 장난이요. 변태요?

금주: 은주가 김 단장한테 그랬단 말입니까? 아니, 이럴 수가? 방금 준
   호도…

김 단장: 뭐라고? 쬐고만 놈들이 어른들을 희롱하는 거요? 이건 무슨
　　　　개판이요? 그 자식들 어디 있소? 단위에까지 이 소식이 퍼지면
　　　　뭐란 말이요? 가기요. 좀 나가보기요!

호텔 밖(밤)

　* 김 단장과 금주 밖으로 나가다가 준호, 은주와 만난다.

김 단장: 준호, 은주! 오늘 도대체 무슨 짓을 했소?
은주: 짓이란 게 무슨 말입니까? 우리가 나쁜 짓을 했습니까?
김 단장: 그럼 그게 나쁜 짓이 아니고 뭐요? 아름다운 행실이요?
은주: 네! 세상에서 가장 아름다운 행실, 사랑을 했습니다.
김 단장: 사랑? 사랑이 뭔지나 알고 사랑이요?
준호: 김 단장은 사랑의 정의를 알고 결혼했습니까? 정의가 어떻습니까?
　　　우리는 우리가 오늘 한 행실이 진정한 사랑이었다고 말합니다. 물
　　　론 듣는 사람은 어떻게 받아들일지 모르지만 사랑에는 죄가 없지
　　　않습니까? 김 단장도 싫으면 받아들이지 않으면 끝나는 게 아닙니
　　　까? 떠들고 성내고 다른 데로 끌어올릴 필요가 뭡니까?
은주: 김 단장이 만약 오늘 제가 한 행실을 장난으로 희롱으로 못된
　　　짓으로만 생각한다면 난 김 단장이 오늘의 내 행실이 가장 순결
　　　한 사랑이었다는 것을 알 때까지 계속할겁니다. 준호야! 가자! 세
　　　대 차이다, 세대 차이!

　* 은주 준호를 끌고 호텔로 간다.

은주네 방 밖(밤)

　* 금주 문을 두드리나 열어주지 않는다.

은주네 방 안(밤)

* 은주 준호를 금주가 누웠던 침대에 눕히고 자기는 원래 자리에 눕는다.

은주: 언니는 김 단장 방에 가 자오! 이 방에선 나하고 준호가 자겠소!

은주네 방 밖(밤)

* 금주 다시 문을 뚜드리려는데 방 안의 불이 꺼진다.

김 단장네 방 안(밤)

* 김 단장과 금주 각기 한쪽 침대에 앉아 멍하니 서로 쳐다본다.

호텔 식당

* 김 단장, 준호, 금주, 은주 밥상에 마주 앉아 아침을 먹는데 모두들 눈치만 흘끔흘끔 보면서 말이 없다.

김 단장: 아침을 먹고는 곧장 돌아가지요.
은주: 가지 않고 여기서 살겠습니까? 지금 갑시다. 재미도 없는데.

* 은주 젓가락을 놓고 나가버린다.
* 김 단장 피씩 웃고 만다.

김 단장네 방 안

* 김 단장 들어와 보니 은주 새침해서 앉아있다.

김 단장: 빨리 가서 떠날 차비를 하오!
은주: 다 했습니다.

* 김 단장 떠날 차비를 하는데 은주 걸고든다.

은주: 어제 밤 왜 나를 떠밀었습니까? 밀어낸다고 쉽게 물러날 난 줄 알았습니까? 그렇게 쉽게 물려날 게면 처녀 몸으로 김 단장을 찾았겠습니까?
김 단장: 쉽게 물러나지 않으면 어쩌겠소? 내가 싫다는데?
은주: 좋다할 때까지 찾아다니겠습니다. 김 단장이 나를 싫어할 이유가 뭡니까?

김 단장: 나에겐 은주에 대한 사랑이 없소!

은주: 사랑이야 키우기에 가지! 새 사랑 키우는 게 낫지 묵은 걸 유지 하는 게 났습니까?

김 단장: 아직 새 걸 키울 생각이 하나도 없소!

은주: 하기에 내 부지런히 다니겠단 말입니다. 접촉이 많으면 감정도 변한답디다.

김 단장: 자꾸 시끄럽게 굴지 말고 떠날 차비나 하라는데! 준호는 뭘 하오? 가서 준호 빨리 오라고 하오!

은주: 내 심부름꾼입니까?

김 단장: 내 단장이요! 빨리!

은주: 흥! 그럴 땐 단장이겠구나!

　* 은주 두덜거리며 나간다.

금주네 방

　* 준호 금주와 다짐을 받고 있다.

준호: 어제 밤에 말했습니다. 에? 생각해보고 답을 주겠다고! 언제 답 을 주겠습니까? 이번 주일? 내일?

　* 이때 은주 들어온다.

은주: 준호야! 김 단장이 빨리 오란다. 빨리 준비하고 떠나잔다.

준호: 응! 알았다.

　* 준호 방에서 나간다.

산 길

　* 김 단장, 준호, 금주, 은주 연길로 돌아가는 길이다.

* 모두 정서가 저락되어 말이 없다.

김 단장: 준호, 은주! 노래나 하지! 심심해 틀렸구먼!

은주: 김 단장이 하시오!

김 단장: 내 노래를 들으면 뇌출혈이 온다고 합데! 그래도 은주가 해
야 듣기 좋지!

은주: 그럼 후에는 하고 싶은 말을 노래로 하면 듣기 좋아 잘 듣겠습
니다. 네?

김 단장: 그럴 수도 있지!

은주: 그럼 지금 노랫말 하랍니까?

김 단장: 하오!

* 은주 노래를 뗀다.

[노래]

> 에… 단장 단장 단장이란 무엇일까
> 맵고 매운 고추장에 사탕가루 넣은 장이
> 단장 단장 쓴 장이 아니고 단 장이라네
> 단 장은 반드시 달아야 되지
> 쓰면 쓴 장 되어 단장이 안 되네
> 우리 단장 단장 쓴 장이 아니라네
> 씁쓸한 것 같아도 절대 절대 단 장이라네
> 우리 단장 좋다

* 준호 좋다고 박수를 쳐댄다.

은주: 김 단장, 잘 들었습니까?

김 단장: 양! 잘 들었소! 내 씁쓸한 장인 게 아니라 달달한 단 장이라
면서? 내 그렇게 맛있소?

은주: 네!

* 은주 부러 김 단장의 귀에 대고 큰 소리로 대답한다.
* 산길을 내리달리는 승용차

미란네 집 안

* 미란 거울에 마주서서 불룩해지는 배에 배띠를 칭칭 감는다. 그리고는
  거울을 들여다보며 춤동작을 간단히 해본다.
* 영수 자기 방에서 나온다.

영수: 밥 먹었소?

* 미란 대답도 없이 옷을 입으며 밖으로 나간다.

무용 연습실

* 『장백 정』을 시연하고 있다.
* 김 단장과 순녀 시연을 보고 있다.
* 정일이와 미란이 제법 배합이 잘된나.
* 아름답게 펼쳐지는 무용
* 은주 빠금히 문을 열고 들어와 누가 곱다고나 하는 것처럼 김 단장의
  옆에 딱 붙어 앉는다.

은주: 이렇게 앉아도 됩니까? 방해되지 않지. 예?

* 김 단장 은주를 힐끗 보고 약간 드려 앉는다.
* 그러면 은주 자기도 또 약간 더 붙어 앉는다. 은주 김 단장이 입은 적
  삼을 이상하게 만져본다. 그리고는 입을 삐죽한다.
* 무용 한 장면이 끝나자 김 단장 박수를 쳐준다.
* 은주도 박수를 친다.

성악 연습실

* 준호 금주와 따지고 든다.

준호: 선생님, 생각해봤습니까?

금주: 얏! 해봤소!

준호: 어쩌기로 했습니까?

금주: 잠시 고려하지 않고 연습에 열중하기로 했소!

준호: 그런 미적지근한 답을 듣고 연습을 제대로 할 수 있습니까?

금주: 그건 준호 문제요. 난 제대로 지도할 수 있으니깐! 준비하오!

준호: 선생님!

금주: 연습준비를 하라니깐!

준호: 네!

* 준호 노래책을 펼쳐들고 피아노 옆에 와 선다.
* 금주 피아노로 반주를 해주나 준호 금주만 퀭해 보면서 노래를 시작하
   지 않는다.
* 금주 다시 시작을 뗀다.

금주: 다시!

* 그래도 준호 그냥 금주만 바라본다.
* 금주 뱉이 꼬여 일어난다.

금주: 왜 이러오? 연습을 하겠소? 안하겠소?

준호: 선생님, 속이 이렇게 꽉 멨는데 어떻게 노래를 합니까? 시원하게
   좀 말해주시오! 난 이 세상에서 오직 선생님만 사랑합니다. 만약 선
   생님이 나의 요구를 들어주지 않는다면 난 노래고 뭐고 먼저 미쳐
   버리고 말겁니다. 그렇게 되면 난 껌벅 자살해버리고 말겠습니다.

* 금주도 이번엔 피아노뚜껑을 쾅 닫으며 성을 낸다.

금주: 죽소! 가서 콱 자살해버리오! 일개 여자 때문에 미치고 자살하는 그런 옹졸한 남자를 나는 죽어도 사랑할 수 없으니깐 지금이라도 당장 어디가 목매고 죽소! 그리고 성악시간에까지 계속 이런 말을 꺼내겠으면 지도교원도 다른 선생을 청하고 내 앞에 나타나지도 마오! 준호처럼 철딱서니 없는 사람은 원래부터 예술을 할 감이 아니요!

* 금주 문을 쾅 닫고 나가버린다.
* 어안이 벙벙해 굳어진 준호.

순녀 사무실 안

* 순녀 금방 들어와 의자에 앉는데 김 단장 들어온다.
* 순녀 일어나 반긴다.

순녀: 김 단장, 어떻게?
김 단장: 선생님, 방금 통지가 왔는데 전국무용극경연을 10월에 한답니다.
순녀: 뭐랍니까? 그럼 이제 딱 석 달밖에?
김 단장: 우리 성에서 우리의 『장백 정』을 이미 문화부에 소개했다는데 그때까지 되겠습니까?
순녀: 어쨌든 되게 해야지요. 네! 노력해봅시다.
김 단장: 그럼 바싹 다그쳐주시오!

* 김 단장 나간다.
* 순녀 생각에 잠긴다.

순녀: 미란의 배가 그때 가면 만삭이 되겠는데… 어쩔까?

백화점

* 은주 남성적삼 매대를 곧추 찾아간다.
* 은주 두루 살펴보다가 제일 눈에 뜨이는 적삼을 골라잡는다.

은주: 이 적삼을 주시오! 그리고 그 적삼에 잘 어울리는 넥타이까지!
복무원: 이 넥타이가 가장 잘 어울리는 것 같습니다.
은주: 감사합니다.

* 은주 넥타이를 적삼에 대보며 흐뭇해한다.

순녀 사무실

* 순녀 손가락으로 책상을 톡톡 뚜드리며 앉아있는데 미란 들어온다.

순녀: 왔구먼! 여기 와 앉소!
미란: 무슨 일이 있습니까?
순녀: 그저 무슨 일인 게 아니라 아주 중요한 일이 있소! 전국무용극경연
　　　을 이제 석 달 후이면 한다는데 그때면 미란의 그 배가…
미란: 그럼 어쩝니까? 빨리 B역을 연습시켜야지 않습니까?
순녀: 이제 B역을 바꾼다는 것도 글쎄… 정일이와 미란이도 이제 겨우
　　　배합이 될까 하는데…
미란: 그럼 어쩝니까?
순녀: 미란이나 나나 좀 더 좋은 방법을 생각해보기오! 어쨌든 전국경
　　　연대회는 뒤로 미루는 법이 없을 테니깐!
미란: 네! 알았습니다.

* 미란 무거운 걸음으로 나간다.

단장사무실 안

* 단장이 서류를 보고 있는데 은주 적삼을 들고 들어와 김 단장의 책상 위에 올려놓는다.

김 단장: 이건 뭐요?

은주: 지금 그 적삼을 당장 바꿔 입으시오!

김 단장: 왜? 왜서 꼭 바꿔 입어야 하오?

은주: 우리 가무단의 형상을 위해서입니다. 가무단 단장이라는 게 그 옷차림이 뭡니까? 농촌선전대 대장처럼 입고… 빨리 바꿔 입으시오! 김 단장 예술 감각이 좀 둔하지 않습니까?

* 은주 김 단장이 입은 적삼단추를 벗기려든다.
* 김 단장 저절로 한다며 피해 선다.

김 단장: 나 절로 입을게! 나 절로!

* 은주 또 적삼 깃을 다듬어주고 넥타이 위치를 잘 고정해 준다.

은주: 이제 좀 우리 단장님 비슷합니다. 새 서방님 같은 게!

김 단장: 그렇소? 얼만데? 이 적삼이?

은주: 얼마면 돈을 주겠습니까? 김 단장 그리 째째한 남잡니까? 내 선물! 바이!

* 은주 나간다.

미란네 집 안

* 미란 거울 앞에 마주서서 배띠를 푼다. 배띠를 다 풀자 불룩해진 배가 나타난다.
* 미란 인차 두 손으로 자기 배를 가린다.

미란: 벌써 이러니… 이제도 석 달이면?

* 미란 배띠를 감으며 춤을 춘다.
* 공들여 연습한 무용서사시, 처음으로 참가할 수 있게 된 전국시합에 임신 때문에 못 참가하는 괴로운 심정
* 미란 베란다에 나가 창문을 열고 심호흡을 톺는다.
* 이때 린나 승용차로 영수를 바래다주는 모습이 층집 아래로 내려다보인다.
* 영수 미소를 지으며 린나와 작별하고 있다.
* 미란 그 꼴을 보기 싫어 휙 돌아선다.
* 미란 배에 감은 배띠를 풀어서 동댕이치고 밖으로 뛰어 나간다.

아파트 층계

* 영수와 미란 층계에서 마주친다.

영수: 어디 가오? 이렇게 급히?

* 미란 막아서는 영수를 밀치고 달려 내려간다.

병원 산부인과

* 미란 산부인과 앞에까지 와서 한참이나 오락가락 망설인다.
* 미란 끝내 결심을 내리고 산부인과로 들어간다.

모 식당 안

* 은주 술병을 뺏으며 더 마시지 못하게 말리는데 준호 자꾸 술을 청해 마신다.
* 준호 술김에 금주를 욕한다.

준호: 제 뭐라고 나와 큰소리를 빵빵 치고 제 쪽에서 오히려 시뚝해 하는가 말이야? 제 선생님이면 단가? 나는 남잔데. 개 무스 건 아니라는데?

* 주위의 사람들 시선이 준호한테로 쏠려오자 은주 준호를 끌고 식당에
  서 나온다.

거리

* 은주 택시를 불러 세우고 준호를 떠밀어 앉힌다.
* 그리고는 자기도 준호 옆에 앉아간다.

준호: 자기를 잘났다고 쳐주니깐 정말 잘났는가 하지? 그 잘난 과부!
온 시내바닥에 말똥떼보다 더 흔해서 나뒹구는 게 과부라 해라!
과부에다 애새끼까지 달린 주제에 무슨 떡 대가리 같은 매화타
령이야? 새파란 총각이 연애를 걸면 미안해서라도 점잖게 받아
주는 게 옳지! 제 쪽에서 오히려 큰소린가? 큰소리? 씨…

준호 숙소 안

* 은주 준호를 데리고 들어와 침대에 눕힌다.
* 준호 금주를 찾아가겠다고 우격다짐을 쓴다.

준호: 은주야! 내 여기 오겠다 해? 너네 집에 가자 했지! 그… 금주한
테 가잔 말이다. 내 가서 똑똑히 물어보고 정말 싫다면 내 금주
앞에서 죽어버릴 게!
은주: 준호야! 너 왜 이러니? 술이 깬 다음에 조용히 말하라는데! 좀
자라 응?
준호: 자라고? 은주야! 네 생각해봐라! 내 자지니? 난 지금 금주한테
이 정신까지 다 뺏긴 놈이다. 그런데 금주가 나를 이렇게 모욕하
는데 내 잠이 오겠는가 말이다. 내 머저리 같은 게 어쩌라고 제
선생님을 사랑하고 이렇게 개처럼 몰리우니? 은주야! 내 선생님
을 사랑한 게 비도덕적이야? 죄야?

* 준호 무릎을 치며 흐느낀다.

은주: 어째 자꾸 이러니? 진정하고 좀 자라. 응? 내 우리 언니하고 잘
말해볼게!
준호: 그럼 내 잘게! 선생님과 꼭 잘 말해 달라. 응?

* 준호 자리에 눕는다.
* 은주 그 옆에 앉아 지킨다.

금주네 집 안

* 금주 방 안을 서성거리고 있다.
* 준호의 절절한 목소리 자꾸 귀청을 때린다.

준호(방백): 만약 선생님이 나의 요구를 들어주지 않는다면 난 노래고
뭐고 먼저 미쳐버리고 말겁니다. 그렇게 되면 난 껌벅 자살해버
리고 말겠습니다.
금주(방백): 죽소! 가서 콱 자살해버리오! 일개 여자 때문에 미치고 자살
하는 그런 옹졸한 남자를 나는 죽어도 사랑할 수 없으니깐 지금이
라도 당장 어디 가 목매고 죽소! 죽소! 죽소!

* 금주 자신의 소홀함을 뉘우치며 피아노건반을 쾅 친다.

[노래]

욕해주고 후회하며 눈물 짜는 건
그 욕 속에 사랑이 있기 때문이라네
꽁꽁 닫기였던 사랑의 대문이
소리 없이 살며시 열려지는가?
아… 닫을 수가 없어라
스스로 열려지는 사랑의 대문

* 은주 들어오면서 금주를 비평한다.

은주: 언니는 준호와 그게 뭐요? 싫으면 조용히 그저 싫다고나 하지.
　　　남의 자존심 상하게 욕은 왜 하오?
금주: 어째? 준호 잘못됐니?
은주: 죽었소!
금주: 뭐라니?

* 금주 당황해 은주의 어깨를 잡아 흔든다.

금주: 너 방금 뭐라니? 준호 죽었다고?
은주: 양! 빨리 가보오! 숨이 거의거의 넘어갈게요.
금주: 어디? 지금 준호 어디 있니?
은주: 숙소에!

* 금주 정신없이 뛰어나간다.

준호 숙소

* 준호 죽은 듯 자고 있는데 금주 황황해서 뛰어 들어온다.

금주: 준호, 준호…

* 금주 준호가 누워있는 데로 전전긍긍 다가간다.
* 금주 준호의 숨소리를 듣고 좀 안심하며 준호의 가슴에 귀를 대본다.
* 금주 준호가 술을 마시고 자는 줄 알자 준호의 머리맡에 앉아 준호의
　얼굴을 들여다본다.
* 곱게 놀던 준호의 얼굴이 떠오른다.
* 성악실에서 인사할 때
* 노래방에서 춤을 출 때
* 백두산에서 키스를 할 때

　* 금주 준호의 입에 조용히 키스를 덮는다.
　* 눈을 뜨고 금주를 쳐다보는 준호
　* 준호의 눈에 행복의 이슬이 돋는다.
　* 준호 금주의 목을 안고 일어선다.
　* 금주 준호를 끌어안는다.

준호: 선생님!
금주: 준호!

　* 노래 흐른다.

　　　[노래]

　　　흘러온 습관의 사선을 넘어
　　　엄청난 나이의 계선을 넘어
　　　힘겹게 힘겹게 맺어진 사랑
　　　그래서 그 사랑 한결 달콤해

순녀네 집 안

　* 금주와 준호의 약혼식이다.
　* 금주와 준호 순녀에게 술을 붓고 큰절을 한다.
　* 금주와 준호 서로 약혼선물을 교환한다.
　* 그리고는 한상에 모여앉아 음식을 쓴다.
　* 은주 심부름하기에 바쁘다.

은주: 내 먼저 우리 새 아저씨한테 술 한 잔 부어 올리겠습니다. 자,
　　　준호야! 받아라!

　* 준호 술을 받고 은주를 나무란다.

준호: 은주야! 넌 아저씨와도 이래라 저래라 하니?

은주: 정말! 인젠 정식 아저씨지? 아저씨! 술 드시오! 야, 어색해라!

순녀: 어색해도 그렇게 습관 해야 된다.

* 이런 때에 성화 미라와 함께 들어온다.

성화: 가시어머니, 성화 왔습니다. 술 먹으러…

미라: 어머니!

* 미라 금주한테 가 안긴다.

성화: 아야, 면바로 술상을 차려놨구나! 내 먼저 한잔 합시다. 예?

* 성화 술 두 잔을 데꺽 마셔버린다.

성화: 가시어머니, 내 오늘 온건 이 미라를 내 못 키우겠으니 가시어미니 키워달라고 신청하러 왔습니다. 난 인젠 집도 다 팔아먹고 아무것도 없습니다. 그럼 미라를 여기 두고 갑니다. 네?

* 성화 술 한 잔 더 마시고 나가다가 다시 돌아선다.

성화: 가만… 이 집에 오늘 무슨 군일이 있지 않습니까? 어머니, 무슨 좋은 일이 있습니까? 나도 압시다.

순녀: 오늘 우리 새 사위를 삼았소!

성화: 새 사위?

* 은주 준호를 소개한다.

은주: 우리 새 아저씹니다.

성화: 오… 장호! 아니다. 무슨 호던가?

은주: 준호!

성화: 옳지! 준호! 똑똑하더라! 준호 내보니깐 똑똑하오!

* 성화 순녀에게 엄지를 내밀어 보인다.

성화: 가시어머니, 새 사위를 잘 얻었습니다. 내 같은 중독보다 몇십 배 났습니다. 금주 잘 사오.

* 성화의 목소리가 별안간 젖어든다.

성화: 이번엔 좋은 남편을 만났는데 행복하게 잘 사오!

* 성화 돌아서서 준호의 손목을 덥석 쥔다.

성화: 준호! 다른 게 없소! 잘 사오! 그리고 제 마누라를 고와하고 아껴야 되오! 세상에서 제 마누라를 잘 사랑해 주는 게 진짜 남자요! 공연히 마누라와 센 척하지 말고 공연히 마누라를 의심하지 말고 절대로 마누라를 때리지 마오! 그러다간 나처럼 알코올중독에 걸리오! 알코올중독! 모두 잘 노시오.

* 성화 비틀거리며 나간다.

영수네 집 안

* 미란 자그마하게 보따리를 꾸린다.
* 그리고는 집 을 칸칸이 돌아본다.
* 자기의 손때 묻은 주방, 한시기 사랑으로 타 번지던 침실, 아버님께 효도하던 객실, 위생실의 세탁기, 주방의 냉동기…

[노래]

방이면 방마다 매 하나의 가구마다에
사랑을 위해 생활을 위해
쓰다듬고 어루만진 손길이 슴베였네
남편을 하늘처럼 믿어왔기에
시아버님 효성 다해 모셔왔기에
그처럼 정답던 사랑하는 나의 집
떠나가는 이 가슴에 눈물이 고인다

* 미란 보따리를 들고 방에서 나간다.

버스 부

* 미란 버스에 올라탄다.
* 순녀 미란을 바랜다.

미란: 선생님, 들어가시오! 될수록 이내 오겠습니다.
순녀: 아직 시간이 있으니 몸조리를 잘하고 오오! 기다릴 테니! 자, 안
녕히!
미란: 선생님, 안녕히! 다시 만납시다.

* 서서히 기동하는 버스.

시골길

* 버스가 시골길을 달리고 있다.
* 미란 차창가에 앉아 밀려오고 밀려가는 산과 들을 바라보며 서글픈 생
각에 잠겨든다.

미란(방백): 원래는 임신한 기쁜 소식을 안고 사업에서 성공한 첩보를
안고 기쁘게 찾아가야 할 어머니 고향 품으로 병진 몸과 설움을
안고 가니… 어머니, 미안합니다.

영수네 집 안

* 영수 집으로 돌아와 보니 집이 썰렁하다.
* 침실에 들어가 보니 침대가에 미란이 써놓고 간 쪽지가 있다.
* 영수 쪽지를 들고 본다.
* 쪽지의 글: 유산하고 집으로 몸조리를 갑니다. 미란 씀.
* 영수의 얼굴에 대뜸 노기가 서린다.

영수: 나와 상의도 없이 유산했다고?

* 영수 쪽지를 내팽개친다.

린나 사무실 안

* 린나와 영수 마주앉아있다.

린나: 이건 영수씨에게 남긴 최후의 통첩입니다.

영수: 최후의 통첩이라니? 무슨 뜻입니까?

린나: 이혼 전 최후통첩이란 말입니다. 이제 몸조리가 끝나면 곧 올라와서 이혼을 제기할겁니다.

영수: 제 쪽에서 먼저 이혼을 제기한단 말입니까?

린나: 그렇습니다. 영수씨 아직 여자를 잘 몰라서 그렇지 한번 돌아선 여자의 마음은 탱크로 매여 끌어도 못 돌려세웁니다. 미란 씨와의 사랑은 인젠 영영 끝난 겁니다.

영수: 그럼 난 이제 어떻게 합니까?

린나: 이혼을 하고 저와 재혼하는 겁니다. 그 길밖엔 어느 길도 통하지 않습니다. 그리고 우린 연길을 떠나 북경에다 다시 사업을 벌입시다. 그렇게 되면 영수씨는 새로운 사랑, 새로운 생활을 시작하게 됩니다.

영수: 그러니 지나간 사랑, 지나간 생활은 흘러간 물이 되었다는 말씀입니까?

린나: 그렇습니다. 일장 꿈으로 흘려보내야 합니다. 물론 고통스럽지만!

영수: 알았습니다.

＊ 영수 무슨 결심을 내린 듯 입술을 옹다문다.

병실 안

＊ 순녀 밥그릇을 들고 들어온다.
＊ 상철 인제는 혼자서도 일어나 앉는다.

상철: 오늘은 왜 선생님이 이렇게?

순녀: 네! 미란이 오늘 본가집으로 내려갔습니다. 그래서 제가 온 겁니다.

상철: 미란이 갑자기 본가집엔 왜 갔답니까?

병원 정원

＊ 순녀 상철에게 자초지종을 이야기한다.

순녀: 그래서 오늘 본가집으로 갔는데 한달 푼히 몸조리하고 나와서 연습을 다그치면 전국경연에 얼마든지 참가할 수 있을 겁니다.

상철: 물론 내가 손군을 잃어버려 섭섭한 생각은 들지만 미란의 생각도 기특하오! 자기가 하고픈 사업에서 좀 더 성과를 내고 아이야 차츰 봐도 일이 있겠소?

순녀: 그런데 문제는 그 유산으로 해서 영수와 미란의 사이가 버성기지 않겠는가 하는 게 걱정입니다. 영수가 공연히 워들랑 하는 날이면…

상철: 글쎄 말이요. 그러다 괜히 손군을 잃고 며느리까지 때우면…

순녀: 그렇게까지 되지 않겠지요. 설마?

＊ 둘은 팔을 걸고 나란히 걷는다.

숙자네 집 앞

* 미란 사립문 밖에 서있다.
* 어머니의 다듬이질소리가 방불히 들려오는 듯
* 잔칫날 어머니의 웃던 모습이 눈앞에 선히 안겨온다.
* 그런데 일년도 안 되어 쫓겨 오다시피 제집을 찾아온 것이다.
* 미란 선선히 발걸음이 떨어지지 않아 한참이나 서성거리다가 사립문을 열고 들어간다.

숙자네 집 밖

* 미란이 막 집으로 들어가려는데 안에서 숙자와 영팔이 주고받는 말소리 새어나온다.

영팔(소리): 숙자! 좀 어떻소? 효과가 알리오?

숙자(소리): 양! 인젠 허리가 덜 아프고 무릎마디도 덜 아프오.

* 미란 어머니가 앓고 있다는 말에 잠간 주춤했다가 문을 떼고 들어간다.

숙자네 집 안

* 미란 뛰어들며 소리친다.

미란: 어머니!

* 숙자 자리에 누워있고 영팔 그 옆에서 시중들다가 홍두깨처럼 뛰어드는 미란을 보고 깜짝 놀란다.

숙자: 아니, 미란아!

영팔: 미란이 네가?

제13회

숙자네 집 안

* 미란 보따리를 내려놓고 숙자 옆에 가 앉는다.

미란: 어머니, 어디 편찮아 이럽니까? 병원에 안 가도 됩니까?

숙자: 엊그제 뜨물그릇을 들고 돼지죽 주러 나갔다가 허리를 펄떡 한 건데… 괜찮을 거다. 요 이틀째는 일어나지도 못해서 이 분이 고생하는구나!

미란: 아저씨, 감사합니다.

영팔: 부슨? 큰일노 아닌네!

숙자: 그런데 미란아, 넌 무슨 해가가 있어서 집엘 다 왔니?

미란: 네! 한 계단 연습이 끝나고 한 닷새 쉬라고 해서 어머니도 보고 싶지… 그래서 왔는데 면바로 왔습니다. 어머니 편찮을 때에 딱!

* 미란 앓아누운 어머니를 보고 거짓말을 하는 수밖에 없었다. 자기까지 드러누워 영팔의 시중을 받을 수는 없었으니깐.

숙자: 너를 보자고 요새는 꿈에 자꾸 네 얼굴이 보이군 했구나! 그런데 어쩌다 집에 왔는데 내가 이렇게 일어나지 못해서 어쩌겠니?

미란: 어머닌 그냥 누워계시고 집일은 내가 하면 되지 않습니까? 어머니, 내가 허리 눌러드릴게요.

* 미란 숙자의 허리를 눌러준다.

전 경리 사무실

* 전 경리 은주에게 전화를 건다.

전 경리: 은주요? 지금 내 사무실에 잠간 왔다가겠소? 양? 그래! 좋은
일이 있지! 기다리겠소!

* 전 경리 송수화기를 놓고 서랍에서 목걸이를 꺼낸다.
* 전 경리 목걸이를 꺼내들고 보다가 다시 서랍에 넣는다.

순녀네 집 안

* 금주와 준호 방을 거두고 장식하느라고 분주하다.

준호: 야! 지루하던 독신생활이 오늘 영광스럽게 끝나는구나!

* 이때 은주 곱게 차려입고 자기 방에서 나오다.

준호: 은주야! 누가 청해 가니? 김 단장?
은주: 김 단장밖에 청하는 남자 없는가 하니? 가득하다.
준호: 내 이젠 아저씨다.
은주: 정말, 내 이 말버릇을… 아저씨, 내 나갔다올게. 언니와 잘 노시
오 네?

* 은주 밖으로 나가다 또 한마디 보탠다.

은주: 원래는 방 배치를 내가 해야 되겠는데 미안합니다. 준호 아저씨!

* 은주 까르르 웃으며 나간다.
* 금주 방을 거두다 말고 준호를 부른다.

금주: 준호, 우리 은주 김 단장과 되겠소?

준호: 글쎄! 그런데 우리 둘이 이제부터 말투를 좀 고치는 게 좋지 않을까?

금주: 어떻게? 나도 고쳤으면 좋겠는데 어떻게 고쳤으면 좋을지 모르겠소!

준호: 우리 둘이 서로 바꾸어서 나는 "이랬소? 저랬소?"하고 거기서는 "이랬습니까? 저랬습니까?"이래야지! 이건 남편이 예예하고 마누라가 양양하는 것이 지개비네 집 안 같소.

금주: 약혼 말을 떼기 바쁘게 센양할까 한다? 대남자주의 같은 게!

준호: 그리고 이젠 준호, 준호하고 이름을 부르지 마오!

금주: 그럼 뭐라고 부르라오? 또 정말… 뭐라고 부르랍니까?

준호: 미라 있지 않소? 미라 아버지! 이렇게 부르오! 나는 미라 엄마! 이렇게 부르고!

금주: 공연히 어린 남편을 얻어가지고 우스워서 못살겠다.

준호: 미라 엄마! 내일 가서 정식으로 결혼등기를 해야겠소! 결혼식은 내 돈 있을 때 하더라도! 알만하오?

금주: 양!

준호: 양?

금주: 네! 알았습니다.

   * 금주 입을 싸쥐고 피시식 웃는다.

전 경리 사무실

   * 전 경리 창 밖을 내다보며 서있는데 문 두드리는 소리가 난다.
   * 전 경리 급히 가서 문을 열어주자 은주 들어온다.

전 경리: 왔구먼! 반갑소! 여기 앉소!

　　* 전 경리 은주에게 과일이며 음료수를 권하며 분주히 돌아친다.

전 경리: 며칠 안 봤더니 은주 또 더 예뻐졌구먼! 미용을 하오?

은주: 돈이 어디 있어 미용을 다 합니까? 화장품도 국산을 쓰는데!

전 경리: 우리 미인이 안 됐구만! 돈이 없어 화장품도 마음대로 못쓰
　　　　다니!

　　* 전 경리 서랍에서 목걸이를 꺼낸다.

전 경리: 내 이 서랍에 어느 옛날에 사둔 목걸이가 있는데 은주가 걸
　　　　어보오!

은주: 어느 여자를 주자고 산건지 내가 걸면 됩니까?

전 경리: 아무 때고 내가 주고 싶은 여자가 나타나면 주려고 했는데
　　　　은주를 만난 다음엔 딱 은주를 주고 싶더란 말이요! 보오! 곱소?

은주: 네! 곱습니다.

전 경리: 그럼 내 걸어주지!

　　* 전 경리 은주의 목에 목걸이를 걸어준다.

전 경리: 보기요! 은주가 한결 더 예뻐 보이는구만! 이젠 가기요! 우리
　　　　가서 백화점이나 한번 돌아보기요.

　　* 전 경리 은주의 등을 떠밀며 사무실에서 나간다.

백화점사

　　* 전 경리와 은주의 손에 벌써 숱한 옷가지들이 들려있다.
　　* 전 경리 화장품 매대로 간다.

전 경리: 여기서 제일 비싼 고급 화장품을 주시오!

* 복무원아가씨 화장품을 골라준다.

아가씨: 이게 지금 한국에서도 알아주는 최고급 화장품입니다. 써본 사
람은 다른 화장품을 못 쓴답니다. 이건 프랑스향순데 향수 중에
서도 왕이랍니다.

전 경리: 그럼 그걸 포장해주시오!

* 복무원아가씨 화장품을 포장해주자 전 경리 돈을 치르고 은주한테로 간다.

전 경리: 은주가 이 화장품을 바르고 선녀가 되면 내가 알아보지 못해
어쩔까?

은주: 화장할 때마다 코끝에 기미를 그려 넣을 테니 기미를 보고 찾으
세요!

전 경리: 내 말이 그렇지 은주가 열백 번 둔갑을 해보오! 못 알아보는가?

거리

* 전 경리와 은주 승용차에 앉아간다.

전 경리: 은주! 내가 생각해보라던 일은 어디까지 생각해봤소?

은주: 한 절반!

전 경리: 그럼 아직도 절반이 남았으니 얼마나 더 기다려야 되오? 한
주일? 한 달? 반 년?

은주: 어쨌든 본 세기내로 될 겁니다.

전 경리: 본세기 말? 와! 내가 할아비로 된 다음에? 그래도 좋지! 아무
때건 내가 기다리고 있을 테니깐! 그러나 될수록 빨리 결정하오!

은주: 네! 배가 고픕니다.

전 경리: 배가 고프다구? 그럼 빨리 가야지!

　　* 전 경리 속력을 낸다.

숙자네 집 안

　　* 미란 부엌에서 아침을 짓는다.

미란: 어머니, 채소감은 뭐가 있습니까?

숙자: 농촌에 따로 채소감이라는 게 있니? 텃밭에 나가서 먹고픈 걸
　　　뜯어다가 해 먹으면 되지! 네가 왔는데 원래는 장이라도 봐야 되
　　　겠는데 이 허리가 아이고…

　　* 숙자 일어나려다가 허리가 아파 신음한다.

숙자: 아이고, 요 허리야! 삐끗한 게 어쩜 요렇게 아프니?

미란: 어머닌 가만히 누워 계시시오! 내가 텃밭에 나가 보겠습니다.

　　* 미란 밖으로 나간다.

텃밭

　　* 미란 텃밭에 나온다.
　　* 푸르싱싱한 남새들이 탐스럽게 자라고 있다.
　　* 미란 어느 것부터 뜯었으면 좋을지 몰라 이것도 만져보고 저것도 만져
　　　본다.
　　* 미란 바자에 주렁진 장물당콩도 조금 뜯고 가지도 몇 개 뜯고 마늘도
　　　몇 대 뽑아들고 집으로 들어간다.

순녀네 집 주방

　　* 순녀 도시락을 사들고 나오는데 금주 들어온다.

순녀: 금주야! 내 상철 선생님께 아침을 가져다드리고 올 테니 너희들
　　　끼리 차려먹어라!

금주: 영수 아버지 좀 어떻습니까?

순녀: 오늘 원래 퇴원하는 날인데 미란이 없어서 집에 나와도 누가 밥이나 따뜻하게 해주겠니? 영수는 또 북경에 가 기업을 꾸린다고 잔뜩 들떠 있… 그 집도 답답하다.

금주: 어머니, 그럼 어머니가 그 집에 가 있으면서 영수 아버지를 동무 해주면 안됩니까?

순녀: 아직은 그렇게 하기도 어렵구나! 차차 보자!

 * 순녀 밖으로 나간다.

숙자네 집 안

 * 미란 아침상을 차려놓고 숙자를 일으켜 앉힌다.

미란: 어머니, 잡숴보십시오! 내가 볶은 채가 어떤가?

숙자: 내가 해야 할 건데… 네가 한 밥을 내가 먹다니 이건…

 * 숙자 조금 떠먹어보고 입맛을 다신다.

숙자: 음, 맛있구나! 맛있다. 오랜만에 딸이 해주는 밥을 먹으니 입안에서 슬슬 녹아 넘어가는 것 같다.

미란: 어머니, 그럼 많이 드시오!

 * 모녀간 마주앉아 즐겁게 아침을 먹는다.

순녀네 집 안

 * 금주 주방에서 아침상을 차리는데 준호 살금살금 들어와 금주의 허리를 끌어안는다.

금주: 어째 이럽니까?

준호: 좋아 그러지! 어째 그러긴? 매일 저절로 끓여먹던 외톨이총각이 사랑하는 사람이 차려주는 밥을 먹게 됐으니!

금주: 이걸 놓고 빨리 가서 미라하고 은주나 깨우시오!

준호: 알았음! 부인님 명령대로 제꺽 가서 깨우겠습니다.

　＊ 준호 나가며 금주의 엉덩이를 착 때린다.
　＊ 준호 은주네 방을 노크하나 소리가 없기에 들어가 보니 은주 허벅다리
　　를 이불 밖에 다 내놓고 정신없이 자고 있다.

준호: 은주야! 일어나 밥 먹어라!

　＊ 은주 끙하며 돌아눕는다.

준호: 밥 먹으란 데!

　＊ 준호 은주의 드러난 허벅다리를 창 때린다.

은주: 아가가!

　＊ 은주 용수철 튕긴 듯 발딱 일어난다.

은주: 아파 죽겠다. 때리긴 왜 때리니?

준호: 아저씨다!

은주: 아저씨란 게 처제 자는데 막 들어옵니까?

준호: 처제라는 게 절반 무스 게라는데 일 있니? 그런데 이후부턴 잘 때 좀 동작을 곱게 하고 자라! 아무리 절반 엉덩이라고 그렇게 있는 대로 다 드러내놓고 잘 내기 있니? 빨리 일어나 세수하고 밥 먹어라!

* 은주 "예!" 하고는 또 훌렁 눕는다.

준호: 또?

* 준호 다시 손을 쳐든다.

은주: 아니 아니… 일어나겠습니다.

* 은주 발딱 일어난다.

숙자네 집 밖

* 미란 돼지뜨물을 들고 나와 돼지우리에 골고루 쏟아준다.
* 밤새 굶은 돼지들이 꿀꿀거리며 탐스럽게 죽을 먹는다.
* 미란 재미있게 들여다본다.

미란: 모자라면 더 줄게! 쌈하지 말고 먹어라! 두두두…

* 영팔이 들어오다가 미란을 보고 한마디 한다.

영팔: 와하! 미란이가 돼지죽을 다 주는가? 아름다운 무용가가 돼지와
　　　함께! 야, 도무지 걸맞지 않는 결합이구나!

* 영팔 미란의 손에서 돼지죽그릇을 뺏어 쥔다.

영팔: 내가 늦게 오는 바람에 너한테 더러운 일을 시켰구나! 늦게 와
　　　서 미안하다.
미란: 난 뭐 돼지죽을 못줍니까? 돼지들이 서로 뺏어 먹기를 하는걸
　　　보니 재미있습니다.

영팔: 그래도 그렇지! 꽃 같은 아가씨가 돼지죽을 준다는 건 아무리
봐도 걸맞지 않단 말이다.

미란: 「양돈처녀」라는 무용도 있었는데 그럽니까?

영팔: 무대에서야 괜찮지! 빨리 들어가자!

    * 영팔이와 미란 집으로 들어간다.

숙자네 집 안

    * 미란 들어가자 설거지부터 한다.
    * 영팔 팔을 걷고 미란의 설거지를 뺏어하려 한다.

영팔: 설거지는 내 임무니 내가 하자!

미란: 내가 있는데도 아저씨가 하겠습니까? 아저씬 담배나 피우시오!

영팔: 그럼 오늘 아침엔 실업자가 됐구나!

    * 영팔 구들에 올라가 숙자 옆에 앉는다.

영팔: 우린 그사이 안마나 하기요!

    * 영팔 숙자를 안마해주고 미란 설거지를 한다.

영팔: 미란아! 너 뭘 먹고 싶니? 네 어머니가 못해주면 내가 해줄 테
니 어서 말해봐라!

미란: 아저씨! 풋강냉이 생각이 나는데 점심엔 풋강냉이나 삶아 먹는
게 어떻습니까?

영팔: 풋강냉이야 밭에 흔하니깐 뜯어다 앉히기만 하면 되는 건데 그
런 것 말고 순대라던가 닭곰이라던가 좀 고급적인 걸로 택하는
게 어떻니?

미란: 농촌에 왔으면 시골 특산을 맛보는 게 옳지 않습니까? 풋강냉이로 합시다.

영팔: 그럼 좀 있다 내 가서 잘 여문 찰강냉이를 뜯어올게!

미란: 나도 같이 갑시다. 오랜만에 곡식 구경도 하게 말입니다.

영팔: 그래? 그럼 같이 가자!

* 미란 설거지를 끝내고 손을 닦는다.

영수네 집 안

* 영수와 순녀 상철이를 부축하여 집으로 들어온다.
* 상철이를 방에 들여보내고 순녀 영수의 손을 잡고 객실로 나온다.

순녀: 병원에서 퇴원을 했는데 집에 와선 누가 아버지를 돌보오?

영수: 미란이 있지 않습니까?

순녀: 미란인 지금 자기 몸도 돌보기 바쁜데? 그리고 미란이 다시 들어오려고 할까?

영수: 싫다면 이혼하고 말겠습니다.

순녀: 미란이도 그쯤 생각하고 있는 것 같습데! 안 그러면 아무리 산후 몸조리를 한다 해도 이 집에서 나가지 않았을 게요!

영수: 좌우간 내 오늘 시골에 갔다 오겠으니 갔다 와서 다시 봅시다.

* 영수 상철의 방으로 들어간다.

강냉이 밭

* 영팔이와 미란 강냉이 밭으로 온다.
* 미란 어린애처럼 환성을 올린다.

미란: 야! 잘도 자랐다! 강냉이 이삭이 방치 같네! 우야!

  * 미란 강냉이 밭에 뛰어들어 강냉이 하나를 뚝 뜯어든다.

미란: 아저씨! 난 이 강냉이 한 이삭만 먹어도 배가 가득 차겠습니다.
영팔: 그럼 우리 셋이 한 이삭씩 세 이삭만 뜯어 가면 되겠구나! 그렇지?
미란: 아저씨! 한 끼만 먹고 됩니까?
영팔: 그럼 두 끼라 하고 여섯 이삭!
미란: (큰 소리로) 아저씨! 놀립니까?

  * 영팔 또 익살을 부린다.

영팔: (미란의 흉을 내며) 아가씨! 내 감히 어떻게 놀립니까?

  * 미란 강냉이 이삭을 쳐들고 영팔이를 쫓아간다.
  * 영팔이 강냉이 밭 이랑사이를 요리조리 피해 달아난다.

시골길

  * 영수 택시를 타고 숙자네 집으로 가고 있다.

숙자네 집 안

  * 숙자 불이라도 지피려고 일어나려 모질음을 쓴다.
  * 숙자 일어나지 못하고 도로 눕는다.

강냉이 밭

  * 영팔이와 미란 강냉이를 다 뜯고 밭머리로 나온다.

영팔: 좀 앉았다가 갈까?
미란: 네! 공기도 좋은데요.

* 영팔이와 미란 나란히 앉는다.
* 영팔 담배를 꺼내 붙여 물고 미란을 찬찬히 본다.

영팔: 미란아! 내 너와 한 가지 할 말이 있는데 해도 괜찮겠니?

미란: 네! 하시오! 무슨 말입니까?

영팔: 너도 인젠 다 컸고 또 시아버지까지 모셔봤으니 알 수 있으리라고 생각해서 하는 말인데 사람이 나이 먹으면 무엇 무엇해도 서로 기 댈 사람이 있어야 한다. 그런데 네 어머니나 나나 모두 그런 게 없 이 살지 않니? 네 어머니도 봐라! 지금처럼 허리를 상해 옴짝도 못 할 때 옆에 사람이 없으면 어떻게 사니? 나도 역시 그렇단 말이다! 그러니 내 말뜻이 뭔지 알만하지?

미란: 네! 그런데 우리 어머니 뜻은 어떻습니까?

영팔: 물론 내 뜻이나 한가지지!

미란: 그렇다면 저도 의견이 없습니다. 전 아버지를 얻는데 너무 좋아 서 반대하겠습니까?

* 영팔 미란의 손을 잡는다.

영팔: 고맙다. 미란아!

시골길

* 영수 택시에 앉아 휴대폰을 받는다.

영수: 네! 글쎄 결정을 낸다지 않습니까? 오늘 미란이를 만나보고 최후 결정을 내릴 테니깐 내가 돌아갈 때까지 기다리시오! 끕니다.

* 영수 휴대폰을 끈다.

숙자네 집 안

* 미란이 솥뚜껑을 열자 솥에서 더운 김이 피어오른다.
* 미란 손을 홀홀 불며 강냉이를 주어낸다.
* 점심상이 인차 차려진다.

미란: 그런데 아저씬 어디 갔습니까?

숙자: 뭘 사러 간 모양이다. 너 먼저 먹어라!

미란: 뭘 사러 갔다는데 그럼 뭘 사오겠는지 좀 기다렸다 먹지 왜 먼저 먹겠습니까? 내 그새 돼지점심이나 줍시다.

* 미란 부엌에 내려가 돼지죽을 퍼들고 밖으로 나간다.

숙자네 집 밖

* 미란 돼지죽을 쏟아준다.

미란: 이번에는 싸우지 말고 잘 먹어라!

* 미란 돼지 굴을 들여다보는데 택시 와서 멈춰 선다.
* 미란이 웬 택시소린가 해서 돌아다보니 영수 택시에서 내린다.
* 영수 미란에게로 간다.

영수: 왜 말도 없이 왔소?

미란: 쪽지를 못 봤습니까? 글이면 말이 아닙니까?

숙자네 집 안

* 숙자 밖에서 나는 소리에 귀를 기울인다.

영수(소리): 왜 말도 없이 유산을 했소?

* 숙자 깜짝 놀란다.

숙자: 유산? 그럼 미란이 유산하고 몸조리하러 온 걸 내가?

영수(소리): 왜 나하고 상론도 없이 유산을 했는가 말이요!

미란(소리): 소리는 왜 칩니까? 저쪽에 가서 얘기 합시다.

＊ 밖의 소리 조용해지자 숙자의 가슴이 끓어 번진다.

＊ 숙자 가슴을 뜯으며 일어나려 애쓴다.

[노래]

허한 몸 추세우려 찾아온 딸에게

찬물 한 방울 검불 한 오리 못 다치게 할 대신

밥 짓고 밭에 가고 돼지죽도 주게 했으니

내가 무슨 에미냐 이 가슴이 터진다

고이고이 눕혀놓고 몸보신을 못 시킬망정

내가 오히려 고이 누워 받아먹고 있었으니

쟤가 이제 병이 들어 허리다리 못 쓸 땐

어이 하랴 어이 하랴 나는 나는 어이 하랴

＊ 숙자 모질음을 쓰며 일어난다.

사립문 밖

＊ 영수 미란이와 큰소리로 따지고 든다.

영수: 말해보오! 왜 마음대로 유산을 했소? 말해보란 말이요! 무슨 뜻
이요?

미란: 몰라서 묻습니까? 당신 말해보시오! 난 탁아소 보모입니까? 애
는 내 몸에다 만들어놓고 놀기는 누구와 놀아 쳤습니까? 그래
내가 이런 아이를 낳아야 된단 말입니까? 난 과부 아이를 낳기
가 싫었습니다.

영수: 내가 언제 이혼하겠다고 했소?

미란: 이미 자신의 행동으로 다 말했습니다. 말하기 어렵다면 내가 먼저 말할 수 있습니다. 우리 이혼합시다.

숙자네 집 안

* 숙자 기여 기여 부엌에 굴러 떨어져 부엌문을 열고 소리친다.

숙자: 미란아! 미란아!

사립문 밖

영수: 좋소! 좋도록 하기요!

* 영수 서있는 택시께로 간다.
* 미란 집으로 달려가 숙자를 일으킨다.

숙자네 집 안

* 미란 숙자를 부축해 구들에 다시 눕히고 허리를 안마해준다.

숙자: 미란아! 너 왜 유산을 하고 왔다면서 나오는 거짓말을 했니?

미란: 그게 무슨 대단한 일이라고 그럽니까?

숙자: 왜 대단하지 않다고 그러니? 산후조리를 잘못하면 종신병에 걸려 무용은 둘째 치고 한평생을 고생한다.

미란: 이건 해산도 아니고 인산인데 뭘 그럽니까?

숙자: 인산 조리도 해산과 똑 같은 법이다. 이 우둔한 것아!

미란: 아무 일도 없다니까 그럽니까?

숙자: 하긴 네가 우둔한 게 아니라 내가 우둔하지! 네가 몸조리를 하겠다고 이 에미를 찾아온 줄도 모르고 편히 누워서 너를 시켜먹었으니…

* 숙자 흐느낀다.

숙자: 어쩌면 딱 이럴 때에 오겠니? 지금은 네가 산후조리 때문에 왔다
　　　는 걸 다 알았는데 알고서도 마음뿐이지 손가락 하나 놀릴 수 없
　　　으니… 미란아! 난 어쩌면 좋겠니? 도무지 어찌 할 방법이 없구나!

* 숙자 미란의 손을 잡고 낙루한다.
* 이때 영팔 몽땅 튀한 닭 두 마리를 양 손에 들고 들어온다.

영팔: 미란이도 왔는데 오늘 저녁엔 닭 추렴이나 하자! 닭곰을 한 마
　　　리하고 한 마리는 닭 탕을 하고…
미란: 한 마리면 될 걸 두 마리씩이나 사왔습니까?
숙자: 사오긴? 집의 씨암탉을 잡은 모양이다.
미란: 그러곤 어쩝니까? 씨암탉이 없으면?
영팔: 너네 집에 있지 않니?

* 영팔 칼도마를 꺼내놓고 각을 친다.

영팔: 미란이가 왔는데 소는 못 잡아도 까짓 닭이야 몇 마리 못 잡겠니?
미란: 고맙습니다. 아저씨!

* 미란 웃옷을 찾아 입고 일어선다.

미란: 어머니, 내 저 마을 앞에 가서 바람 좀 쏘이고 오겠습니다.
숙자: 응! 그래라!

* 미란 밖으로 나간다.
* 미란 나가자 숙자 영팔에게 미란이 온 사연을 알려준다.

숙자: 영팔이! 저 미란이 이번에 휴가차로 놀러온 게 아니라 유산을 하고 몸조리하러 왔다오!

영팔: 뭐라오? 유산은 왜 했다오? 첫 아이를?

숙자: 아까 영수가 와서 밖에서 서로 다투다 가버렸는데 아마도 그럴 사연이 있는 것 같습데!

영팔: 아무리 다투기로서니 유산은 왜 하오? 그럼 미란이 몸이?

숙자: 그러게 말이요! 유산을 하고는 조리를 하려고 여기로 온 모양인데 내가 누워있는걸 보고는 놀러왔다고 거짓말을 했단 말이요.

영팔: 그럼 몸보신을 잘 시켜야겠소!

숙자: 그런데 내가 꼼짝 움직일 수 있어야지! 이 허리가 딱 이때 끊어질건 뭐란 말이요.

영팔: 숙자는 그냥 누워있고 나더러 무얼무얼 어떻게 어떻게 하라고 시키기만 하오! 내가 모녀를 몽땅 거둘게!

* 영팔 칼을 높이 들었다가 닭 가슴을 탕 내리친다.

마을 밖 강가

* 미란 생각에 잠겨 강둑을 거닐고 있다.
* 강둑 아래로 풀밭이 펼쳐져있다.
* 미란 풀밭으로 뛰어 내려가 춤을 춘다.

[노래]

어디 가나 믿을 곳 어머니 품이기에
허한 몸 추세우려 달려 왔건만
어머니가 몸겨누워서 앓으시니
내 어찌 어머님 곁에 오래 남아 있으랴
어머님은 아저씨가 돌봐 줄 테니
한시라도 빨리 가자 어머니를 떠나가자

* 미란 강둑으로 달려 올라가 계속 춤을 춘다.

용서하세요 어머니
몸겨누운 어머니를 아저씨께 맡기고
매정하게 떠나가는 이 딸을 용서 하세요
어머니 안녕히 안녕히 어머니
하루 속히 건강을 회복하시고
아저씨와 기쁘게 살아가세요

* 미란 춤추듯 달려간다.

마을 앞 거리

* 버스가 오자 미란 손을 흔든다.
* 버스 멈춰서고 미란 버스에 오른다.
* 영팔 나오다가 미란을 보고 소리친다.

영팔: 미란아! 너 어디 가니?

* 미란 버스에 올라 소리친다.

미란: 연길로 돌아갑니다. 어머니를 맡아주시오!

* 버스 떠나간다.
* 영팔 아쉬움에 잠겨 손을 흔든다.

숙자네 집 안

* 영팔이 문을 떼고 들어온다.

영팔: 미란이 갔소! 연길로 가버렸소!

* 숙자 또 눈물이 나온다.

숙자: 나한테 부담이 된다고 가버렸구나! 한 열흘 놀겠다더니 하룻밤 자
고 떠나갔구나. 저 닭도 날 먹으라고 남겨놓고 국물 한술 안 떠보
고 그냥 갔구나! 이제 저 몸으로 어떻게 춤을 춘단 말이요.

영팔: 숙자! 숙자 허리가 엔간히만 나으면 우리 연길에 올라가 몸보신을
시켜주기요! 그러면 안 되오?

숙자: 안 돼도 무슨 방법이 있소? 아유. 이 방정맞은 허리야!

* 숙자 눈물을 훔치며 쓰러진다.

시골길

* 달리는 버스.
* 미란 차창가에 앉아 창 밖을 하염없이 바라보고 있다.

미란(방백): 우리 이혼합시다… 우리 이혼합시다.

* 미란의 얼굴에 결심이 어린다.

혼인등록소

* 준호와 금주 결혼등기증을 들고 웃으며 나온다.

준호: 금주! 우린 이 시각부터 진짜 부부요! 법에서 승인하는 부부란
말이요!

금주: 좋소? 아매 같은 마누라를 얻고도?

준호: '좋습니까?' 해야지. 다시!

금주: 좋습니까?

준호: 양! 좋소!

* 둘은 웃으며 길 저쪽으로 사라진다.

* 길 다른 쪽에서 영수와 미란 걸어온다.
* 둘은 아무 말도 없이 아무 교류도 없이 저마끔 저대로 혼인등기소로
  들어간다.

혼인등기실 안

* 사무원 이혼증을 다 써놓고 묻는다.

사무원: 이제라도 다시 생각해보시오! 다른 의견이 없습니까?
미란: 없습니다.

* 사무원 미란에게 이혼증을 준다.

사무원: 남자 측은?
영수: 의견이 없습니다.

* 사무원 영수에게 이혼증을 준다.

사무원: 인젠 다 끝났습니다.

* 영수와 미란 일어난다.
* 영수 악수를 청한다.
* 미란 악수를 받는다.
* 서로 마주 쳐다보는 영수와 미란

혼인등기소 밖

  * 미란이와 영수 밖으로 나와 각기 다른 방향으로 갈라져 걸어간다.
  * 영수 몇 보 걷다가 멈춰 서서 돌아선다.

영수: 미란이!

  * 미란이 가다가 멈춰 선다.
  * 영수 미란이한테로 걸어간다.

영수: 어디 좀 앉아서 말이나 몇 마디 나누고 가기요! 안되겠소?

  * 미란 고개를 끄덕여 동감을 표한다.

다방 안

  * 영수와 미란 다방에 들어와 앉는다.
  * 복무원 다가온다.

복무원: 뭘 드시겠습니까?
영수: 커피!
복무원: 아가씬요?
미란: 역시!

  * 복무원이 커피를 가져다 놓을 때까지 둘은 말없이 앉아 있다.

영수: 한 모금 마시오!

   * 영수와 미란 커피 한 모금씩 마신다.

영수: 미란이! 난 미란에게 미안하오! 미란이를 아내로 맞아들이고 못할 짓을 많이 했소! 그러나 미란이를 사랑하는 마음은 그때나 지금이나 변한 적이 없었소! 난 미란이가 싫어서 그 여자와 논게 절대 아니요!

미란: 그런데 어떻게 그 여자와 그럴 수 있습니까?

영수: 글쎄, 나도 왜서 그럴 수 있었는지 잘 모르겠소! 절대 그 여자를 사랑해서가 아니었소! 오락이라고만 생각했는데 그만… 인젠…

미란: 인젠 사랑하기에까지 이르렀단 말이 아닙니까? 난 영수씨가 사업관계로 그 여자와 자주 접촉하는데 대해서는 한번도 질투해 본 적이 없습니다. 나도 사업미치광이기 때문입니다. 그런데 영수씨는 처음엔 사업을 배반했고 그 다음엔 사랑을 배반했습니다. 그러니 나에게 영수씨에 대한 그 무슨 미련이 또 남았겠습니까? 나도 영수씨를 사랑했기에 지금 욕도 하고 싶지 않고 또 원수처럼 지내고 싶지 않습니다. 그저 부부라는 관계만을 제외하고 나머지는 이왕처럼 서로 사귀고 지내기 바랍니다. 실례합니다.

   * 미란 말을 마치고 일어나 나간다.
   * 영수 나가는 미란을 목송하고 남은 커피를 쭉 마셔버린다.

무용 연습실

   * 『장백 정』의 제3장 「사랑의 시련」에서의 이별 춤을 연습하고 있다.
   * 미란 아기를 등에 업고 고역에 끌려가는 정일이와 생리별을 하는 춤이다.

[노래]

아리랑 아리랑 아라리요
아리랑고개로 넘어 간다
나를 버리고 가시는 임은
십리도 못가서 발병 난다
아리랑 아리랑 아라리요
아리랑고개를 넘어 간다

* 미란 끌려가는 정일의 다리를 끌어안고 보내지 않으려고 앙탈을 쓰나
  정일 끝내 끌리어간다.
* 미란의 연기가 어찌나 감동적이었던지 옆에서 구경하던 배우들이 눈굽
  을 꾹꾹 찍는다.

순녀: 미란이, 수고했소! 감정이 특히 진실하오! 그런데 몸이 견딜만하
  겠소? 몸을 특별히 아끼오!
미란: 괜찮을 겁니다.

* 경의실로 가던 미란 허리가 아파 얼굴을 찡그리며 허리운동을 한다.

성악 연습실

* 금주 피아노를 치고 준호와 은주 노래를 한다.

[노래]

사랑은 주는 것 주는 것만 아니야
사랑은 받는 것 받는 것이 더 많아
한 사랑을 주고는 천만 사랑 받으니
사랑은 금 주고 살 수 없는 재부야
아… 금 불환 아…금 불환

사랑을 주면서 사랑을 받으면서
사랑 속에 사는 사람 언제나 행복해

금주: 음! 괜찮다. 미라 아버지도 진보 많습니다.

은주: 그런데 언니, 아저씨와 나는 연인도 아닌데 이런 노래를 아저씨
와 함께 하자니 좀 우습소! 아저씨는 일없습니까?

준호: 나는 좋다. 우습기는?

은주: 그런데 언니, 오늘 어째 김 단장이 안 보이오?

금주: 오늘 저녁에 장춘에 간다더라! 성에 돈 얻으러! 그래서 아마 주
정부에 갔을 게다.

은주: 오늘 밤차에 장춘으로 간다고? 혼자?

금주: 모르지! 몇이 가는지?

준호: 어째? 또 따라가자고?

은주: 예! 어째?

역전(밤)

* 김 단장 기차에 오른다.
* 배웅 나온 사람들 손 저어 바랜다.
* 떠나가는 기차

열차 안(밤)

* 김 단장 자리를 찾아 앉는다.
* 그런데 은주 들어온다.

은주: 김 단장 여깁니까?

김 단장: 아니, 은주는 어디 가오?

은주: 장춘에 갑니다.

김 단장: 장춘에 뭘 하러?

은주: 연애하러 갑니다.

김 단장: 남자친구 장춘에 있소?

은주: 장춘에도 있고 여기도 있고!

김 단장: 여기 저기 다 있는가?

은주: 네! 많습니다. 내 먼저 자리를 바꾸고. 네?

    * 은주 김 단장 맞은편에 앉은 사람과 자리표를 바꾸자고 졸라댄다.
    * 옆의 손님은 한족이다.

은주: 따거! 워먼랴 환표바!(아저씨, 우리 자리표를 바꾸자요.)

손님: 니더 호 짜이 나리?(그 자리는 어딥니까?)

은주: 쮸짜이 거비! 워 빵니 나 뚱시바! 타쓰 워더 링도아 워 잉가이
    페이페이 링도바? 쪼구쪼구아?(바로 옆자리예요. 제가 물건을 들어다
    드릴 테니깐요. 이분은 저의 상급이예요. 그러니깐 제가 상급을 보살펴
    야지요.)

    * 은주 손님의 짐까지 들어주며 표를 바꾼다.
    * 은주 손님이 앉았던 자리에 앉아 웃통을 벗고 들고 온 여행가방에서
    술이며 안주를 꺼내놓는다.

은주: 김 단장, 우리 오늘 밤에는 자지 말고 술 마시고 말하면서 장춘
    까지 갑시다. 예?

린나네 집 안(밤)

    * 린나와 영수 양주를 마신다.

영수: 미란이와 난 이젠 철저히 끝났습니다. 우리 둘은 인젠 어쩌겠습
    니까? 말한 대로 하겠습니다.

린나: 영수씨 하자는 대로 다 한다고 말하지 않았습니까? 먼저 북경부터 가겠습니까? 결혼부터 하겠습니까?

영수: 북경이고 뭐고 먼저 우리 아버지 문제부터 해결해야 되겠습니다. 운신도 바로 못하는데 내가 계속 나다니면 아버진 누가 돌봅니까?

린나: 거야 보모를 두면 되지 않습니까?

영수: 아들이 퍼렇게 살아있으면서 보모를 둔다는 게 말이 됩니까? 그렇다고 이사장더러는 하라고 못하겠지!

린나: 나도 할 수 있습니다. 왜 못하겠습니까? 그런데 내가 그 집에 들어가면 아버지가 좋아하겠습니까? 미란의 발등을 디디고 들어온 여자라고 말입니다.

영수: 그래서 우리가 결혼하기 전에 먼저 아버지에게 노친부터 얻어주면 어떨까 하는 생각을 해봤습니다.

린나: 그게 참 좋은 방법입니다. 늘그막에 노친 이상이 있습니까? 등을 한번 긁어줘도 그렇고… 그런데 갑자기 맞춤한 노친이 있습니까?

영수: 있긴 있습니다. 우리 아버지가 현문공단에 무용선생으로 있을 때의 무용배우인데 지금은 우리 가무단 안무기로 있습니다.

린나: 얼마나 좋습니까? 업무도 같지 옛정도 있지… 빨리 착수해보시오!

영수: 글쎄…

열차 안(밤)

* 김 단장과 은주 술을 마시며 한담하고 있다.

은주: 김 단장! 혼자 족족하게 가기보다 내가 말동무를 하면서 같이 가니깐 심심하지도 않고 좋지. 네?

김 단장: 심심하지는 않아서 좋은데 자지 못해서 틀렸소!

은주: 자시오! 누가 자시 말랍니까?

김 단장: 자자니 또 무섭고…

은주: 무섭기는? 여기 범이 있습니까?

김 단장: 양! 암범이!

은주: 그럼 자지 마시오! 포수도 없는데! 암범이 오면 나도 방법이 없
　　　습니다. 자, 또 마십시다. 술에 취하면 범을 잡는 답니다. 무송처
　　　럼! 무송이 그때 술 한사발만 적게 마셔도 범한테 물려 죽는답니
　　　다. 네?

김 단장: 그럼 난 얼마나 마시면 될까?

은주: 내 얼굴이 김철이 엄마 얼굴처럼 돼 보일 때까지 마시면 됩니다.
　　　자, 건배!

금주네 집 안(밤)

　*　금주 미라를 눕혀 재운다.

금주: 미라 오늘은 할머니 없이도 혼자 자지. 응? 할머니 조금 있으면
　　　인차 올 거다. 먼저 혼자 자라. 응?

미라: 예!

　*　금주 방의 불을 끄고 자기네 방으로 간다.
　*　금주 옷을 벗는데 준호 금주의 허리를 안고 빙 돌렸다놓는다.

준호: 경찰동지 자오?

금주: 잘 겁니다.

준호: 그 경찰 얼리기 헐치 않더구먼! 할머니 있으면 아무 일도 없겠
　　　는데! 우리도 자기요!

　*　준호 금주를 침대에 들어 눕히고 자기도 침대에 올라가 눕는다.
　*　둘이 불을 끄고 방금 서로 안았는데 문이 빠끔히 열리며 '꼬마 여 경찰'
　　　들어온다.

미라: 어머니, 혼자 무서워 못 자겠습니다.

* 금주 준호의 팔을 밀치고 일어난다.

금주: 그럼 여기 올라오라! 여기서 자자!

* 미라 좋아서 쪼르르 달려와 금주와 준호의 중간에 눕는다.

준호: 우리 경찰동무 제대로 하는구먼! 자기요!

* 금주 키득 웃으며 미라를 안고 눕는다.

상철네 집 안(밤)

* 상철이 절반 침대에 기대여 눕고 순녀 상철의 손을 주물러주며 얘기를 나누고 있다.

순녀: 선생님, 이렇게 집에 나와 계시면 난 병원에 계실 때보다 더 다니기 바쁠 것 같습니다.

상철: 글쎄! 다른 사람들이 보는 눈이 딜라지겠으니… 그러나 선생도 요즈음 큰 잔치를 벌려놓고 바쁠 텐데 인젠 오지 마오!

순녀: 미란이만 있어도 한시름 놓겠는데 미란이까지 없으니 누가 돌봐드리겠습니까? 영수는 호텔 일 때문에 바빠 돌아치지… 선생님 곁엔 아직 사람이 없으면 안 됩니다.

상철: 글쎄 그 영수란 자식이 환장을 했지! 그 참한 미란이와 왜 이혼을 한단 말이요? 미란이는 어디서 어떻게 보내고 있는지? 보고 싶구먼!

* 이때 영수 들어온다.
* 순녀 자리에서 일어난다.

순녀: 오, 영수 왔구먼! 왜 이렇게 늦었소?

영수: 네! 선생님 앉으시오!

순녀: 밤이 깊었는데 나도 집에 가봐야겠소!

영수: 좀 더 앉았다 가시오!

순녀: 아니, 우리 외손녀 미라말이오. 꼭 이 할머니와만 같이 자서 내
　　　가 없으면 잘 자지를 못하오. 그래서 빨리 가봐야겠소!

　* 순녀 문께로 나간다.

영수: 선생님, 우리 아버지 때문에 염려가 많으십니다. 선생님도 바쁘
　　　신데…

순녀: 나야 다닐만하니깐 다니는데 아무튼 아버지를 잘 돌봐드리오!
　　　그럼 갈게!

　* 순녀 나간다.
　* 영수 잠간 따라 나갔다가 들어온다.
　* 상철 맥진한 듯 자리에 눕는다.
　* 영수 상철의 방으로 들어간다.
　* 영수 한참이나 주밋주밋하다가 무거운 입을 뗀다.

영수: 아버지! 저 순녀 선생이 어떻습니까?

상철: 뭐가 어떤가 말이니?

영수: 네? 저… 말하자면 아버지와의 관계가 어떤가 말입니다.

상철: 응! 괜찮다. 30년 전부터 알았으니깐! 노전우지!

영수: 그건 지나간 일이고 지금은 어떤가 말입니다.

상철: 지금도 괜찮다. 웬만하면 그가 짬만 있으면 날 보러 오겠니?

영수: 그러면 아버지, 순녀 선생님과의 관계를 진일보 더 승화, 발전시키
　　　고픈 생각은 없습니까? 말하자면 나의 어머니가 되게 말입니다.

　* 상철 머리를 흔든다.

상철: 안된다. 그건!

영수: 왜 안 됩니까? 오랜 전우적 계급감정에 새로운 지금의 상호이해 관계면 능히 관계를 더 승화시킬 수 있지 않습니까?

상철: 감정상으로 그나 나나 다 되어있지! 그러나 안 된다. 너 생각해 봐라! 내 보통사람처럼 펀펀하다면 몰라도 제 다리 하나 마음대로 못 쓰는 반신불수가 되었는데 사람이 체면도 없이 자기만 좋을려고 남을 희생시킬 수가 있니?

영수: 아버진 나 때문에 병들지 않았습니까? 그래서 이제라도…

  * 상철 성한 손을 휘두르며 성을 낸다.

상철: 그래서 이제 고작 생각해 냈다는 게 날 장가보내 준다는 거냐? 내 혼자 8년씩이나 네 뒷시중을 해서 무용을 전공하게 했는데 호텔인지 뭔지 하며 가무단에서 뛰쳐나가고 그 총경린지 이사장인지 하는 너보다 열 살이나 이상이라는 여자 때문에 결혼한 지 1년도 안 되는 미란이와 이혼을 하고… 지금 또 혼자서 날 거두기 바쁘니 순녀 선생과 결혼을 하라고? 네 머리 속엔 왜 그런 못된 궁리들만 가득 들어찬 거냐? 돈에 눈이 멀어서 그런 거니? 아니면 미쳐서 그런 거니? 죽든 살든 내 혼자 이 집에 있을 테니 넌 네 마음대로 할 일을 해라!

영수: 아버지!

상철: 나가라니깐!

  * 상철 영수를 등지고 돌아눕는다.
  * 영수 부득이 나간다.

숙자네 집 밖

  * 숙자 한손으로 허리를 짚고 집에서 걸어 나온다.

* 그 뒤로 영팔이 따라 나온다.

영팔: 숙자! 그 몸으로 되겠소? 며칠만 더 치료하고 가면 안 되오?

숙자: 안 되오! 산후바람만 맞으면 평생 고생이요. 그리고 미란이 매일 춤을 춰야 하는데 그 몸으로 삐쳐내겠소? 하루라도 빨리 가야지!

영팔: 나도 같이 갔으면 도움이 좀 되겠는데…

숙자: 집은 어쩌고? 그새 집 좀 잘 봐주오. 저 주(猪)동무들도 굶기지 말고… 부탁하오!

영팔: 그럼 저기 버스 타는 데까지 같이 가줄게! 가기요!

* 영팔 숙자의 팔을 붙들고 걸어간다.

마을 어귀

* 영팔이와 숙자 잠간 서서 기다리는데 버스 와 선다.
* 영팔 숙자를 부축하여 버스에 올린다.
* 버스 떠나간다.
* 영팔이 손 저어 숙자를 바랜다.

거리 식당

* 영수 콩물과 기름튀기를 사들고 돌아선다.

영수네 집 안

* 영수 콩물과 기름튀기를 식탁에 차려놓고 상철을 부른다.

영수: 아버지 식사합시다.

* 상철 쩔뚝거리며 나와 식탁에 마주 앉는다.

영수: 아버지, 아침은 간단히 에웁시다. 점심엔 제가 식당에 말해서 좋은 볶음 채 몇 가지를 해 올려오게 하겠습니다.

상철: 매일 세끼 식당놀이만 할 작정이니?

영수: 어쩌겠습니까? 난 할 줄도 모르지… 또 매일 식당놀이를 해보았어야 돈도 몇 푼 안 듭니다.

상철: 그러지 말고 점심에도 네 볼 일이나 봐라! 점심은 나절로 알아서 해 먹으마!

영수: 아버지 절로 어떻게 합니까?

상철: 의사가 말하는데 운동을 적당히 하라더라! 그러니 걱정 말아라!

* 둘은 수굿하고 아침을 먹는다.

미란이네 숙소

* 원래 준호가 들었던 숙소다.
* 미란 설거지를 하고 출근할 차비를 하는데 느닷없이 숙자가 들어온다.

미란: 아니, 어머니! 어머니 어떻게 알고 여기까지 찾아왔습니까?

숙자: 서울 한끝도 찾아갈라니 여길 못 찾아오겠니? 물어물어 찾아왔지!

미란: 그런데 어머니, 허리는 낳았습니까?

숙자: 낳았으니깐 나 혼자 걸어온 게 아니니?

미란: 그런데 갑자기 왜 왔습니까?

숙자: 왜 왔겠니? 맹꽁이 같은 너 때문에 왔지.

미란: 네? 나 때문에?

숙자: 그래! 너 때문에 왔다. 넌 아직 철딱서니 없어 모르겠지만 산후 조리가 얼마나 중요한지 너 아니? 자칫하면 무용이고 뭐고 아무 노릇도 못한다. 하긴 네가 몸조리를 하려고 집에 왔었지? 그런데 그러고 훌떡 떠나 올라오면 이 에미 가슴이 편안하니? 넌 날 생각해서 떠나 왔지만 누굴 생각하고 편히 누워있니? 그래서 내여기와 있으면서 네 몸조리를 좀 해주려고!

미란: 아니, 그럼 집은 어쩝니까?

숙자: 영팔이 아저씨한테 부탁하고 왔으니 어련히 잘 봐줄 거다.

미란: 어머니, 그 영팔이 아저씨 참 좋지. 네?

숙자: 네 보기에도 좋더니?

미란: 네! 부지런하고 후덥고 또 유모아적이고… 어머니, 전번에 강냉이 밭에서 잠간 이야기를 나누었는데 그 아저씨도 어머닐 좋아합디다. 어머니, 그 아저씨 내 아버지 하는 게 어떻습니까?

숙자: 좋겠니?

미란: 네!

숙자: 그럼 좋을 대로 하지. 무슨!

미란: 정말이지. 네?

숙자: 자식! 나보다 제 쪽에서 더 좋아하네! 너 지금 출근하는 길이 아니니? 빨리 가봐라!

미란: 참, 어머니 아침 식사를 했습니까?

숙자: 그 영팔이 아저씨가 날 공복으로 길 떠나게 하니? 새벽아침을 해서 만 포식을 하고 왔다. 아직도 배가 땅땅한 게 그대로 있구나. 내 걱정 말고 빨리 가봐라! 그리고 연습만 끝나면 곧게 돌아오거라.

미란: 네! 어머니. 그럼 갑니다.

숙자: 그래!

 * 미란 방에서 나간다.
 * 숙자 방안을 휘 둘러보고 집 거두매부터 시작한다.

린나 사무실 안

 * 린나와 영수 앉았다.

영수: 아버지 문제는 인차 될 것 같지 않습니다. 내 일 때문에 몹시 노

해있습니다.

린나: 그럼 이렇게 하는 게 어떻습니까? 영수씨는 잠시 연길에 남아서 호텔처리를 하고 내가 먼저 북경에 가 맞춤한 노래방을 하나 맡아봅시다. 여기 호텔 처리한 돈으론 북경에서 노래방 온전한 것 하나 꾸릴 돈도 바쁘니 먼저 맞춤한 노래방부터 하면서 봅시다. 어떻습니까? 영수 씬 아버지문제가 처리되면 따라오십시오.

영수: 우리의 결혼식은 언제 하렵니까?

린나: 아버지 안치부터 하고 합시다. 그리고 용남이 처리는 영수씨가 알아서 해주시오!

영수: 그렇게 합시다. 아무튼 아버지 안치부터 돼야 결혼을 하던 북경에 가든 될 일이니깐! 먼저 가서 수고하시오! 언제쯤 떠나겠습니까?

린나: 내일쯤!

영수: 그럼 오늘밤엔 환송식을 해야 되겠습니다.

린나: 아무렴 그저 쫓아 보낼 작정이었습니까?

* 린나 일어나 영수의 허리를 안고 볼에 키스를 준다.

가무단 앞

* 영수 가무단 앞에서 퇴근시간을 기다리는데 순녀 퇴근하여 나온다.

영수: 선생님!

* 순녀 영수한테로 간다.

영수: 선생님, 잠간만 좀 시간을 주겠습니까?

순녀: 무슨 일이 있소?

영수: 네! 저기 다방에 가 잠깐 앉읍시다.

* 둘은 길을 가로 건너간다.

다방 안

* 영수 순녀와 이야기한다.

영수: 선생님. 선생님의 기대에 어긋나게 가무단에서 뛰쳐나와 죄송합
니다.

순녀: 그런 건 다 지나간 일이고 해야 할 말이 뭐요?

영수: 우리 아버지일 때문에 선생님을 찾아왔는데 정작 말을 하기도
좀 미안합니다.

순녀: 그러지 말고 말해보오!

영수: 저도 인젠 변강호텔을 그만두고 북경에 가 새로운 사업을 하기
로 했습니다.

순녀: 왜 갑자기 북경에 갈 생각을 했소?

영수: 연길 올 때는 민족무용을 하겠다고 왔는데 인젠 무용도 못하겠지
또 주위에 보기 미안한 사람들도 있지… 그래서 북경에 가려고 그
럽니다. 기실 돈벌이야 여기보다 북경이 갑절 낫지 않습니까?

순녀: 그래 북경에 가겠는데 무슨 곤란 있단 말이요?

영수: 우리 아버지 말입니다. 북경에 모셔갈 수도 없고 또 절대 가시려
고도 하지 않을 겁니다. 그러면 여기에 아버지 혼자 계시게 되지
않습니까?

순녀: 그래서?

영수: 선생님 원래 우리 아버지와 관계가 괜찮지 않습니까? 그래서 미
안한 말씀이지만 우리 아버지와 함께 지내시면 안 되겠는가하는
그런 말입니다.

순녀: 반신을 못 쓰는 아버지를 나한테 맡겨두고 영수는 북경에 가겠
다는 그 말이지?

영수: 미안합니다. 다른 수는 없고 해서 미안한 말씀드리는 겁니다.

순녀: 영수 나를 어머니라고 부를만하오?

영수: 네! 바로 어머니가 되어달라는 말씀입니다.

순녀: 고맙소! 날 믿어줘서!

영수: 이런 말을 아버지와 했었는데 아버지는 첫마디에 뗑 합니다. 선생님께 부담을 드린다면서 말입니다.

순녀: 내가 아버지의 노친이 되던 친구가 되던 이 일은 내가 알아서 처리할 테니 영수는 이왕 먹은 마음 북경에 가 사업이나 잘하오! 아버지 근심은 말고!

영수: 고맙습니다. 선생님!

　* 영수 돌아져 가려다가 돌아와 순녀의 손을 잡는다.

영수: 어머니, 감사합니다.

미란의 숙소(쩌녁)

　* 숙자 닭곰을 해 밥상에 올려놓는데 미란 들어온다.

미란: 어머니 왔습니다.

숙자: 왔니? 빨리 그럼 저녁부터 먹자!

미란: 또 무슨 맛있는 걸 했습니까?

　* 미란 뚜껑을 열어본다.

미란: 와! 닭곰! 무슨 기름이 이렇게 많습니까?

숙자: 군소리 말고 빨리 먹어라!

　* 숙자 미란을 앉히고 숟가락까지 쥐여준다.

숙자: 빨리 먹어라!

  * 미란 한 숟가락 떠서 후후 불다가 먹는다.

미란: 야! 맛있습니다. 어머니도 빨리 잡수시오.
숙자: 네나 빨리 먹어라! 그날 영팔이 아저씨가 닭 두 마리로 닭곰도 하
  고 국도 했는데 난 목이 꽉꽉 메어서 국물도 넘어가지 않더라. 네
  가 먹어야 할 걸 내가 뺏어 먹자니 그게 아무리 장생불로 명탕이
  면 내 목구멍으로 넘어가겠니? 괘씸해서 죽을 뻔했다.
미란: 그 대신 오늘 내가 이걸 다 소멸해치우면 안됩니까?
숙자: 그래라! 그럼 내일 또 해줄게!
미란: 딸을 다 게걸로 만들겠습니까?
숙자: 그래! 게걸로 만들 테다. 왜?

  * 모녀간 마주보며 웃는다.

상철네 집(밤)

  * 상철이 자려고 누웠는데 순녀 들어온다.

상철: 아니, 이 밤중에 웬 일이요?
순녀: 너무 늦었습니까? 안됐습니다. 오늘 하루 무사히 보냈습니까?
상철: 그럭저럭! 또 하루 보냈소!
순녀: 운동도 좀 했습니까?
상철: 양! 집 안에서 그저 왔다 갔다 했지! 그러나저러나 늦은데 왜 왔
  소? 집에서 쉴 게지.
순녀: 집이 불편해서 여기서 자려고 왔는데 안 되겠습니까?
상철: 여기서 자다니? 집에 무슨 불난이 생겼소?

순녀: 그런 건 없는데 너무 적적해서 왔습니다. 선생님은 적적하지 않습니까?

상철: 적적하다 더 말이 있소? 말동무도 없이 혼자 있는데! 그저 텔레비전이 죽어나오!

순녀: 적적 더하기 적적하면 죽는답니다. 그런데 적적한 사람 더하기 적적한 사람하면 행복하답니다. 이런 말 들어봤습니까?

상철: 들어는 못 봤는데 일리가 있는 말이요. 적적한 것처럼 사람 죽여주는 고통은 없소! 특히 늘그막에!

순녀: 그런데 늘그막에라도 적적한 사람과 적적한 사람이 만나면 일반 사람보다 말이 더 많아진답니다. 꼭 가두어놨던 두 저수지의 물을 터뜨려 놓아서 그 두저수지의 물이 합쳐서 흐르는 것처럼 말입니다. 그래서 바다는 영원히 적적한 줄을 모른다지 않습니까? 아무리 늙어도 말입니다.

상철: 그거야 그렇구말고! 순녀 선생이 오니 내가 벌써 말이 많아질까 하는걸 보오!

순녀: 그래서 오늘부턴 내가 이 집으로 들어와야 할 것 같습니다. 정식으로!

상철: 뭐라오?

린나네 집 안

* 영수 팬티바람에 의자에 기대앉아 맥주를 마시는데 린나 위생실에서 샤워를 하고 나온다.

영수: 잠시라도 갈라진다고 생각하니 벌써부터 섭섭합니다.

린나: 그러게 말입니다. 보고 싶어서 어떻게 살겠습니까? 밤엘랑 잠이 안와서!

영수: 보고 싶으면 전화나 실컷 했지 무슨 방법이 있습니까?

린나: 그런데 글쎄 전화로 만족이 되겠습니까?

영수: 어쩌겠습니까? 참아야지! 끊었다 먹는 술이 더 맛있답니다.

린나: 끊었다가 진짜 술맛을 잃어버리면 어쩝니까?

영수: 금방 배운 술입니까? 그 맛있는 술맛을 어떻게 잃어버립니까?

　＊영수 린나의 허리를 끌어안는다.

영수: 린나 씨는 술맛을 영 잃어버릴 수 있습니까?

린나: 모릅니다. 술맛이 달라서!

영수: 다른 술을 먹다간 죽습니다. 죽어!

린나: 그렇단 말입니다. 빨리 잡시다.

　＊ 린나 먼저 침대에 가 눕는다.
　＊ 영수도 인차 침대에 가 눕는다.

영수: 아버지 일은 거의 됐습니다. 오늘 밤 그 선생님이 지금 아버지와
　　　함께 있을 겁니다.

린나: 그럼 인차 따라 들어오시오! 네?

영수: 말해야 알겠습니까? 편지에 우표지!

　＊ 영수 린나를 끌어당긴다.
　＊ 린나 영수 몸을 끌안으며 매달린다.

장춘 모 호텔(밤)

　＊ 은주 김 단장을 기다리다가 옷을 입은 채로 잠들어있다.
　＊ 김 단장 술에 푹 취해 들어와 대충 옷을 벗고 침대에 쓰러진다.
　＊ 은주 코고는 소리에 깨여난다.
　＊ 은주 일어나보니 김 단장 이미 곯아떨어져있다.

은주: 흥! 보기 싫다. 돼지!

장춘 모 호텔

* 아침해살이 눈부시게 비쳐든다.
* 김 단장 잠에서 깨여난다.
* 김 단장 자고 있는 은주를 보고 깜짝 놀란다.
* 김 단장 일어나 자기의 옷 단속부터 검사해본다.
* 다른 미타한데를 발견하지 못하고 다시 은주의 옷 단속을 본다.
* 속옷이 단정한대로 있다.
* 그제야 김 단장 은주를 흔들어 깨운다.

김 단장: 은주, 일어나오! 은주!

* 은주 눈을 부비며 일어난다.

은주: 벌써 아침입니까? 좀 더 잡시다.

* 은주 도로 눕는다.

김 단장: 빨리 가기요. 차시간이 늦어지겠소!
은주: 오늘 갑니까?

* 은주 다시 일어나 앉으며 기지개를 켠다.

김 단장: 빨리 내려가 밥 먹고 돌아가기요.
은주: 일 다 봤습니까? 돈 준답니까?

김 단장: 양! 됐소! 빨리 가잔데!

은주: 내 제꺽 세수하고 네?

  * 은주 위생실로 들어간다.

연길 공항

  * 영수 린나를 환송한다.

린나: 여기 일을 빨리 끝내고 오시오. 너무 늦어지면 내 못 기다립니
　　　다. 보고 싶어서!

영수: 그럼 딱 보고 싶을 때 내가 갔다 오나 이사장이 왔다 가면 되지
　　　않습니까?

린나: 빨리 하겠다는 소리는 안하고? 빨리 끝내시오. 네?

영수: 네! 속도전을 하겠습니다. 북경 일도 속도전을 하시오 네?

린나: 네! 들어가 보시오! 표 검사 시작합니다.

영수: 내 저 앞마당 복판에서 손을 흔들 테니 비행기에서 내려다보이
　　　는가 보시오 네?

린나: 네! 자! 안녕!

  * 린나 영수와 포옹하고 출구로 나간다.

장춘역전

  * 김 단장과 은주 검표를 하고 출찰구로 나간다.

연길 공항 광장

  * 영수 광장 중간에 와 서있는데 비행기 뜬다.
  * 영수 비행기를 향하여 손을 흔든다.
  * 날아가는 비행기.

미란의 숙소

* 숙자 아침상을 차린다.
* 미란 시중을 들려하나 숙자 꼼짝 못하게 한다.

숙자: 널 누가 손대라니? 저기 뜨거운 물을 데워놨으니 빨리 세수하고
　　　밥 먹을 준비나 해라!

미란: 아침엔 또 무슨 산해진밉니까?

숙자: 보신탕이다! 보신탕!

미란: 보신 보신하다가 이제 몸이 나서 춤도 못 추게 하려고 그럽니까?

숙자: 너희들은 춤을 추느라고 매일 살 빼기를 하는데 몸은 무슨 몸이
　　　난다고 그러니? 연습할 때도 바람 조심해야 한다.

미란: 네! 창문 옆에도 앉지 않습니다.

숙자: 빨리 하고 밥 먹자!

미란: 네!

* 미란 세수를 한나.

금주네 집 안

* 금주 밥상을 차리고 준호 미라를 세수시킨다.

준호: 경찰동무!

미라: 넷!

준호: 세수합니다. 네?

미라: 네!

준호: 네 이름 이제부턴 경찰이다. 응? 내 '경찰동무' 하면 넌 '넷' 한
　　　다. 알아?

미라: 내 어째 경찰동뭅니까?

준호: 네 노는 게 딱 경찰처럼 논단 말이다.

미라: 내 노는 게 경찰 같습니까? 총도 없는데!

준호: 어디 총이 없니? 눈총! 눈총이 있지 않니? 눈총이 어떨 때는 권
　　　총보다 더 무섭다. 아니?

미라: 모릅니다.

준호: 됐다. 저기 가 칫솔질은 너 절로 해라!

　　* 미라 뛰어간다.

준호: 경찰!

미라: 넷!

　　* 미라 돌아온다.

미라: 어째 그럽니까?

준호: 경찰아저씨들은 제 세숫물은 저절로 던집니다. 알만합니까?

미라: 네!

　　* 미라 세숫대야를 들고 나간다.

금주: 미라아버지 지난밤에 우리 집 경찰 때문에 혼난 모양입니다. 식
　　　전부터 경찰을 훈련시키는걸 보니깐 말입니다.

준호: 말이 있소? 수를 싹 날렸지!

금주: 빨리 식사합시다.

　　* 준호 식탁에 마주 앉는다.
　　* 식탁을 둘러보던 준호 금주를 부른다.

준호: 미라엄마! 고춧가루 가져오오! 때마다 먹는 걸 왜 그냥 말해야
　　　주오?

금주: 성대에 나쁘다는 고춧가루를 왜 자꾸 찾습니까? 없습니다.

준호: 여태껏 먹던 걸 당장 뚝 떼겠소? 차츰차츰 떼지! 가져오오!

* 준호 틀거지를 뽑는다.

준호: 아차, 남편동무 가져오라면 '넷' 하고 달려가 가져오는 게 아니라
　　　무슨 군소리 그리 많소?

* 금주 기가 차 킥 웃는다.

금주: 어머나! 인젠 틀이 나오? 남편 하느라고! 그런데 어색합니다.

준호: 야, 빨리! 네? 선생님!

* 금주 고춧가루그릇을 들고 와 숟가락으로 약간 떠준다.

준호: 좀 더!

* 금주 약간 더 놓아주고는 들고 간다.

무용 연습실

* 『장백 정』 제3장 「사랑의 시련」 중의 「개간자」들을 총연습하고 있다.
* 여주인공 미란이 남자들이 다 떠나가 버린 마을에서 동네 부녀들을 이끌고 억세게 일해 나간다. 부엌에서 해야 할 여자들 일은 물론 남자들이 해야 할 밭갈이, 후치질까지… 고향땅을 지켜 동이 땀을 쏟으며 일한다.
* 남주인공 정일이는 부역에 끌려간 청장년들과 함께 고역을 치르면서도 고향에 돌아가려는 굳은 신념을 안고 뻗치며 살아간다.
* 드디어 환향한 정일이와 청장년들 마을을 지켜 싸운 미란이네 부녀들과 합류하여 몇 배의 노력으로 고향땅을 걸군다.
* 순녀 십분 만족해한다.

순녀: 여러분, 아주 잘 췄습니다. 오늘은 이만 하겠으니 돌아가서 푹 쉬시오! 해산!

  * 모두들 흩어진다.
  * 순녀 미란을 남게 한다.

순녀: 미란이, 내 좀 보기요.

  * 미란 순녀 앞으로 온다.

순녀: 방금 한 무용의 뒤에 이제 개간 후의 풍년장면이요. 그런데 그 장면을 지금 어떻게 형상했으면 좋을지 잘 몰라서 한번 농촌에 직접 내려가 생활체험을 했으면 좋겠는데…

미란: 갑시다. 우리 어머니네 마을로 갑시다. 전 주에서 유명한 상모촌입니다. 이제 며칠 후부턴 굉장합니다.

순녀: 그게 정말 좋겠소!

미란: 우리 어머니가 지금 여기 와 있는데 같이 가봅시다.

순녀: 그러기요.

미란의 숙소

  * 숙자 소갈비를 삶고 있다.
  * 미란 순녀와 함께 들어온다.

미란: 어머니, 우리 무용안무가선생님입니다. 저의 무용선생님이란 말입니다.

  * 숙자 행주치마에 손을 닦으며 급히 인사를 받는다.

숙자: 네! 우리 미란이 때문에 얼마나 고생하십니까? 진작 찾아뵈어야 하는 건데 인사가 늦어져서 미안합니다.

순녀: 무슨 말씀을? 미란이 오히려 저의 사업을 돕고 있습니다. 정말
　　　딸을 잘 두셨습니다.

숙자: 누추해도 어서 앉으시오! 내 오늘 소갈비를 푹 삶아놨으니 선생
　　　님도 여기서 함께 식사를 합시다. 어서 앉으시오!

　　* 순녀 자리에 앉고 숙자도 그 앞에 와 선다.

순녀: 사실은 이런 일이 있어서 왔습니다.

북경호텔 식당

　　* 린나 혼자서 식사를 하는데 건너편에 앉은 한 상인(정 노반)이 자꾸
　　　린나를 건너다본다.
　　* 린나도 그 눈치를 대충 알아차린다.
　　* 린나 식사를 대충하고 일어서는데 정 노반 마주와 인사를 한다.

정 노반: 아가씨, 실례합니다. 저… 이 호텔에 드셨습니까?

린나: 네!

정 노반: 저도 이 호텔에 늘었는데 차나 잠간 같이 마서주겠습니까?

　　* 둘은 호텔 다방에 가 앉는다.

정 노반: 아가씬 어디서 오셨습니까?

린나: 연변에서요!

정 노반: 네! 장백산! 연변! 그럼 혹시 조선족이십니까?

린나: 네!

정 노반: 야, 정말 여기서 아가씨를 만나서 참 반갑습니다.

　　* 정 노반 명함장을 꺼내준다.

정 노반: 나 광동에서 왔습니다.

린나: 정 노반이십니다. 네?

> * 린나도 자기의 명함장을 꺼내준다.

정 노반: 네? 이사장님! 린나 아가씨! 이름도 얼굴처럼 예쁩니다. 호텔
업을 한다했지요? 저와 동업입니다.

린나: 이 명함장을 보니 그렇군요! 동업자를 만나서 반갑습니다. 많이
도와주십시오!

정 노반: 겸손한 말씀입니다. 제가 많이 배우지요.

> * 이때 휴대폰이 울린다.

정 노반: 실례합니다.

> * 정 노반 "그래. 그래. 알았어!" 하고 간단히 전화를 끊는다.

정 노반: 잠간 나갔다 와야겠는데 린나 아가씨 몇 호 방에 체류하
십니까?

린나: 1608번입니다.

정 노반: 네! 알았습니다. 다시 뵙시다.

> * 정 노반 총총히 걸어간다.

미란의 숙소

> * 숙자 다시 사기가 올라 정황소개를 한다.

숙자: 상모춤은 말도 마십시오! 우리 마을뿐 아니라 우리 전 향에 어느
한집 상모 없는 집이 없습니다. 그리고 전 향의 첫코 장상모잡이
가 우리 뒷집에 있습니다. 미란아, 너의 영팔이 아저씨 말이다.

미란: 그 아저씨 또 그런 재간까지 있습니까?

숙자: 말도 말아라! 장바 한 켤레만큼 한 장상모를 한번 실수도 없이 내휘두른단다.

순녀: 그런데 그런 상모놀이가 대개 어느 때쯤 시작됩니까?

숙자: 당금입니다. 벼가 누렇게 되면 시작하는데 인젠 벼가 다 됐습니다.

순녀: 좋습니다. 그때 우리 함께 내려갑시다.

숙자: 좋도록 합시다. 그럼 자 이 갈비국에 식사나 합시다.

순녀: 난 또 다른데 가볼 일이 있습니다. 어서 자시시오!

숙자: 그런 법이 없습니다. 딱 그렇게 바쁘면 한술이라도 들고 가야 합니다. 미란아, 뭘 하니?

미란: 선생님, 앉으시오!

숙자: 미란이도 알지 않소? 영수 아버지…

미란: 인차 자시고 저와 같이 갑시다.

순녀: 미란이도 가보려고?

미란: 네!

* 그제야 순녀 시탁 앞에 앉는다.
* 숙자 국을 떠올린다.

상철이네 집 안

* 미란 상철의 앞에 갈비국을 떠올린다.

미란: 아버지, 미안합니다. 어서 드십시오!

상철: 미란아! 잊지 않고 이렇게 찾아와주니 반갑다.

미란: 아버지가 완쾌되실 때까지는 아버지 곁을 떠나지 말았어야 하는데… 죄송합니다.

상철: 나도 널 보내고 얼마나 그리웠는지 모른다. 네가 있을 땐 먹는

것도 입는 것도 근심이 없었지만 그보다도 이 집에 화기가 돌았
고 집 같은 멋이 있었지! 그런데 네가 떠난 후론 이 집이 집 같
은 멋이라곤 없구나!

미란: 미안합니다. 아버지!

상철: 너야 뭐 미안한 게 있니? 내가 똑똑한 아들을 두지 못해 그런
거지!

미란: 아버지, 너무 식기 전에 드시오!

상철: 그래! 미란의 성의를 받아야지!

  * 국을 불어 떠 마시는 상철의 눈확에 이슬이 돋아난다.

거리

  * 김 단장과 은주 택시를 타고 간다.

김 단장네 집 앞

  * 택시 멈춰서고 김 단장 내린다.
  * 은주도 따라내려 김 단장의 뒤를 따른다.

김 단장: 은주는 왜 집에 가지 않고 여기서 내리오?

은주: 같이 갔으면 같이 돌아와야지 따로따로 가겠습니까? 식사라도
같이 하고 헤어져야지!

  * 은주 자기가 먼저 층계를 올라간다.

김 단장네 집 안

  * 김 단장과 은주 들어온다.

은주: 보시오! 어디 출장 갔다 와도 밥 해놓고 기다리는 사람이 있습

니까? 빨리 세수하고 식사하러 갑시다. 나 같으면 예? 남편이 출장 갔다 오는 날이면 열두 가지 요리에다 맥주, 배갈, 포도주를 척 줄 세워놓고 기다립니다. 그러다가 문소리만 덜컹 나면 씽 달려가서 "어쩨 이제야 옵니까? 보고 싶어 상사 날 뻔했습니다." 이러면서 목에 딸랑 방울처럼 매달린다는 겁니다. 이런 게 아내지! 김 단장…

* 김 단장 벌써 위생실에 들어가 세수를 한다.
* 은주 책상 위에 있는 영애의 사진을 이리저리 뜯어본다.
* 은주 분과 연지를 꺼내 바른다.
* 김 단장 세수를 하고 나온다.
* 은주 김 단장 앞에 쪼르르 달려간다.

은주: 보시오! 곱습니까?

김 단장: 안 발라도 고운데 무슨!

은주: 김 단장 정말 나 같은 아내 싫습니까? (턱으로 영애사진을 가리키)
　　　저 여자보다 못합니까? 어쩨 나를 싫답니까?

김 단장: 내 언제 싫다고 했소? 그렇게 할 수 없다고 했지! 난 죽어도 가
　　　정은 파괴하지 않을 테니깐 그런 줄 아오! 밥 먹으러나 가기요.

은주: 누가 파괴하랍니까? 좋게 이혼하라지.

김 단장: 이거 좀 듣기 싫소!

* 김 단장 먼저 나간다.

은주: 봉건! 봉건! 봉건!

* 은주 따라 나간다.

김 단장네 집 밖

* 김 단장과 은주 방금 나오는데 영애 때마침 돌아온다.

영애: 언제 왔습니까? 그런데 어디 갑니까?

은주: 네! 밥 못 먹어서 식사하러 갑니다.

영애: 이 아기씬 누굽니까?

김 단장: 우리 단위 성악배우요!

은주: 은주라고 합니다.

영애: 이번에 같이 갔었습니까?

은주: 저는 저 혼자 볼일 보러 갔었습니다. 김 단장 어쩌겠습니까? 식당에 안 가면 전 집에 가겠습니다.

김 단장: 가보오!

은주: 네!

　　* 은주 떠나간다.
　　* 영애 은주의 뒷모습을 한참 바라본다.

북경 모 노래방

　　* 린나 노래방 주인의 안내 하에 노래방을 돌아본다.

린나: 최저로 얼마면 주겠습니까?

주인: 5백만 골아서는 못줍니다.

린나: 5백만 원? 알았습니다. 내 몇 곳 더 돌아보고 생각해봅시다. 명함장 있습니까?

　　* 노래방주인 명함장을 가져다준다.

린나: 그럼 후에 봅시다.

주인: 네! 잘 가시오!

　　* 린나 노래방에서 나간다.

북경 모 호텔방 안

* 린나 방으로 들어와 핸드백을 침대에 뿌려 던지고 소파에 물앉는다.
* 핸드폰이 울린다.
* 린나 핸드백에서 핸드폰을 꺼내 받는다.

린나: 네! 린나! 네! 영수씨! 괜찮습니다. 누가 영수씨와 갈라져 있는 게
괜찮답니까? 너무 피곤하지는 않다는 말인데! 내라고 왜 보고 싶지
않겠습니까? 지금이라도 내 옆에 있었으면 얼마나 좋겠습니까? 그
쪽 일은 어떻습니까? 거의 돼 간다고? 여기서는 제일 수수한 노래
방도 5백만, 8백만입니다. 어쨌든 천만은 받아야 됩니다. 8백만? 안
됩니다. 주지 마시오! 나도 한 가지지 무슨! 누구나 사업을 위해서
그러지 안 그러면 무슨 갈라져있겠습니까? 보고 싶어 죽게… 네!
보고 싶으면 또 거시오. 나도 걸 게! 바이!

호텔 복도

* 정 노반 번호를 보며 찾아온다.
* 1608
* 정 노반 노크를 한다.
* 린나 문을 열어준다.

호텔방 안

린나: 어서 앉으시오!

정 노반: 휴식을 방해해서 괜찮겠습니까?

린나: 네! 괜찮습니다.

* 린나 냉장고에서 음료를 꺼내다 권한다.

린나: 드십시오!

정 노반: 린나 아가씨 이번에 북경에 온 주요 용건은 뭡니까?

린나: 자리를 좀 떠볼까 해서 그럽니다.

정 노반: 자리를 뜬다는 건 무슨 뜻입니까?

린나: 지금까진 연길에서 호텔업을 했는데 북경에 옮겨와서 노래방을 좀 경영해볼까 해서 왔습니다.

정 노반: 그런데 호텔을 하던 분이 왜 노래방을 하려 합니까? 노래방 수입이 낫습니까?

린나: 연길 호텔 하나를 팔아가지곤 여기 와서 호텔을 하자면 어림도 없으니깐요. 그 본전으로 자그마한 노래방이라도 해볼까 해서 그 럽니다.

정 노반: 네! 그렇습니까?

린나: 정 노반은 북경에 뭘 하러 오셨습니까?

정 노반: 네! 전 기실 약혼하러 왔습니다.

린나: 좋은 일입니다. 약혼이 됐습니까?

정 노반: 됐으면 혼자 다니겠습니까?

린나: 요구 조건이 굉장히 높으신 모양입니다.

정 노반: 그런 것도 아닙니다. 아직 적당한 아가씨를 만나지 못했을 따름 입니다. 그러던 중 오늘 린나 아가씨를 만나서 매우 기쁩니다.

린나: 나 같은 시골여자 어디 볼 데가 있다고 기쁘겠습니까?

정 노반: 고운 꽃은 원래 시골에서 핍니다. 시골에서 핀 고운 꽃을 시 내사람들은 옮겨다가 시내에서 키우지요.

린나: 저도 그런 시골 꽃이라는 말씀입니까?

정 노반: 너무나 예쁩니다. 린나 아가씬 꽃보다도 더 예쁩니다.

린나: 오늘밤 다 갔습니다. 너무 흥분돼서!

정 노반: 그럼 밤새도록 이야기하며 놉시다.

린나: 그럼 또 피곤해서 안 되지요.

정 노반: 내 생각에는 린나 아가씨는 기업을 하느라 애면글면하기보다

도 귀부인질하면서 향수하는 편이 훨씬 나을 것 같습니다. 아가씨의 그 면상과 풍채에 귀부인의 틀거지가 몽땅 구비되어 있습니다.

린나: 그렇게도 살아봤으면 좋겠습니다. 후생에!

정 노반: 후생으로 미룰게 아니라 당장 그렇게 살아야 됩니다. 저절로 오는 복은 힘으로 물리칠 수 없다고 했습니다.

린나: 저한테 지금 그런 복이 오고 있습니까?

정 노반: 오고 있는 게 아니라 이미 와 있습니다. 잘 생각해 보십시오! 연길에 있다는 호텔을 처리하고 저와 함께 심수에 가 삽시다.

* 정 노반 말을 마치고 점잖게 나간다.
* 린나 정 노반을 보내고 픽 웃는다.

린나: 귀부인?

* 린나 휴대폰을 누른다.

린나: 여보시오? 영수씨? 네! 또 보고 싶어서! 안됩니까? 영수씨 주의 하시오! 잘못하다간 나를 심수 노반한테 빼앗깁니다. 네! 이 호텔에 전문 약혼을 목적으로 온 정 노반이 들었는데 나를 보자마자 욕심내 합니다. 아무 일도 하지 말고 심수에 가 귀부인질 하랍니다. 하라고? 정말 합니다. 네? 그렇잖고! 나를 어떻게 보고? 네! 빨리 끝내고 빨리 오시오! 바이!

* 린나 휴대폰을 끄고 침대에 눕는다.

은행 안

* 영애 사무실에 앉아 시계만 자꾸 쳐다본다.

은행 밖

* 은주 걸어와 그 은행임을 확인하고 맞은 컨 노천음료 점에 앉아 팥빙
  수를 청해먹으면서 은행 퇴근시간을 기다린다.
* 승용차 한대 은행 문 앞에 와 멈춰 선다.
* 은주 그 승용차 주인이 전 경리임을 알아보고 다가간다.

은주: 전 경리! 여기는 왜 왔습니까?

전 경리: 은주! 은주는 어디 가오?

은주: 여기까지 왔습니다.

전 경리: 여기라니? 어디? 은행?

은주: 네! 전 경리는?

전 경리: 나도 여기까지 왔소!

은주: 은행?

전 경리: 양!

은주: 은행엔 뭘 하러 왔습니까? 돈 찾으러?

전 경리: 아니, 사람 좀 만나러!

은주: 나도 사람 만나러 왔습니다.

* 이때 영애 부랴부랴 나온다.

영애: 전 경리, 늦었습니다.

* 은주 깜짝 놀란다.

은주: 전 경리 우리 단장 부인을 모시러 왔습니까?

전 경리: 저네 단장 부인? 영애?

은주: 네! 저도 단장 부인 만나러 왔습니다. 단장 사모님!

영애: 누구던가?

은주: 가무단 성악배우 은줍니다.

영애: 얏! 장춘에 갔다 온 그… 그런데 무슨 일이 있소?

은주: 어디 가서 좀 얘기나 하려고 그럽니다.

영애: 언제? 지금?

은주: 네! 안됩니까?

영애: 아야, 지금은 안 되겠는데… 이 전 경리와 약속이 먼저 있어서!

은주: 전 경리, 중요한 일입니까? 정 중요한 일이 아니면 나한테 양보
　　　해 주시오! 나는 영 중요한 일입니다.

전 경리: 그건 글쎄…

영애: 전 경리도 저 아가씨를 압니까? 그럼 같이 갑시다. 일 있습니까?

전 경리: 그럽시다. 그럼!

은주: 먼저 어디 갑니까?

영애: 살 빼기를 하느라고 수영하러 가오! 가기요! 한 시간만 하면 되오!

은주: 수영?

전 경리: 앉소! 같이 가기요!

* 은주 승용차에 오른다.
* 떠나가는 승용차.

수영장 안

* 영애 물 본 오리처럼 들어오자 물에 뛰어든다.

은주: 전 경리, 전 경리는 어떻게 압니까? 저 분을?

전 경리: 은행에 있지 않소? 대부금을 내러 다니면서 알았는데 김 단
　　　장 부인인줄을 몰랐소!

은주: 이런 수영료는 전 경리가 댑니까? 저 분이 댑니까? 아니면 저마
　　　다 댑니까?

전 경리: 어떻게 돈 주고 매일 하오? 생기는 월표 또 있소!

은주: 전 경리 저 단장 부인과는 그저 업무관계, 친구관계밖에 없습니까?

전 경리: 양! 다른 관계는 없소!

은주: 정말입니까?

전 경리: 정말!

* 영애 물 안에서 소리친다.

영애: 거기서 뭘 합니까? 수영하러 왔다는 게! 빨리 들어오시오!

전 경리: 네!

* 전 경리 물에 뛰어든다.
* 은주 물가에 가서 얼굴과 몸에 물을 묻히고 천천히 들어간다.

북경 모 식당

* 린나 정 노반과 식사를 하며 애기를 나눈다.

정 노반: 아까 내가 한 말을 헛소리로 듣지 말고 참답게 생각해 주십시오! 내 정황을 좀 더 구체적으로 말씀드린다면 돈은 죽을 때까지 써도 다 못 쓸 만큼 있습니다. 돈이 없을 땐 돈만 있으면 무슨 일이나 다 될 것 같아서 반평생을 일체 불문하고 돈만 벌었습니다. 그런데 돈을 벌고 보니 모자란 게 형편없이 많다는 것을 알게 되었습니다. 제일 고약하게 나빠진 게 인간입니다. 저절로도 인젠 압니다. 인간으로서 저에겐 부족한 게 너무나 많습니다. 여태껏 모든 인간을 돈으로 분별해왔기 때문입니다. 돈이 자존심입니까? 돈이 인격입니까? 돈의 다소로 인간을 저울질하다 보니 기실은 나 자신이 돈의 노예로 된 겁니다. 사회에서 누가

날 우러러 봅니까? 여자들이 누가 내 인격을 사랑합니까? 돈만 떼먹곤 다 달아납니다. 그래서 보시오! 돈은 많다지만 아내도 사랑도 자식도 아무것도 없습니다. 나 혼자 그 많은 돈을 해서 뭘 합니까? 그래서 약혼하러 다니는 겁니다. 인격적으로 나를 부활시켜주고 죽을 때까지 나와 함께 인간답게 살아갈 수 있는 그런 여자를 찾기 위해 약혼하러 다니는 겁니다.

린나: 내가 그런 여자로 될 수 있다고 봅니까? 인격적으로 남을 부활시켜주고 인간답게 이 세상 끝까지 같이 갈 그런 여자로 말입니다.

정 노반: 믿음이 갑니다. 우선 아까도 말씀드렸지만 첫 인상인 얼굴과 풍채고 또 하난 조선족 여성이라는 특수한 매력에서 입니다. 난 항미원조에 관한 책들을 많이 읽었는데 조선 여성들이야말로 외유내강한 인격적으로 상승된 인간입니다.

린나: 그러나 저도 정 노반 같은 그런 신념으로 여태껏 돈벌이를 위해 모든 길 마치며 분투해온 여잡니다.

＊ 린나의 휴대폰이 울린다.

린나: 네! 영수씨! 지금 담화 중이어서 잠깐 후 다시 치겠습니다.

＊ 린나 휴대폰을 끈다.

다방 안

＊ 영애와 은주 찻잔을 들고 앉아있다.

영애: 말하오! 무슨 일인지?

은주: 놀라지 말아주시오! 아직까진 상의할 여지가 있는 문제입니다.

영애: 글쎄 말을 해야 알지! 무슨 일이요?

은주: 난 김 단장을 사랑합니다. 사모님 물러나 줄 수 있겠습니까?

영애: 뭐… 뭐라오?

　* 영애 초풍을 하며 놀란다.

제16회

다방

* 영애와 은주 계속 이야기한다.

영애: 은주! 도대체 언제부터 우리 김 단장과 그런 관계가 있었소?
은주: 그런 관계라는 게 뭡니까?
영애: 연애관계! 연인관계 말이요!
은주: 그런 관계는 지금껏 한 번도 없었습니다.

* 영애 반 시름은 놓는다.

영애: 그렇다면 은주 혼자서 우리 김 단장을 사랑했다는 말이요?
은주: 그렇습니다. 말하자면 짝사랑을 했습니다. 난 가무단에 온 후 인차 김 단장이 마음에 들었습니다. 아, 그처럼 내가 머리 속으로만 사모해 오던 상상 속의 남자가 여기 있었구나! 난 김 단장의 인물, 체격, 소질, 성격 지어는 걸음걸이까지 다 마음에 들었습니다. 그래서 원래 약혼 말이 있던 남자와 그만두고 김 단장을 사랑하기 시작했습니다.
영애: 그래 우리 김 단장 태도는 어떻습데?
은주: 물론 견결히 반대였습니다. 죽어도 가정파괴를 할 수 없다는 것이었습니다. 그리고 날 멀리하고 욕하고 떠밀기까지 했습니다. 그러나 난 그건 형식이고 기실은 나를 사랑하고 있다고 굳게 믿었습니다. 만약 지금이라고 아주머니가 물러서준다면 김 단장은 꼭 저와 결혼할 것입니다.

영애: 그런데 내가 어떻게 물러설 수 있으리라 믿었소?

은주: 사모님은 나처럼 절절하게 김 단장을 사랑하지 않고 있습니다. 때문에 능히 물러나줄 수 있으리라고 믿었습니다.

영애: 내가 왜 내 남편을 은주보다도 사랑하지 않는다고 보아지오?

은주: 내가 보기엔 사모님은 집에 계시는 시간보다 밖에 나가있는 시간이 더 많고 김 단장을 생각하는 것보다 자신을 생각하는 것이 더 많습니다. 퇴근 후면 곧추 집으로 가는 것이 아니라 수영장이나 건강미체조센터 같은 데부터 달려가지요.

영애: 아, 그렇구만! 그렇게 생각할 수 있겠소! 그건 나도 확실히 소홀했소! 그러나 내 오늘 똑똑히 말해줄 테니 잘 들어주오! 난 우리 김 단장한테서 반발자국도 물러서지 않을 것이고 김 단장도 절대 은주의 그런 사랑을 받아들이지 않을 것이요! 그러니 어린 나이에 너무나 들뜬 사랑에 취해있지 말고 자기에게 알맞은 좋은 남자를 지금이라도 찾아가기 바라오!

　* 영애 말을 끊고 단연히 일어나 나간다.

은주: 사모님, 사모님…

　* 영애 머리도 돌리지 않고 나가버리자 은주 애가 나서 발을 콩 구른다.

영수네 집 안

　* 순녀 영수와 이야기하고 있다.

순녀: 내 시골에 한 이틀 갔다 올 테니 그새 아버지를 잘 돌봐주오! 때도 제때에 대접하고 운동도 적당히 시켜야 하오! 내 될수록 일찍 돌아올게! 할만하지?

영수: 네! 안심하고 갔다 오시오!

  * 순녀 상철의 방에 들어가 상철이와 인사한다.

순녀: 가보겠습니다. 그새 몸조심하고 약이랑 꼭꼭 제때에 자시시오 네?

  * 상철 빨리 가보라고 손짓한다.

순녀: 그럼 갔다 오겠습니다.

  * 순녀 상철이 방에서 나오자 영수 순녀를 한쪽으로 끌고 간다.

영수: 선생님, 아버지와는 언제 정식결혼을 하겠습니까?
순녀: 늙은 것들이 결혼은 무슨 결혼? 남이나 웃기게!
영수: 그래도 무슨 명색이 있어야 할 게 아닙니까? 아무런 형식도 없
  이 살면 오히려 더 사람들의 말거리가 되지 않습니까? 선생님,
  제 생각을 말해보랍니까?
순녀: 무슨 생각?
영수: 이제 며칠 더 있으면 아버지 환갑입니다. 그날 환갑삼아 잔치삼
  아 한데 쇠면 되지 않습니까?
순녀: 그건 내 시골에 갔다 와서 다시 얘기해보기요. 어떻소?
영수: 네! 기다리겠습니다.
순녀: 아버지 잘 돌봐드리오!

  * 순녀 나간다.

김 단장네 집 안

  * 김 단장 출근하려는데 영애 불러 세운다.

영애: 여보시오! 어제 은주 나를 찾아왔습디다.

김 단장: 왜? 은주가 당신을 찾아가 무슨 할 말이 있다오?

영애: 자기가 당신을 사랑한다면서 날더러 물러나 달랍디다.

김 단장: 뭐가… 뭐가 뭐라오? 그래서? 당신 물러나겠다고 했소?

영애: 내 물러나면 당신 은주를 아내로 맞아들이겠습니까?

김 단장: 미친 소리! 모두 정신병 환자들이구먼! 정신병원에 남은 침대가 없는가 좀 알아보오!

영애: 내 밤새 조용히 생각해봤는데 내 차실이 많습디다.

김 단장: 당신 차실이 많다고 그래 은주가 들어와서 당신 차실을 메워주겠다더란 말이요? 개나발 같은 소리…

영애: 내 저녁이면 그냥 늦게 들어오지 않고 뭡니까? 당신 때도 못 끓여드리고…

김 단장: 그래 저녁엔 왜 그렇게 늦게 들어오오? 그러니 우리 부부간의 금슬이 그다지 좋지 않은 줄로 알지!

영애: 나는 내 생각대로 당신을 위한다는 게…

김 단장: 또 희한한 이론이다. 그래 나를 위해서 늦게 들어온단 말이요? 왜? 그새 다른 여자를 데리고 놀라고? 얼토당토 부식토 같은 소리!

영애: 그런 게 아니라 내 이 몸이 좀 나올까 하지 않고 뭡니까? 딴 사람 부인이면 몰라도 연변 최고예술을 하는 가무단 단장의 아내라는 게 하나도 예술적으로 못생겼다고 하면 당신의 얼굴에 흙칠을 하는 것 같아서 살 빼기를 해서 예술체격을 만드느라고 맥이 없는 것도 수영장이요, 건강미체조센터요 하고 정신없이 다녔단 말입니다.

김 단장: 확실히 나를 위한 게 옳구먼! 계속 그렇게 다니오! 예술체격이 될 때까지!

영애: 오늘부터 안 다니겠습니다.

김 단장: 그래 은주 인제는 물러나겠다고 합데?

영애: 대답을 못 들었습니다.

김 단장: 빨리 출근이나 하오!

* 김 단장 나간다.

김 단장 사무실

* 김 단장 전화를 건다.

김 단장: 나요! 거 순녀 선생과 금주를 여기 좀 보내오! 준호까지! 빨리!

* 김 단장 책상 위에 놓인 신문을 펼쳐들고 보는 둥 마는 둥 하는데 순
  녀, 금주, 준호 들어온다.

김 단장: 순녀 선생님, 지금 은주를 여기 불러다가 가정회의를 좀 해주
  시오! 은주가 글쎄 나를 사랑한다면서 우리 처 단위에 찾아가서
  사리를 내놓고 물러서라고까지 했답니다. 이게 도대체 뭡니까?
  내 체신이 뭐가 되는가 말입니다. 가정에서 잘 교육해보시오! 정
  안되면 전근을 시키겠습니다.

* 김 단장 나가버린다.

순녀: 은주 왜 저러니?

금주: 그러지 말라고 했는데 사모님한테까지 왜 찾아갔답니까?

준호: 처음부터 안 된다고 했는데 기어코 된다고 해서 나도 한편이었
  댔습니다.

* 이때 은주 들어온다.
* 서로 눈치만 본다.

은주: 어째 오라고 했습니까? 어머니!

순녀: 너 김 단장님 사모님을 찾아가 자리를 내라고 했다는데 정말이니?

은주: 네! 정말입니다.

순녀: 너 제 정신이 있니? 가정을 이루고 펀펀히 사는 사모님과 그게 무슨 말이니? 네가 아내질 하겠으니 사모님 물러나라고?

금주: 김 단장이 싫다면 네가 물러나야지 사모님 물러나라고 찾아가는 게 어디 있니?

순녀: 너 김 단장한테서 물러나겠니? 안 물러나겠니?

은주: 그래 김 단장이 어머니랑 언니랑 아저씨까지 불러서 나를 닦아 세우랍디까?

금주: 응! 정 안되면 너를 전근시키겠다더라!

은주: 똑똑한 남잔가 했더니 생 머저리구나!

    * 은주 나가려는 것을 금주와 준호 붙든다.

금주: 어디 가자고 이러니?

은주: 그 머저리 단장한테 가 물어보자고!

금주: 너 진짜 정신병자 아니야? 단위에서 그래 그런 문제를 가지고 단장과 떠들어댄단 말이니?

은주: 내 이 단위에서 가버리면 되지 않소? 그러나 내 할 말이야 해야지!

순녀: 후에 조용히 만나서 단 둘이서 말해라! 여긴 단위다 단위!

    * 은주 눈물을 훔치며 나가려는데 금주 또 막아선다.

금주: 지금 못 간다는데!

은주: 내 다른데 가오!

금주: 정말이지. 응?

은주: 어째 막소? 다른데 간다는데!

  * 금주 비켜주자 은주 달려 나간다.

강둑

  * 달려오는 은주

산기슭

  * 소리치며 달려가는 은주
  * 은주 언덕머리에 쓰러져 슬피 운다.
  * 은주 풀을 쥐여 뜯으며 일어선다.

[노래]

하늘아 말해다오 사랑이 죄냐
강물아 말해다오 사랑이 뭐냐
첫 사랑은 대상이 나이 어려 그만두고
두 번째는 대상이 나이 많아 튕기고
세 번째는 이떤 사랑 택헤야 하나
종잡을 수 없구나 나의 사랑
기다리는 나의 사랑 어떤 것이냐

  * 은주 물앉았다가 뒤로 쓰러져 눕는다.
  * 타래치며 흘러가는 구름

시골 벌판

  * 맑게 갠 하늘, 넓게 트인 벌판, 풍년 든 전야
  * 대형 농악가무가 한창이다.
  * 단상모, 중상모가 원을 그으며 돌아가는데 영팔 장상모댕기를 들고 나
    와 하늘 높이 올려 뿌린다.

* 흥이 나게 돌아가는 장상모댕기, 흥겨운 농악, * 풍년을 경축하며 춤판이 벌어진다.
* 순녀와 미란, 숙자 연신 박수를 치며 구경하는데 춤꾼들 달려와 미란이를 끌어간다.
* 미란 인차 춤판에 끼어들어 춤추며 돌아간다.

숙자네 집 안(저녁)

* 숙자, 미란, 순녀, 영팔 저녁을 먹는다.

순녀: 미란이 아저씨 어쩌면 장상모를 그렇게 잘 돌릴 수가 있습니까? 우리 『장백정』의 장상모수는 꼭 아저씨를 초청해야겠습니다.

미란: 옳습니다. 그 장면에만 나와서 돌리면 되지 예?

영팔: 무슨 소립니까? 북경에 가서 남자라는 게 외태머리 자랑을 하라고 그럽니까?

순녀: 그 자랑이 어떻다고 그럽니까? 전 중국 13억에서 그 누구도 아저씨 외태머리 장끼를 당할 사람이 없을 겁니다.

미란: 기네스북 기록을 돌파하겠습니다.

순녀: 하구말구!

미란: 선생님, 제 한 가지 제의하랍니까?

순녀: 말하오! 뭐요?

미란: 이 장상모 아저씨 우리 아버집니다.

순녀: 그렇다구? 그런데 왜 그냥 아저씨, 아저씨 하오?

미란: 아직 식을 안했단 말입니다.

순녀: 그럼 해야지! 그건 미란이 문제요. 미란이 안 해드리면 누가 해드리오?

영팔: 늦 결혼에 식은 무슨 식입니까?

숙자: 그러게 말입니다. 신랑신부도 아닌데…

순녀: 규모나 식이 다르다뿐이지 어째서 안하겠습니까? 지금 시내에선

재혼잔치도 굉장하게 합니다. 미란이, 이번에 왔을 때 아예 치러 주고 가기요. 동네 분들을 청해 한때 먹고 놀면 되는데 왜 도적 잔치처럼 식도 없이 살겠소?

미란: 네! 합시다. 엎딘 바에 절이라는데 왔을 때 하고 갑시다.

  * 순녀와 미란 박수를 친다.

금주네 집 안

  * 금주 밥상을 차려놓고 은주 방에 가서 은주를 깨운다.

금주: 은주야, 일어나 밥 먹어라!
은주: 언니 먹소! 난 안 먹겠소!

  * 은주 일어날 대신 돌아눕는다.

금주: 출근도 안하겠니?
은주: 김 단장이 쫓아내겠다는데 무슨 머저리처럼 출근하겠소?
금주: 그레도 그러면 되니? 빨리 일어나라!
은주: 싫다는데! 문 닫소!

  * 금주 할 수 없다는 듯 혀를 차며 나온다.

준호: 어째? 안 일어나오?
금주: 인젠 출근도 안 한답니다.
준호: 내 들어가 보기오!

  * 준호 은주 방에 들어가 은주의 엉덩이를 툭툭 친다.

준호: 어이, 처제! 일어나 밥 먹어라!

은주: 응, 싫다는데! 자겠습니다.

준호: 출근시간이 다 되는데 자다니? 빨리 일어나라! 바지 벗긴다.

* 준호 이불을 쳐들자 은주 할 수 없이 일어나 앉는다.

은주: 아저씨라는 게 어디서 주책바가지 안야? 밸이 나면 아저씨라 안 한다.

준호: 준호야 해라! 일없다. 그러나 단식투쟁은 하지 말라! 자! 옳지! 내 처제 하나만은 잘 됐지!

* 은주 준호에게 끌리어 나와 밥상에 마주 앉는다.

숙자네 집 밖

* 동네사람들 잔치준비를 하느라고 들랑날랑 한다.
* 떡을 치는 젊은이들, 상을 차려놓는 아낙네들, 돗자리를 펴는 아이들…

숙자네 집 안

* 집안에서는 숙자와 영팔을 화장시켜주느라고 윗방에서 떠드는가하면 떡살을 퍼 담고 채를 볶느라고 정주간에서 법석인다.
* 순녀 윗방에서 화장하는 것을 지도하고 미란 정주에서 이것저것 쥐여 주느라고 헤매 친다.

북경 모 노래방

* 린나 노래방 주인과 노래방을 돌아본다.
* 정 노반 한쪽에 서서 보고 있다.

린나: 얼마에 넘겨주겠습니까?

주인: 원래는 천만 원을 받기로 했는데 딱 사겠다면 8백만에 드리겠습니다.

린나: 현금치깁니까?

주인: 현금이라야 8백만이란 말입니다.

    ＊ 정 노반 한쪽에서 보다가 묻는다.

정 노반: 얼마랍니까?

린나: 8백만이랍니다.

정 노반: 8백만? 또 다른 데로 가봅시다.

    ＊ 린나 주인과 인사하고 나온다.

노래방 밖

    ＊ 노래방에서 나오던 린나 갑자기 배를 안고 문가에 쭈크리고 앉는다.
    ＊ 정 노반 다가온다.

정 노반: 웬 일입니까? 어디 아픕니까?

린나: 아니, 좀 있으면 괜찮을 겁니다.

정 노반: 이전에도 이런 증상이 있었습니까?

린나: 아니, 전혀 없었는데… 처음입니다.

정 노반: 병원에 가보지 않아도 되겠습니까?

린나: 먼저 호텔에 가 좀 지나며 봅시다.

    ＊ 정 노반 린나를 부축하며 차에 오른다.

숙자네 집 앞

    ＊ 큰상과 술상이 차려지고 동네손님들 가득 모였다.
    ＊ 주례가 소리친다.

주 례: 신랑 신부 입장!

* 영팔이와 숙자 집 안에서 나온다.
* 그 뒤로 순녀와 미란 따라 나온다.
* 영팔이와 숙자 제자리에 가지런히 앉는다.
* 곡이 울려나오고 춤꾼들 「각설이」 춤을 추며 나온다.
* 다리가 껑충 올라간 바지를 입고 허리에는 비렁뱅이 족박을 찬 각설이 동네아낙들에게 밥을 빌며 동냥한다. 그러던 각설이 동네아낙네와 정이 통해 함께 춤추며 놀아댄다.
* 순녀 흥미진진하게 각설이춤을 보다가 미란을 탁 친다.

순녀: 미란이! 잘 보오! 저 춤을 우리『장백 정』제4장에 써먹으면 어떻소? 에… 씨구 씨구 씨구 씨구 들어간다 얼씨구 씨구 들어간다. 저 동작이 얼마나 유머스럽소? 좋지?

미란: 네! 써먹읍시다. 약간 수개해서… 어머나, 저 동작은 얼마나 묘합니까?

* 춤이 끝나자 영팔이와 숙자 일어선다.

영팔: 여러분, 오늘 우리 외톨이 과부 잔치에 참석하여 자리를 빛내주는 여러분! 매우 매우 감사합니다. 차린 음식은 스산하기에 좀씩 아껴 자시고 술은 해란강만큼 많으니깐 실컷 취하게 마시고 잘 놀아주시오! 자, 건배!

일동: 결혼축하 건배!

* 모두들 술잔을 높이 든다.

은주네 집 안

* 은주 혼자 방안에 누워있다.
* 이불을 벗어 던져봤다, 베개를 둘러메쳐봤다 해도 직성이 도무지 풀리지 않아 은주 휴대폰을 눌러본다.

* 휴대폰도 웬일인지 통하지 않는다.
* 은주 휴대폰마저 내버리고 주방에 나와 술을 부어 마신다.

숙자네 집 밖

* 술판과 더불어 춤판이 펼쳐진다.
* 영팔이고 숙자고 미란이고 구별이 없이 몽땅 춤판에 끼여 돌아간다.

은주네 집 안

* 은주 술 한 병을 거의 다 굽냈다.
* 은주 녹음기단추를 눌러놓자 음악이 흘러나온다.
* 은주 음악에 맞춰 춤을 춘다.
* 은주의 표정이 웃었다 울었다 변화무쌍이다.
* 그것도 성차지 않은 모양, 은주 녹음기를 끄고 침대에 쓰러진다.

북경 모 호텔

* 린나 조용히 누워서 진정하고 있으려 하나 배가 자꾸 아파난다.
* 정 노반 찾아온다.

정 노반: 어디 편찮습니까? 병원으로 가봅시다. 빨리!

* 린나 일어나 옷을 입고 정 노반과 함께 밖으로 나간다.

은주네 집 안

* 휴대폰이 울린다.
* 은주 자다가 깨여나 휴대폰을 받는다.

은주: 여보세요? 전 경리? 어디 갔었습니까? 그런데 왜 내 전화를 몇 번 쳤는데도 받지 않습니까? 모릅니다. 전 경리 지금 인차 여기 오십시오! 네! 내 혼잡니다. 빨리 오시오 네? 중요한 일입니다.

* 은주 휴대폰을 끄고 일어나 방을 대충 거두고 머리를 빗는다.

북경 모 병원 밖

* 린나와 정 노반 병원에서 나온다.

은주네 집 안

* 초인종이 울리자 은주 달려가 문을 연다.
* 전 경리 들어온다.

전 경리: 무슨 중요한 일이 있소?

은주: 아무리 중요한 일이라고 들어오자마자 말하랍니까? 올라와 앉으 시오!

* 전 경리 소파에 앉는다.
* 은주 전 경리와 마주 앉는다.

은주: 전 경리 나를 좀 찬찬히 보시오!

전 경리: 어째? 처음 보오?

은주: 엄숙하게 잘 보란 말입니다.

전 경리: 양! 잘 볼게! 엄숙하게!

은주: 잘 보니깐 어떻습니까? 전 경리 보기엔 내 곱습니까?

전 경리: 양! 곱소! 내 말을 안했던가? 꽃보다 더 곱단데!

은주: 다른 사람들은 나를 밉다는데 전 경리는 왜 날 곱답니까? 도대체 전 경리 눈이 낮아서 그렇습니까? 거짓말을 써서 그렇습니까?

전 경리: 딴 사람들이 쓸데 있소? 난 곱소! 처음 만날 때부터 곱더라 고 내 안 그랬소?

은주: 그 말이 정말이지 예?

전 경리: 정말이 아니구! 거짓말이 밥에 뉘만큼 있어도 내 자살할게!

은주: 그럼 나와 진짜 결혼할 만 합니까?

전 경리: 동의했소? 하구말구! 오늘이래도 하기요! 정말이요?

* 은주 일어나 전 경리께로 간다.
* 전 경리도 이게 진짜 웬 떡이냐며 일어선다. 은주 전 경리 손을 잡는다.

전 경리: 은주!

은주: 전 경리! 우리 결혼합시다.

전 경리: 양! 결혼하기요!

* 은주 전 경리 품에 안긴다.
* 전 경리 은주를 꼭 끌어안는다.

은주: 우리 연길을 떠나서 멀리 외국으로 여행결혼을 떠납시다. 돈이 많다고 했지 네?

전 경리: 있소… 있소! 멀리 외국으로 여행결혼을 떠나기요!

* 둘은 꼭 끌어안는다.
* 전 경리의 얼굴에는 환히 기쁨이 넘치는데 은주의 눈에서는 흐린 눈물이 떨어진다.

전 경리: 여행결혼이 끝나면 거기서 노래공부도 더 하오! 그래서 더 좋은 기량을 닦아가지고 돌아와야지!

은주: 고맙습니다. 전 경리!

북경 팔달령

* 린나 팔달령 봉화대에 올라가 있다.

린나(방백): 한 장 두장 벽돌을 고여 만리나 쌓은 이 장성이 외적의

침략을 막아내지 못하듯이 한잎 두잎 악을 쓰고 벌어 모은 천만
원 돈도 내 몸에 기여든 병 뗄 수가 없으니 장성을 쌓아 무엇하
고 돈을 벌어 무엇 하나? 영수씨와의 사랑도 여기서 익혔으니
그 사랑의 종말도 여기서 지으리라!

* 린나 봉화대 끝으로 걸어간다.
* 금방 뛰어 내리려는데 휴대폰이 울린다.

린나: 여보세요? 린납니다. 네! 영수씨! 다 처리하고 북경으로 온단 말
입니까? 그 돈은 임시 영수씨 이름으로 저금해놓고 오시오! 비행
장까지 마중? 네! 알았습니다.

변강호텔 경리실

* 영수 서류를 정리하는데 용남 들어온다.

용남: 불렀소?
영수: 양! 우리 호텔에서 수고했소!

* 영수 돈 봉투를 꺼내 용남에게 준다.

영수: 이 돈을 받소! 이만 원이요! 거기다 좀 보태서 다방이라도 하나
꾸리오!
용남: 그런데 이 돈은 너무 많소! 한 절반만 줘도…
영수: 이사장과 나의 성의니 받아 넣소! 혹시 북경에 오면 찾소!
용남: 잘 쓰겠소!
영수: 가보오! 나도 가볼 일이 있어서…

* 영수 용남이와 악수하고 포옹한다.

혼례식장

* 상철이와 순녀 환갑상을 받고 있다.
* 영수 술잔을 상철이와 순녀에게 권한다.

영수: 아버지, 어머니! 만수무강하십시오!

* 영수 물러나와 절을 한다.
* 영수 나가자 미란 나와 술을 권한다.

미란: 아버지, 선생님! 오래오래 앉으십시오!

* 미란의 술을 받는 상철의 눈귀에 이슬이 맺힌다.

상철: 미란아! 고맙다! 너도 좋은 남자를 만나서 행복하게 살아라! 내 네가 주는 이 술은 디 마실게!

* 상철 술을 쭉 낸다.
* 미란 물러나와 곱게 절을 한다.
* 그러는 미란을 다 지켜보던 영수 슬며시 돌아선나.
* 음악과 함께 춤꾼들 「수염물들이기」 춤을 춘다.
* 영수 상철을 업고 춤판에 들어선다.
* 미란 순녀를 업고 춤을 춘다.
* 금주, 준호, 정일 등도 모두 춤판에 끼어든다.

북경 공항

* 린나 초조히 비행기 착륙시간을 기다린다.

상철이네 집

* 영수 상철이와 순녀에게 작별인사를 한다.

영수: 아버지, 어머니! 난 그럼 가보겠습니다. 부디 편안히 계십시오!
상철: 그래! 아무데 가서나 잘해라!
영수: 안녕히 계십시오!

　＊ 영수 밖으로 나간다.

북경 공항

　＊ 비행기 착륙한다.
　＊ 영수 출구로 나오는데 린나 달려가 마중한다.

린나: 왔습니까?
영수: 보고 싶었습니다.
린나: 저도 보고 싶었습니다.

　＊ 린나 영수의 팔을 끼고 걸어간다.

거리

　＊ 영수와 린나 택시를 타고 시내로 들어가고 있다.

린나: 뒤처리를 하느라고 수고했습니다.
영수: 남입니까? 수고는? 그렇게 말하면 이사장이 더 수고했지요. 외지
　　　에서!

　＊ 영수 린나의 어깨를 끌어당겨 안는다.

영수: 이사장! 우리도 인젠 결혼식을 올리고 제대로 삽시다.
린나: 네! 그런데 너무 서두를 필요는 없지 않습니까? 차츰 봅시다.
영수: 왜 차츰 입니까? 미란이와 이혼하면 이내 하기로 하지 않았습니까?
　　　인젠 아버지 일까지도 다 풀렸는데 더 늦출 일이 있습니까?

린나: 네! 늦출 필요가 없습니다. 그러나…

> * 린나의 대답이 생각처럼 시원치 못함을 예감하고 영수 린나의 표정을
>   살핀다.

영수: 그러나 어쨌다는 겁니까?

린나: 아니, 아무것도 아닙니다.

북경 모 호텔

> * 영수와 린나 복도로 걸어 나오는데 정 노반 마주 오다가 린나와 인사
>   를 한다.

정 노반: 린나 아가씨, 어디 갔었습니까? 세 번이나 방에 찾아갔다가
  헛물을 켰습니다.

린나: 네! 미안합니다.

영수: 누굽니까? 저 사람?

린나: 전화로 말이 있던 그 광동 노반입니다.

영수: 광동 노반?

> * 정 노반을 바라보는 영수의 눈길이 그다지 부드럽지 못하다.

호텔방 안

* 린나와 영수 방으로 들어오는데 정 노반도 따라 들어온다.

영수: 저 나그네는 왜 따라 들어온답니까? 보기 싫게!
린나: 일 있습니까? 놔두시오! 좀 앉았다가 인차 갈 겁니다.

* 린나 정 노반을 앉으라고 웃으며 자리를 권한다.

린나: 정 노반, 어서 앉으시오! 차를 마시렵니까? 콜라를 마시렵니까?
정 노반: 콜라 있으면 주시오!

* 린나 냉장고에서 콜라를 꺼내준다.
* 그러는 린나를 영수 아니꼽게 가로 본다.
* 영수 저절로 냉장고를 열고 음료를 꺼내 마신다.

정 노반: 저 분은 누군지 아직 소개를 안했습니다. 린나 아가씨!
린나: 네! 우리 호텔의 총경리 입니다. 총경리! 인사하시오!

* 자기를 남편이라 소개하지 않고 총경리라고 소개하는 린나를 영수 이상한 눈길로 바라본다.
* 정 노반 인사를 한다.

정 노반: 총경리님, 린나 아가씨를 통해 총경리님을 알게 되어 몹시 기쁩니다.

영수: 저도 역시 우리 이사장님을 통해 정 노반을 알게 되어 몹시 기쁩니다. 우리 이사장님과 급히 볼 일이 있습니까?

＊ 영수 빨리 나가라는 말을 못해 무슨 급한 일이 있냐고 묻는다.

정 노반: 네! 전번 날 제가 린나 아가씨한테 숙제를 내드린 게 있습니다. 저와 결혼하여 심수에 가서 살지 않겠는가 하는 그런 숙제 말입니다. 린나 아가씨 숙제를 지금쯤은 끝냈겠지요?

＊ 영수 린나의 대답을 기다린다.

린나: 네!

정 노반: 그래 답안이 어떻습니까?

린나: 답안은 다른 장소에서 말씀드리기로 합시다. 그러니 먼저 가서 기다리십시오. 지금은 총경리님과 할 말이 있어서…

정 노반: 그럼 내 방에 가 기다리겠습니다. 시간이 허락되는 대로 아무 때나 연계하시오! 실례합니다.

＊ 정 노반 영수에게 인사하고 나간다.
＊ 정 노반 나가자 영수 린나에게 따지고 묻는다.

영수: 이사장, 숙제를 다 했다는데 답안이 뭡니까? 심수로 간다는 겁니까?

린나: 네! 한번 가 보고픈 생각이 있습니다.

영수: 뭐랍니까? 그럼 난 뭡니까? 난 그냥 총경리 입니까?

린나: 우린 아직 결혼한 사이가 아니지 않습니까? 그러니 나에겐 아직도 선택할 여지가 있는 겁니다.

영수: 뭐랍니까? 나를 제외하고 또 다른 남자를 선택할 여지가 있단 말입니까?

린나: 법적으로 말하면 그렇단 말입니다.

영수: 그럼 양심적으론 어떻습니까? 양심적 여지도 있는 겁니까?

* 린나 대답을 못하고 돌아선다.
* 린나의 얼굴에 그늘이 어린다.

숙자네 마을 어귀

* 영팔 가무단의 추천을 받아 상모잡이로 떠나간다.
* 동네사람들 큰 경사가 난 듯 모여와서 환송한다.

동네사람들: "영팔이가 가무단 상모잡이로 가다니? 우리 마을에서 용이 났습니다."

"좌우간 이 집이 예술의 집입니다. 딸은 봉황이 되고 아버지는 용이 되고 용봉이 훨훨 서울로 갑니다."

"우리 마을의 자랑입니다."

"영팔이, 가서 멋지게 돌려보라고! 북경성을 들었다 놓게 말일세!"

* 영팔이 상모를 쳐들고 마을사람들과 인사한다.
* 승용차가 달려온다.
* 순녀와 김 단장이 승용차에서 내린다.

순녀: 바로 이분입니다. 미란의 아버지, 미란의 어머니…

김 단장: 정말 기쁩니다. 장상모잡이 때문에 은근히 속 태우고 있던 참인데 잘됐습니다.

영팔: 잘 할줄 모릅니다.

군중들: "영팔이! 그냥 가지 말고 단장님도 보고 우리도 더 보게 저기까지 상모를 돌리며 가보게나!"

"그게 좋겠소!"

"빨리 돌리시오!"

* 영팔 장상모를 돌리며 걸어가고 동네사람들 춤을 추며 그 뒤를 따른다.

거리

* 영팔이네가 탄 승용차가 한 호텔 앞에 와 멈춰서고 김 단장과 순녀의
  안내 하에 영팔이와 숙자 호텔로 들어간다.

호텔방

* 김 단장 숙자와 영팔을 호텔방에 안내한다.

김 단장: 오늘은 푹 쉬시오! 그리고 내일부터 나와서 맞춰봅시다. 순녀
    선생님, 이렇게 하는 게 어떻겠습니까?

순녀: 네! 그렇게 합시다. 그럼 두 분 편안히 쉬시오!

* 김 단장과 순녀 방에서 나간다.
* 영팔이와 숙자도 나갔다 들어온다.
* 영팔이와 숙자 별천지에 온 것 같아 여기저기 돌아보며 이것저것 만져본다.

숙자: 모르면서 아무거나 다치지 마오! 괜히 마시지면 어쩌오?

* 영팔 위생실에서 소리친다.

영팔: 숙자, 숙자, 여기 오오!

* 숙자 들어오자 영팔 변기를 가리키며 이상해 한다.

영팔: 이게 딱 변기 같은데 요런 데를 어떻게 올라가 앉소? 닭의 덩대
    같은 데를?

　* 영팔 올라가 쭈크리고 앉아본다.

영팔: 아야, 나오던 것도 도로 들어가겠소! 요렇게 앉아서 어떻게 큰걸 보오?

숙자: 글쎄 말이요. 여자들은 더구나 안 되겠소!

　* 숙자 돌아서다가 세면도구를 발견한다.

숙자: 이것 보오! 여기 칫솔이랑 치분이랑 다 있는 걸 우리 머저리처럼 집에서 쓰던 걸 다 가져왔소!

영팔: 다치지 마오! 그게 우리 쓰라는 게요? 손님들 오면 쓰라는 거겠지.

숙자: 그럼 빨리 나오오. 문 닫기요.

　* 숙자 나오다가 자기네가 아직껏 신을 신고 있었다는 것을 알고 놀란다.

숙자: 엄마야, 어쩌개? 우리 장판에서 여태껏 신을 신고 있었소!

　* 숙자 인차 신을 벗어서 쥔다.

숙자: 저도 빨리 신을 벗소!

영팔: 양? 양!

　* 영팔이도 급히 신을 벗는다.

숙자: 우리 요 폭신폭신한 침대에 누워볼까?

영팔: 때 묻으면 어쩌겠소?

숙자: 살랑 한번 누워보지 무슨!

* 숙자 살랑 눕는다.

숙자: 야, 좋소! 빨리 누워보오!

* 영팔이도 조심스레 눕는다.

숙자: 좋지?
영팔: 양! 좋소!

* 둘은 반드시 누워 천정을 쳐다본다.

가무단 앞

* 김 단장이 탄 승용차 문 앞에 와 멈춰서고 김 단장과 순녀 차에서 내린다.

김 단장: 순녀 선생님, 은주는 요즘 뭘 힙니끼?
순녀: 전 경리와 결혼한다고 그 집에 가서 삽니다.
김 단장: 가무단은 걷어치운답니까?
순녀: 죽어도 안 나온답니다.
김 단장: 내가 은주의 앞길을 망친 게 아닙니까?
순녀: 그렇다고 그런 철딱서니 없는 요구를 만족시켜 줄 수도 없지 않습니까?
김 단장: 그래도 좀 더 내심하게 깨우쳐줬더라면 저렇게까지 되지 않을 수 있었겠는데… 선생님이나 혹은 금주를 보내서 한번 좀 잘 얘기해 보는 게 어떻겠습니까? 전 경리와 결혼을 하더라도 가무단엔 계속 다니게 말입니다.
순녀: 내 금주를 보내겠습니다. 내 말은 더구나 안 듣습니다.
김 단장: 아직 나이가 어리고 전도가 있는 애니깐 될수록 돌아오게 해 주시오!

순녀: 네!

* 둘은 가무단으로 들어간다.

전 경리네 집 안

* 은주 얼굴화장을 곱게 하고 치마를 입고 거울에 비춰본다.

은주: 전 경리! 보시오! 이 옷이 곱습니까?
전 경리: 곱소! 곱소! 은주는 아무거나 입어도 다 곱소! 전혀 입지 않아도 곱고!

* 은주 전 경리를 쫓는다.

은주: 한 번 더 말하시오! 유망 같은 게 한 번 더 말하시오! 유망, 유망, 유망…
전 경리: 제 마누라 벗은 몸을 보는 게 무슨 유망이요? 사랑이지!
은주: 보기 싫습니다. 다시 보이는가 보시오!

* 초인종이 울려 전 경리 문을 열어준다.
* 준호와 금주 들어온다.

은주: 아저씨! 언니! 무슨 바람이 불어서 여길 다 왔소?
준호: 야, 은주 대단히 고와졌구나! 하기에 너를 보러 오고 싶지!
은주: 언니 그냥 곁에 있는데 무슨 내 보기 싫겠습니까?
준호: 언니는 그냥 옆에 있으니깐 보고 싶다는 문제 안 걸린단 말이다. 시시각각 볼 수 있으니깐… 그런데 너는 왜 아저씨 보러 안 오니?
은주: 사업이 바빠서! 결혼준비사업이 형편없이 바쁩니다. 오늘도 비행기로 심양에 갔다 와야 됩니다. 출국비자 맡으러! 그러니깐 왜 왔다는 용건만 빨리 말하시오!

금주: 김 단장이 너를 찾더라!

은주: 그 나그네 나를 찾아 뭘 한다오?

금주: 너한테 태도가 나빴다고 검사를 하면서 네가 결혼을 한 후에라
도 다시 가무단에 출근하라더라!

은주: 이제? 그런 게 목을 따고 재를 친다는 게요! 지금 와서 검사할
게면 그때 도투바이상을 하지 말거지! 후에 보자더라고 그러오!
비행기 시간이 다 되오! 전 경리, 갑시다.

 * 은주 전 경리 팔을 끼고 나가자 준호와 금주도 팔을 끼고 따라 나간다.

정 노반네 방 안

 * 린나 정 노반과 사정하고 있다.

린나: 정 노반, 정 노반은 나의 병을 잘 알고 있지 않습니까? 그러니
꼭 저를 도와주어야 합니다.

정 노반: 그런데 글쎄 내가 어떻게 도와줍니까?

린나: 영수 씬 나를 위하여 사랑하는 무용과 아내를 다 잃었습니다. 이
제 나까지 잃게 되면 영수 씬 아무것도 남지 않습니다. 세발 좀
도와주십시오. 그렇잖으면 하루에도 몇 번씩 결혼을 재촉합니다.
저의 남편 역을 해주시오. 네? 빕니다.

정 노반: 이건… 그럼 그렇게 해봅시다.

린나: 감사합니다. 감사합니다.

 * 린나 방에서 나간다.

린나네 방 안

 * 영수 왔다 갔다 하다가는 방문을 열고 복도를 내다본다.
 * 영수가 다시 소파에 와 앉는데 린나 들어온다.

영수: 정 노반이 왜서 찾습니까? 또 결혼하자는 요구를 제출했습니까?

린나: 여보시오! 난 아무래도 심수에 가야할 것 같습니다. 거기가 여기보다 몇 갑절 매력적입니다.

영수: 무슨 말입니까? 나를 따 던지고 정 노반과 심수에 가 산단 말입니까?

린나: 네! 아무리 생각해도 그 쪽을 선택하는 것이 나을 것 같아서 그럽니다.

영수: 닥치시오! 애들 장난을 하고 있습니까? 지금! 내가 북경에 없는 그 사이에 그래 벌써 정 노반에게 반해 넘어갔단 말입니까?

린나: 네! 보자마자 마음이 끌렸습니다. 게다가 그한텐 돈도 부지기수로 많고…

영수: 닥치시오! 린나 씨 정말 이런 여자였습니까? 오락이나 유희가 아니고 진정한 사랑이라면서 영원히 함께 살자던 린나 씨가 그래 이처럼 매정한 여자였단 말입니까?

린나: 그때는 연길이라는 작은 우물에 갇혀 살아 드넓은 바다를 보지 못해서 그랬습니다. 이번에 북경에 와 보니 더 큰 떡이 많고도 많습니다.

영수: 그래서 더 큰 떡을 얻어먹기 위해 시골에서 먹던 떡은 팽개치겠단 말입니까?

린나: 팽개치는 게 아니라 내 마음이 변한 겁니다. 용서해주십시오!

영수: 용서? 어떻게 용서하란 말입니까? 내 걱정을 말고 지금이라도 정 노반과 함께 심수로 가시오, 하고 용서하란 말입니까? 내가 그토록 애착하던 무용을 버리고 결혼한 지 일년도 안 되는 임신한 아내를 다 버리고 린나 씨를 찾아왔을 때 그때는 뭐라고 했습니까? 내가 하자는 대로 다 하겠다지 않았습니까? 그런데 지금 결혼을 하자니깐 다른 남자를 따라 가겠다는 말입니까?

* 린나 내심속의 괴로움을 참지 못해 눈물을 흘린다.

린나: 영수씨, 미안합니다. 난 한평생 영수씨와 살려고 천백 번도 더
다졌습니다. 그런데…

* 린나 자기가 격동됨을 느끼고 말을 끊고 진정한다.

린나: 그런데 정 노반을 본 다음엔 저의 마음이 변했습니다. 난 영수씨
와 결혼하지 않기로 결심했습니다. 다신 영수씨를 사랑하지 않기
로 다짐했습니다.

영수: 왜서입니까? 왜서 그런 다짐을 하게 됐는가 말입니다. 만약 저 정
노반 때문이라면 내 당장 가서 정 노반을 죽여버리겠습니다.

* 영수 욱지르며 나가려는 것을 린나 겨우 말린다.

린나: 여자의 마음을 무력으로 빼앗은 전례가 없습니다. 또… 한번 돌
아선 여자의 마음을 되돌려 세우는 방법도 이 세상엔 없습니다.
그러니 진정하시고 새로운 사랑을 찾아가시오!

* 린나 울음을 삼키며 나가련다.

영수: 어디 갑니까?
린나: 편안히 주무 쉬시오! 나도 자겠습니다. 내일 아침에 봅시다.

* 린나 나가버린다.
* 영수 뱰을 참지 못해 주먹으로 상을 치고 발로 벽을 차며 진정을 못한다.

정 노반네 방 안

* 정 노반 찻물을 마시며 텔레비전을 보는데 린나 들어온다.

정 노반: 어떻게? 돌려세웠습니까?

린나: 될 것 같지 않습니다. 그이가 저의 말을 곧이듣는 것 같지 않습니다.

정 노반: 그럼 곧이곧대로 말씀드리시오. 알았습니까?

린나: 나의 고통을 그에게까지 나누어주기가 싫단 말입니다.

  * 이때 복도에서 발자국소리 들려온다.

린나: 그분이 옵니다. 빨리 누웁시다. 빨리!

  * 린나 정 노반을 끌고 침대에 올라 이불을 덮고 눕는다.

린나: 저를 꼭 안으시오! 빨리!

  * 린나 정 노반의 목을 끌어안는다.
  * 영수 씩씩거리며 들어온다.
  * 둘이 함께 누워있는 것을 본 영수의 눈에서 불찌가 뚝뚝 떨어진다.
  * 영수 "으악" 소리치면서 이불을 벗겨버리고 정 노반의 멱살을 잡아 쥐고 강타를 안긴다.
  * 정 노반 쓰러지자 영수 또 달려들어 차고 박는다.
  * 린나 질겁하여 일어나 영수를 말린다.

린나: 때리지 마시오! 때리면 안 됩니다. 때리지 마시오!

  * 영수 일어나 린나의 머리를 움켜쥐고 이를 간다.

영수: 내 많은 말을 절약하고 이 주먹 하나만 남겨줄 거다.

  * 영수 주먹으로 린나의 얼굴을 박는다.
  * 린나 죽은 듯 쓰러진다.
  * 영수 개침을 뱉고 방에서 나간다.

무용 연습실

* 『장백 정』의 상모춤을 연습하고 있다.
* 장상모 차례가 되자 영팔이 상모 끈을 쥐고나와 냅다 뿌린다.
* 상모댕기 거침없이 돌아간다.
* 박수소리 터진다.
* 숙자도 흐뭇해서 쳐다본다.

정 노반네 방

* 린나 정신 차리고 일어나 정 노반한테로 기어가서 피를 닦아준다.

린나: 정 노반, 미안합니다. 나 때문에 매 맞게 해서 정말 미안합니다.
정 노반: 이러면 끝났습니까? 모든 게 이러면 다 끝났는가 말입니다?
린나: 네! 끝났습니다. 다… 끝났습니다.

* 린나 밖으로 나간다.

린나네 방

* 린나 문을 열고 들어온다.
* 영수 오간 데 없다.
* 린나 창가에 가 밖을 내다본다.
* 실망해 돌아서던 린나 자기의 가방에서 영수와 함께 찍은 사진을 꺼낸다.
* 팔달령에서 찍은 사진이다.
* 린나 사진을 보면서 눈물을 쏟는다.

   [노래]

   희극으로 시작된 우리의 사랑
   어이하여 비극으로 끝나야 하나
   사랑의 나이는 몇 살이기에
   사랑을 하자마자 끝나야 하나

돌려다오 우리 사랑 좀 더 다오 우리 시간
사랑아 나이를 연장해 다오

* 노래 속에 영수와 즐겁게 보내던 화면이 흘러간다.
* 사진 위에 주르륵주르륵 떨어지는 눈물

달리는 열차

* 영수 품속에서 린나의 사진을 꺼내본다.
* 노래와 함께 린나와의 즐겁던 추억이 흘러간다.

[노래]

풍운의 조화를 알길 없듯이
사랑의 진정도 알 수 없어라
꿈처럼 황홀하던 우리의 사랑
불처럼 뜨겁던 우리의 사랑
어찌하여 깨여지나
어찌하여 식어가나
덜컹대는 레일 위에
빈 추억만 남았구나

* 영수 린나의 사진을 찢어 차창 밖으로 날려 보낸다.

무용 연습실

* 미란 혼자서 연습하고 있는데 수직원이 와서 전화를 받으란다.
* 미란 수직원을 따라간다.

수직실

* 미란 창턱에 놓여있는 송수화기를 든다.

미란: 여보시오? 네! 미란입니다. 누구시랍니까? 린나? 모르겠는데요?

북경 모 호텔방

* 린나 전화를 걸고 있다.

린나: 변강호텔 이사장이라고 하면 인차 알겁니다. 성내지 마시고 저의 말을 끝까지 들어주십시오! 영수씨와 저의 관계는 오늘 철저히 끝마쳤습니다. 영수씨를 미란 씨에게 돌려드리니 욕 하시겠으면 저를 욕 하시고 영수씨를 받아주십시오! 영수 씬 나보다도 미란 씨를 더 사랑하고 있습니다. 행복을 빕니다. 부디 행복하시오!

가무단 수직실

* 미란 영문 모를 눈길로 송수화기를 한참이나 들고 있다가 놓는다.

연길역 광장

* 미란 택시를 타고 와서 내려 출찰구 앞으로 간다.
* 객들이 출찰구를 나오고 있다.
* 영수 아무런 현님도 없이 출찰구를 나와 걸어간다.
* 미란 영수 앞에 가 막아선다.
* 영수 흠칫 놀란다.

영수: 오? 미란이? 누가 오오?

* 영수 자기 뒤를 돌아다본다.
* 멎었던 비가 다시 내린다.
* 미란 들고 온 우산을 펼쳐 같이 쓴다.
* 둘은 말없이 빗속으로 걸어간다.

김 단장네 집 안

* 김 단장, 영애, 김철이 소파에 앉아 텔레비전을 보는데 초인종이 울린다.
* 김철 달려가 문을 열어준다.

김철: 아버지, 아재 왔습니다.

김 단장: 아재?

    * 김 단장 은주가 온 것을 보고 기뻐한다.

김 단장: 은주구나! 여보, 은주가 왔소!

영애: 은주? 빨리 여기 와 앉소!

은주: 소개합시다. 저의 남편입니다.

김 단장: 그렇소? 축하하오!

영애: 전 경리 어느새 은주 남편이 됐습니까? 딱 맞습니다. 축하합니다.

은주: 오늘 우리 둘이 온건 첫째로 결혼인사를 하러 왔습니다. 김 단장, 사모님 저를 사람이 되게 해줘서 고맙습니다. 이전에 철없이 놀던 일은 많이 용서해주시오! 그리고 두 번째는 작별인사를 하러 왔습니다. 우리는 여기서 결혼식을 하지 않고 외국으로 여행 잔치를 떠나기로 했습니다. 거기서 음악공부도 더하고 그래서 가기 전에 인사하러 온 겁니다.

    * 은주와 전 경리 사들고 온 물건들을 내놓고 일어선다.

영애: 어째 일어나오? 더 놀다가오!

김 단장: 은주! 외국에 갔다 와도 다시 가무단으로 오오! 기다리겠소!

은주: 김 단장!

    * 은주의 눈에 눈물이 맺힌다.
    * 은주 김 단장의 허리를 와락 끌어안는다.

은주: 감사합니다. 김 단장!

김 단장: 애들처럼 울기는? 시집간다는 다 큰 처녀가 이게 뭐요? 자, 빨리 가보오!

* 은주 전 경리와 함께 밖으로 나간다.

무용 연습실

* 주정부와 문화국 그리고 원부의 지도자들이 종목검사를 하고 있다.
* 마지막 종목이 끝나자 주장이 연설한다.

주장: 총적으로 연습이 아주 잘 된 것 같습니다. 능히 우리 조선민족과
　　　연변을 대표하여 수도무대에서 광을 칠 수 있으리라고 믿습니다.
　　　나도 이번에 함께 가겠는데 우리 북경에 가서 멋있게 해봅시다.
　　　수고했습니다.

* 박수소리.

미란의 숙소

* 미란이 집에 들어오자부터 무엇인가 찾느라고 볶아친다.
* 높은 곳에 함을 보자 미란은 키가 모자라 쪽걸상을 밟고 올라선다.
* 발끝을 세우며 쳐들던 미란 《아이쿠!》소리 지르며 넘어진다.
* 넘어진 미란 가슴을 붙잡고 일어나지 못한다.

병원 x광실

* 의사 사진을 가리키며 미란에게 설명한다.

의사: 보십시오! 이 제일 아래 갈비뼈 두개에 금이 갔습니다.
미란: 그럼 어쩝니까?
의사: 어쩌겠습니까? 치료를 해야지!
미란: 춤 출수 있습니까?

* 의사 의아한 눈길로 미란을 쳐다본다.

의사: 이 아가씨 정말 살기가 싫어진 겁니까? 약간 크게 움직여도 아
  픈데 춤이란 게 뭡니까?

  * 미란 낙심하여 나간다.

병원 복도

  * 손목에 붕대를 감고 나오던 영수 낙심해 나오는 미란을 보고 불길한
  예감이 들어 x광실로 들어간다.

X광실

  * 영수 들어가자 의사와 묻는다.

영수: 방금 그 여자 무슨 탈이 생겼습니까?
의 사: 그 여자와 무슨 사입니까?
영수: 남편입니다.
의 사: 갈비뼈 두개에 금이 갔는데 춤을 춰도 되는가 합디다.
영수: 그 여자 무용숩니다.

  * 영수 뛰어 나간다.

의사: 무용수? 하기에!

  * 의사 머리를 설레설레 흔든다.

병원 밖

  * 영수 미란을 따라잡는다.

영수: 미란이, 당장 북경으로 떠나는데 갈비뼈에 금이 설면 어쩌오?

＊ 미란 이상한 눈길로 영수를 쳐다본다.

영수: 방금 내 의사와 물어봤소!
미란: 인젠 역을 바꿀 사이도 없습니다. 까닥 소문을 내지 마시오! 누가 알면 영수씨가 말한 줄로 알겠습니다.

＊ 미란 징징 가버린다.

변강호텔 앞

＊ 영수 변강호텔을 쳐다보며 그 앞에서 왔다 갔다 하는데 휴대폰이 울린다.

영수: 네! 내가 영숩니다. 뭐랍니까?

＊ 영수 눈이 화등잔처럼 커진다.
＊ 영수 택시를 소리쳐 부르며 달려간다.

공항

＊ 이륙하는 비행기
＊ 초조히 비행기 안에 앉아있는 영수

북경 모 병원 앞

＊ 택시 멈춰 서자 영수 정신없이 달려 들어간다.

병원 앞

＊ 정 노반 층계 옆에 있다가 영수를 끌고 뛰어간다.

병실 안

＊ 영수 문을 차고 뛰어 들어온다.
＊ 의사와 간호원 린나의 얼굴에 흰 천을 씌운다.

교외 길

 * 달리는 택시
 * 영수 붉은 천을 씌운 골회 함을 안고 앉아간다.
 * 골회 함에 넣은 린나의 사진이 웃고 있다.

정 노반(방백): 그때 병원으로 검사하러 내가 같이 갔었는데 폭발성 간염으로 진단을 받았습니다. 그래서 린나 아가씨는 영수씨에게 절대로 두 번씩 외톨이로 되게는 할 수 없다면서 나와 결혼하기 위해 영수씨와 그만둔다는 가짜 극을 꾸몄습니다. 린나 아가씨는 영수씨를 한없이 사랑하고 있었습니다. 때문에 그 괴로움을 혼자 참으면서도 영수씨를 속인 겁니다. 진정한 사랑이란 그런 모양입니다.

 * 환히 웃고 있는 린나의 사진.

팔달령 봉화대

 * 영수 린나의 골회 함을 안고 봉화대로 올라간다.

린나(방백): 사랑하고 또 사랑하는 나의 영수씨! 사랑하지 않는다고 가짜 연극을 짜낸 저를 지금은 마음껏 욕해주세요. 그러나 그땐 그 가짜 극이 발견되면 안 됐던 거예요! 내가 너무너무 영수씨를 사랑하기 때문에 말입니다. 그런데 영수씨는 날 잘못 만났습니다. 내가 영수씨의 앞길을 망쳤으니깐요. 돈이 있으면 뭐나 다 할 수 있으리라고 생각했는데 그것이 오산이었습니다. 미란 씨가 가는 길이 옳다고 봅니다. 본 직업무에 충성하는 사람에게는 성공도 영예도 지어 돈도 차례집니다. 그러나 돈 많은 사람은 그 돈이 태산보다 많더라도 자기 생명 하나 못 구합니다. 돈을 목적으로 하는 돈벌이는 순전한 생명낭비라는 것을 우린 너무나도 늦게야 알았습니다.

* 영수 봉화대에 올라선다.

린나(방백): 미란 씨의 곁으로 돌아가 주십시오! 나의 골회는 봉화대에서
　　날려주십시오! 안녕히! 당신을 사랑하는 린나로부터…

* 영수 봉화대에서 린나의 골회를 뿌린다.
* 영수 린나를 축복하는 마음을 담아 만리장성을 뛰어다니며 춤추고 고
　함친다.

제18회

연길역 플랫폼

* 가무단이 북경으로 경연에 참가하러 떠난다.
* 떠나가는 사람과 환송하는 사람들로 플랫폼은 초만원을 이루었다.
* 자치주 당정 지도자들도 일일이 악수하며 고무해준다.
* 서서히 떠나가는 열차.

들판

* 열차가 기적을 울리며 질주한다.

열차 안

* 흥이 오른 배우들 목청껏 노래 부른다.

[노래]

백두의 천지 물로 우리 목청 틔우고
백학의 나래 깃으로 우리 춤을 다듬었다
백의동포 마음을 춤 노래에 담아서
연변의 새 모습을 온 세상에 전해간다
자랑을 떨쳐라 우리 가무단
영광을 빛내라 우리 가무단

* 밤에 낮을 이어 질주하는 열차

북경 모 호텔 앞

* 배우들 호텔에서 나와 대기하고 서있는 버스에 오른다.

* 순녀 버스 옆에 서서 헤어보다가 미란이 보이지 않아 호텔로 뛰어 들어 간다.

호텔방

* 미란 적삼을 쳐들고 허리에 띠를 감고 있다.
* 순녀 들어오다 깜짝 놀란다.

순녀: 미란이, 또 임신이요?

미란: 선생님도? 또 어떻게 임신합니까?

순녀: 그럼 상했소? 어딜 어떻게 상했소?

미란: 말마시오! 이제 말해 쓸데 있습니까? 갈비뼈에 금이 좀 갔답니다.

순녀: 뭐라오? 그런 걸 왜 말하지 않았소?

미란: 말해도 배우를 바꿀 사이가 없는데 말해서 뭘 합니까?

순녀: 그럼 약이라도 바싹 썼어야지.

미란: 약을 썼습니다.

순녀: 그대로 출수 있겠소?

* 순녀 미란의 띠를 빼앗아 감아준다.

미란: 죽어도 춰야지 어쩝니까? 꽁꽁 동이시오!

순녀: 그런 걸 난 아무것도 모르고 있었구면. 연습강도라도 좀 낮추었 다면 좋았겠는데…

미란: 강도를 낮추면 질을 보증합니까? 선생님, 안심하십시오! 끝난 다 음에 무대밖에 나와 쓰러지더라도 무대에서는 절대 쓰러지지 않 을 겁니다.

순녀: 감사하오! 정말 장하오!

미란: 됐습니다. 갑시다.

* 둘은 방에서 나간다.

호텔 밖

* 순녀와 미란이 올라가자 버스 떠나간다.

꽃 상점 안

* 영수 커다란 꽃묶음을 골라 사들고 나온다.

극장 앞

* 극장 앞은 사람들로 벅적인다.
* 극장포스터에 가무단공연소개가 멋있게 걸려있다.
* 영수 꽃묶음을 들고 포스터를 쳐다보다 미란의 사진에 눈을 박는다.

영수(방백): 미란이 견디어 낼까? 미란아! 천하별일이 있어도 꼭 끝까지 견디어 내야 한다. 내가 힘을 줄게!

극장 앞

* 벨이 울리고 막이 열린다.
* 대형무용서사시 『장백 정』이 시작된다.
* 서장: 사랑의 성산
* 백두산천지를 배경으로 흰 부채를 손에 든 무용수들이 숨 쉬는 백두산을 상징하는 춤을 추고 있다.
* 커다란 부채가 양쪽으로 갈라지면서 그 뒤에 우리의 주인공 미란이와 정일이 나타난다.
* 부채가 변하여 백학이 나래치는 듯.
* 남주인공 정일이 여주인공 미란을 등에 업고 두 마리 학이 한 마리로 엉켜 훨훨 나래치며 날아오른다.

무대 뒤

* 막이 닫히자 순녀 뛰어다니며 이것저것 지시한다.
* 순녀 미란이를 부른다.

순녀: 미란이! 괜찮소?
미란: 네! 근심 마십시오!
순녀: 동무들, 잘했소! 계속. 양!

　* 순녀 측막 뒤로 들어간다.

무대

　* 등광 다시 밝아지며 막이 열린다.

사랑의 씨앗

　* 삿갓 쓴 처녀들 춤추며 나온다.
　* 청계수 흘러내리고 만물이 소생하는 화창한 봄날이다.
　* 정일이와 미란 군무와 더불어 쌍무를 춘다.

　　　[노래]

　　　어화둥둥 너는 내 사랑
　　　어화둥둥 나는 네 사랑
　　　너는야 꽃이 되고
　　　나는야 나비 되어
　　　어화둥둥 놀아보자
　　　천생배필 우리 사랑아

　　　어화둥둥 너는 내 사랑
　　　어화둥둥 나는 네사랑
　　　정은야 원앙 같고
　　　사랑은야 바다같이
　　　어화둥둥 놀아보자
　　　천생배필 우리 사랑아

* 마을 처녀들 우르르 나와 둘의 접촉을 방해하는 춤을 춘다.
* 정일이와 미란을 갈라놓고 만나지 못하게 한다. 그러나 정일이와 미란 끝내는 서로 만나 한 쌍의 원앙새처럼 서로 사랑한다.
* 막이 닫히자 박수소리 터진다.
* 지도자석이며 평의위원들 속에서 수군거림이 술렁거린다.

수군거림: "정말 아름답습니다. 말 그대로 무인지경입니다."

"어쩌면 저렇게 아름다울 수가 있습니까?"

"예술입니다. 예술! 저런 게 바로 진짜 예술이라는 겁니다."

"조선민족이 춤 잘 춘단 소린 들어봤지만 저렇게 잘 출 줄은 정말이지 천만 뜻밖입니다."

"대단합니다. 대단합니다."

* 다시 막이 열린다.

사랑의 연분

* 동네사람들이 환영 춤을 추는데 신랑 신부인 정일이와 미란 춤추며 나온다. 신랑과 신부 맞절을 하고 일어나는데 꽃정들 달려와 신랑신부를 둘러싼다. 꽃정들 속에서 신랑과 신부 서로 선물을 교환한다.
* 무대 교체되어 신방이 나온다. 신랑 첫날밤에 신부의 옷고름을 풀어준다. 그리고 둘은 서로 첫날밤을 즐기는 쌍무를 춘다.
* 무대 아래서 보고 있는 영수의 눈에 지금 미란이와 춤을 추는 정일이가 자꾸 자기 영수처럼 보인다.

무대

* 정일 미란을 추켜들어 안고 천천히 천천히 신방으로 들어가며 막이 닫힌다. 또 박수소리. 술렁임 소리 터진다.
* 영수 눈을 감고 자기와 미란이 함께 춤추던 장면을 그려본다.
* 다시 막이 열린다.

사랑의 시련

* 이미 애 어머니가 된 미란 자기의 따사로운 품으로 애들을 키워간다. 어쩌면 커가는 애들이 그토록 귀여울까?
* 미란 애들을 쓰다듬어주고 안아주고 빨아주며 어머니 사랑을 다 쏟는다.
* 그런데 남편 정일이가 부역에 끌려간다. 때 아닌 생이별! 가슴 쓰리게 하는 「아리랑」의 선율 속에 정일 정든 처자와 이별하고 타향으로 끌려 간다.
* 고향에 남은 미란 동네 여성들을 이끌고 고향을 지켜 억세게 일한다.
* 부역에 끌려갔던 정일이와 남정들도 돌아와 신근한 피땀으로 고향을 건설한다.
* 정성이 지극하여 돌 위에 꽃이 피는가? 고향 벌에 풍년이 들었다.
* 상모놀이 펼쳐지는데 영팔이 장상모 끈을 냅다 뿌리자 그 끝이 관중석 중간에까지 날아왔다가 다시 영팔의 머리 위에서 빙글빙글 돌아간다.
* 무대 밑에서 보던 숙자 너무 흥분되어 "좋다" 소리치며 일어나 관중석 인도에서 어깨춤을 춰댄다.
* 울려터지는 박수소리

무대 뒤

* 미란 비칠거리며 측막 옆으로 걸어와 가슴을 붙안고 걸상에 쓰러진다.
* 순녀 사람들을 헤치고 나가 미란을 찾는다.
* 미란 진땀을 흘리며 진통을 참고 있다.

순녀: 미란이, 견딜만하오? 이제 딱 한 장 남았소! 저 아래 영수도 왔 습데!

미란: 정말입니까?

순녀: 양! 오오! 저기 가 내다보오! 거짓말인가?

* 미란 순녀에게 끌려 측막 옆에 가 무대아래를 내려다본다.
* 꽃묶음을 안고 앉아있는 영수모습이 안겨온다.
* 이름 못할 난류가 미란의 가슴에 젖어든다.
* 미란 허리를 펴고 일어선다.

미란: 선생님, 믿어주시오! 꼭 잘 해낼 겁니다.

무대 사랑의 결실

* 『장백 정』의 두 남여주인공 환갑상을 받고 있다.
* 정일이와 미란이 환갑상을 받자 여무용수 네 명과 남자무용수 한 사람 모두 다섯이 나와서 「각설이 춤」을 멋지게 춘다.
* 「각설이 춤」이 끝나 들어가자 장구춤이 시작된다. 미란이도 장구를 메고 장구춤에 끼어든다. 정일이는 북을 메고 춤을 춘다.
* 장구춤에 이어 광폭치마를 입은 선녀가 구름을 타고 하늘로 올라가며 전반 무용서사시가 끝난다.
* 배우들 인사를 하고 순녀 나와 인사를 한다.
* 꽃다발이 수없이 올라가고 지도자들 접견을 한다.
* 끝없이 터지는 박소리, 떠나갈 염을 않는 관중들
* 미란 꽃을 아름으로 받아 안으며 은근히 영수가 올라와주기를 바라나 영수 끝내 나타나지 않는다. 드디어 면막이 내린다.

무대 뒤

* 미란 꽃다발을 안은 채 쓰러진다.
* 모두들 달려와 미란을 둘러싼다.

순녀: 미란이, 미란이, 참을만하오? 좀만 참소! 인차 병원으로 가게!

* 모두들 미란을 부축하여 무대에서 나간다.

극장 밖(밤)

* 배우들 버스에 올라탄다.
* 순녀 미란을 부축해 나오다가 저쯤에 서있는 영수를 보고 미란에게 눈짓한다.

순녀: 미란이, 영수 왔구먼!

* 차에 오른 배우들도 내려다본다.
* 영수 천천히 미란이한테로 걸어간다.
* 둘은 끝내 마주선다.
* 차에 올랐던 배우들 모두 내려와 영수와 미란을 둘러싼다.
* 영수 미란에게 꽃묶음을 준다.
* 미란이 영수를 쳐다보다가 꽃묶음을 받을 때 화면정지

[결속곡]

사랑노래

사랑노래 부르기는 쉬워도

참된 사랑 가꾸기는 어려워

네 사랑 해가 되면

내 사랑 노을 되고

네 사랑 꽃이 되면

내 사랑 잎이 되어

받들고 이끌며

둘의 마음 하나 될 때

사랑도 노래 노래도 사랑

참된 사랑노래 되는 거야

누 님

나오는 사람

제1회

고갯길

* 고갯길을 넘어 택시 한 대가 살같이 질주하고 있다.

택시 안

* 장수 아무런 표정도 없이 차창 밖을 내다보고 있다.
* 차창 밖으로 스쳐지나가는 시골의 풍경
* 장수 차츰 사색에 잠긴다.

장수(방백): 누님이 세상을 뜬지도 벌써 3년이 되는구나… 후− 명박
　한 여자지! 30살 밖에 못살고 훌렁 떠나가다니? 그렇게 밖에 못
　살 명이면 차라리 태어나지나 말거지…태어나지 않았더면 지금
　살아있는 사람들에게 이처럼 가슴 아픈 추억은 남겨놓지 않았을
　게 아닌가…

시내 길(회상)

* 경적을 연신 울리며 복잡한 시내 길을 가까스로 빠져나가는 택시
* 어린 조카 영남이를 안고 기사를 재촉하는 장수

장수: 기사아저씨, 좀 더 빨리 몰아주십시오. 이 애 어머니가 당장 숨
　넘어가고 있습니다. 좀 빨리 네?
기사: 네. 나도 사정을 알아서 분초를 다투는데 보다시피 길이 자꾸 막
　히지 않습니까?

* 기사 연신 경적을 울려댄다.

병원 앞(회상)

* 드디어 병원 앞에 와 멈춰서는 택시
* 장수 영남이를 안고 택시에서 뛰어내려 정신없이 병원으로 달려 들어간다.

병원 복도(회상)

* 장수 영남이를 안고 층계를 뛰어올라와 복도로 달려간다.

병실 안(회상)

* 김씨 침대머리에 앉아 정애의 손을 꼭 쥔 채 낙루하고 있다.

김씨: 정애야, 눈 뜨고 이 에미를 좀 봐라. 힘내어 정신 좀 차려라, 정
       애야! 이 에미를 내버리고 네가 먼저 가면 이 에미는 어떻게 살
       아간단 말이냐? 정애야, 눈 좀 떠봐라…

* 정애 가슴츠레 눈을 뜬다.

정애: 어머니, 영남이를 보게 해주시오. 난 영남이를 보고파 죽겠습니
       다. 어머니, 빨리 영남이를 데려다 주십시오, 네? 어머니…
김씨: 장수가 영남이 데리러 갔으니 영남이 인차 올 거다. 그러니 영남
       이를 위해서라도 힘을 버리면 안 된다.
정애: 어머니, 영남이 올 때까지 참을만한 그런 힘은 저한테 있습니다.
       영남이를 못 보고 제가 어떻게 갑니까?

* 이때 장수 영남이를 안고 들어온다.

장수: 누님, 영남이 왔소. 영남이…

김씨: 정애야, 정신 차려라. 영남이 왔다. 영남이…

　* 정애의 코에 호흡기가 걸려있고 정애의 얼굴이 볼모양 없이 축해진 것
　　을 본 어린 영남이 무서워서 뒷걸음을 친다.

김씨: 왜 그러니? 네 어머니다. 지금 어머니 얼굴을 못 보면 넌 영영
　　　어머니 얼굴을 못 본다…

　* 장수 뒷걸음치는 영남이를 안고 정애 앞으로 다가간다.
　* 정애의 볼을 타고 눈물이 흐른다.
　* 정애 영남의 손을 쥐고 영남이를 쳐다본다.
　* 그러던 정애의 손이 스르르 풀려 떨어진다.
　* 정애를 흔들며 울부짖는 김씨와 장수…

택시 안

　* 회상에서 깨여나는 장수
　* 장수 손수건을 꺼내어 눈굽을 찍는다.

매형네 집 앞

　* 서서히 와서 멈춰서는 택시
　* 장수 택시에서 내려 택시값을 치른다.
　* 다시 떠나가는 택시
　* 열려진 사립문을 바라보는 장수의 머릿속에 환각이 온다.
　* 정애 행주치마에 손을 닦으며 끌신바람으로 달려 나온다.

정애: 엄마야… 장수 왔구나. 어떻게 짬이 있어 우리 집엘 다 왔니? 어
　　　서 들어가자, 어서…

　* 정애 달려와 장수의 팔을 잡아끈다.

* 환각에서 깨여나는 장수
* 장수 사립문을 열고 안으로 들어간다.

매형네 집 안

* 매형 윗방에서 옷을 차려입고 순희 부엌에서 제사음식을 갖춘다.
* 이미 7살이 된 영남 음식그릇에서 자기 입에 맞는 음식을 마구 짚어먹는다.

순희: 영남아. 이러면 못 쓴다. 이건 너의 엄마 자실 음식이란다.

영남: 우리 엄마 죽었는데 어떻게 먹습니까? 아줌마 거짓말 한다.

순희: 죽은 사람도 일년에 세끼씩은 꼭 자셔야 한단다. 그러니 아직 저기 올라가 있어라 응?

매형: 영남아, 여기 올라오지 못 하니? 사내 아새끼라는 게 부엌에서 어물거리면 못 쓴다. 빨리 올라오너라…

* 영남 구들로 올라간다.
* 이때 장수 들어온다.

장수: 매형, 안녕하셨습니까?

매형: 아유, 처남… 장수 왔구나. 어서 올라오라. 어서…

* 순희 부엌에 선채 어쨌으면 좋을지 모른다.

매형: 영남아, 외삼촌 오셨는데 인사도 안하니?

영남: 외삼촌…

장수: 오, 우리 영남이 또 컸구나…어디 보자…

* 장수 영남이를 안아 올린다.
* 이때 매형 순희가 어색해서 서있는 것을 발견하고 인사를 시킨다.

매형: 참, 장수야! 인사해라. 우리 뒷집에 새로 이사 온 아줌마다.

장수: 인사가 늦어서 미안합니다. 우리 매형과 영남이 때문에 수고 많으시겠습니다.

순희: 뭘요? 저…영남이 엄마 제사 때문에 오셨겠군요? 그럼 일 보십시오. 나도 집에 어린애가 있어서 이만 가보겠습니다.

　＊ 순희 총총히 나간다.

매형: 장수! 우리 먼저 한잔씩 하고 갈까?

장수: 거기 가서 마셔야 할 텐데 그만 먼저 갑시다.

매형: 그럼 그럴까? 영남아, 가자!

영남: 어디 갑니까?

매형: 네 엄마 보러!

산소

　＊ 장수와 매형 무덤가로 온다.

매형: 야, 세월이 유수라더니…벌써 3년이 됐구나.

장수: 내 나이 지금 30살이니 우리 누님 죽을 때 나이와 똑 같습니다. 30살! 30살이 뭡니까? 30살에 죽어버리는 우리 누나는 또 뭐란 말입니까?

매형: 죽고 사는 게 어디 사람 마음대로 되는 일이니? 네 누님이라고 왜 오래 살고 싶지 않았겠니? 이 좋은 세월에…

　＊ 매형 낫을 휘두르며 벌초를 한다.
　＊ 장수 앉아서 잔풀을 뽑는다.

매형: 네 누님이 일찍 죽은 것도 나 같은 머저리 남자를 만난 탓일 게다.

그 좋은 연길에서 나한테 시집올 건 뭐란 말이니? 그땐 글쎄 나도
연길에 들어가 돈 꽤나 벌 때였지. 그러나 나야 네 누님과 비하면
고니 앞의 두꺼비가 아니고 뭐니? 내가 시골로 돌아오지 않고 계
속 연길에서 장사를 했어도 네 누님이 죽지 않을 수도 있었는데…
무슨 놈의 인삼장사를 한답시고 이 시골로 되돌아온단 말이니? 그
통에 네 누님이 그만 삼림뇌막에 걸려…

장수: 누님의 무덤 앞에서 새삼스레 그런 말을 할 필요가 있습니까?
그것도 다 누님의 분복이겠지요.

매형: 그래 분복…분복이지…

　* 매형 낫을 더 힘차게 휘두른다.

매형네 집 안

　* 순희 영애와 함께 들어온다.

영애: 영남이는 어째 없습니까?

순희: 이제 올 거다. 그러니깐 영남이 아버지랑 오기 전에 우리 이 집
을 깨끗이 치워야 한다. 알만하니?

영애: 네.

　* 영애 빗자루를 들고 구들을 쓸고 순희 부엌을 거둔다.

순희: 영애야, 너 영남이 오빠 좋지?

영애: 네. 영 좋습니다.

순희: 영남이 아버지는?

영애: 영남이 아버지도 영 좋습니다. 언제나 먹을 게 있으면 영남이와
나를 똑 같이 나누어줍니다. 정말, 어머니! 영남이 아버지 내 아
버지 할까?

* 순희 의아한 눈길로 영애를 쳐다본다.

영애: 왜 그렇게 찬찬히 봅니까?

순희: 영남이 아버지가 그러더니? 네 아버지질 해주겠다고?

영애: 아닙니다. 내 절로 생각한 게 그랬으면 좋겠단 말입니다. 우리는 아버지 없고 영남이네는 어머니 없고…그러니깐 영남이는 어머니를 어머니라고 하고 나는 영남이 아버지를 아버지라고 하면 내나 영남이나 아버지 어머니 다 있지 않습니까?

순희: (혼자말로) 난 또…계집애두…

무덤가

* 장수와 매형 무덤 앞에 마주 앉는다.
* 매형 컵에 술을 붓는다.

매형: 자. 우리 먼저 한 컵씩 내자.

* 매형 먼저 꿀럭꿀럭 몇 모금 낸다.

매형: 야, 고놈이 확실히 약이다. 약! 쪽 내리꿰면서 벌써 온 몸이 촉 젖어난단 말이다. 넌 뭘 하니? 빨리 마셔라.

* 장수 한 모금 마시고 컵을 내려놓는다.

매형: 장수야, 내 술을 먹어서 하는 말인 게 아니라 이젠 네 누님 삼년 제도 끝났으니 너도 우리 집에 자주 오지 못할 거다. 누님 없는 매형도 매형이니? 남이지. 누님이 살아 있었길래 너도 매형 매형 하면서 우리 집에 다닌 거지 누님이 없은 다음에야 어떻게 자주 다니겠니? 자, 한 모금씩 더 하자.

* 매형 또 술을 꿀럭꿀럭 마신다.

매형: 그럴 생각을 하니 모름지기 섭섭하구나. 아내를 잃는다는 건 처남이며 장모님까지 동시에 잃는 거구나. 장수야, 그래도 한해에 한두 번씩은 와 달라. 나는 글쎄 남이 된다손 쳐도 네 조카 영남이야 그냥 조카가 아니니?

장수: 네. 오겠습니다. 매형이 안 되면 형님이라고 부르면서 다니면 되지 않습니까? 물론 누님 계실 때처럼은 자주 다니지 못할 겁니다.

매형: 고맙다. 장수야! 또 한 잔 하자.

* 다시 술을 마시던 매형 갑자기 일어나더니 저쪽으로 가서 토하기 시작한다.
* 마지막엔 피까지 섞여 나온다.

장수: 아니, 매형! 피… 피가 아닙니까?

매형: 지난밤에 술을 너무 많이 마셔서 그런 모양이다. 일없을 거다.

장수: 병원에 가봐야지 않습니까? 오늘 나와 함께 연길 병원에 가 봅시다.

매형: 피 한 방울 보고 놀라기는? 이럴 때가 종종 있으니깐 괜찮을 거다.

* 매형 또 자리에 와 앉아서 술 컵을 든다.

매형: 자. 또 마시자.

장수: 마실 만 합니까? 그만 합시다.

매형: 마시자니깐? 자!

* 매형 낯을 찡그려가며 또 술을 마신다.

연변병원 앞

* 매형 병원 앞에 와서 병원 간판을 쳐다보다가 병원으로 들어간다.

병원 복도

 * 매형 복도에 놓인 걸상에 앉아있는데 간호원이 나와 매형을 부른다.

간호원: 다음 분! 들어오십시오.

 * 매형 간호원을 따라 화험실로 들어간다.

화험실 안

 * 매형 침대에 누워있다.
 * 형광막을 유심히 들여다보는 의사.

의사 사무실 안

 * 매형 의사와 마주 앉아있다.

의사: 부모나 아내 되시는 분 안 계십니까?
매형: 네. 저와 일곱 살 난 아들밖에 없습니다.
의사: 그렇다면…
매형: 무슨 병입니까? 저한테 직접 알려주십시오.
의사: 그런데 글쎄 환자 본인에게 보다는 다른 혈육은 없습니까?
매형: 없다고 하지 않았습니까? 이미 각오를 다하고 왔으니 저한테 직
　　　방 알려주십시오. 죽을병이라도 괜찮습니다.
의　사: 글쎄…그런데… 이건 좀…

 * 매형 상을 치며 벌떡 일어난다.

매형: 글쎄라는 것도 병명입니까? 병명이 도대체 뭡니까? 무슨 암인가
　　　말입니다. 간암입니까?

의사: 네. 말기입니다.

매형: 알았습니다. 잘 알았습니다.

* 매형 사지가 쳐져 밖으로 나간다.

산속 소나무 숲

* 매형 손에 술병을 들고 휘청거리며 걸어온다.
* 술병을 거꾸로 들어 마시던 매형 갑자기 새된 소리를 지르며 술병을 내던진다.
* 여기에 노래 흐른다.

[노래]

푸르청청 소나무는 백년을 산다는데
아내 생명 나의 생명 이다지도 명박할까
내 생명 별찌처럼 사라져도 좋다만
그 누가 보살피랴 불쌍한 영남아
무정한 조물주야 촉박한 생명아
우리 영남이 클 때까지 참아 주렴아

* 매형 소나무를 끌어안고 성난 사자처럼 우짖는다.

매형: 영남아…영남아…

매형네 집 안(밤)

* 순희 영남이와 영애를 재워놓고 매형 오기를 기다린다.
* 그러다가 순희도 까박 쪽잠이 든다.
* 매형 술에 만취해서 들어온다.
* 매형 자고 있는 영남이 옆에 풀썩 꿇어앉는다.
* 매형 영남의 손을 자기 볼에 비비며 눈물을 떨어뜨리다가 부지중 소리 내여 훌쩍거린다.
* 그 소리에 순희 깨여난다.

순희: 아니, 영남이 아버지! 왜 이럽니까?

　* 그제야 매형 순희의 존재를 의식하고 인차 눈물을 삼킨다.

매형: 아니, 아무것도 아닙니다. 내가 술에 취한 모양입니다. 그런데 어떻게…

순희: 네. 영남이가 혼자서 무섭다면서 우리 집에 건너왔기에… 인젠 편히 쉬십시오.

　* 순희 영애를 들춰 안고 일어선다.

매형: 자는 애는 여기다 그냥 둬두십시오.

순희: 안됩니다. 애는 자다가도 엄마만 없으면 못 잡니다.

매형: 그럼…

　* 매형 영애를 순희 등에 업혀준다.

순희: 편히 주무십시오.

　* 순희 밖으로 나가자 매형도 따라 나간다.

매형네 집 밖(밤)

　* 구름 속을 헤어가는 달.

순희: 아니, 왜 나오십니까? 빨리 들어가십시오.

매형: 내 집까지 바래다주고 옵시다.

순희: 엎어지면 무릎 대울 곳에 뭘 바래다준다고 그럽니까? 어서 들어가십시오.

* 순희 달음질치듯 어둠 속으로 사라진다.

매형네 집 안(밤)

* 매형 다시 영남이 옆에 가 안자 영남이 얼굴을 찬찬히 들여다본다.

매형네 집 밖(밤)

* 순희 집으로 가다말고 다시 돌아와 창문으로 들여다본다.

매형네 집 안(밤)

* 매형 호주머니에서 검사단을 꺼내 펴본다.
* 매형 혼잣말처럼 중얼거린다.

매형: 간암말기라고 했지? 간암말기! 영남아, 네 애비 간암말기가 돼서
　　 죽어야 한단다. 영남이…

매형네 집 밖(밤)

* 장문으로 들여다보던 순희 깜짝 놀라 뒷걸음친다.

순희: 뭐라구? 간암말기?!

* 구름 속으로 비집고 들어가는 달.

기차역

* 출찰구에서 나오는 매형.

공중전화실

* 매형 공중전화를 건다.

매형: 장수? 응, 나다. 지금 좀 만날까? 그래 그래…

* 송수화기를 내려놓고 택시를 부르는 매형
* 택시 와 멈춰 서자 매형 택시에 오른다.
* 부르릉 떠나가는 택시

식당 단칸방

* 전형적인 조선족 음식집이다.
* 매형 담배를 피우고 있는데 아가씨 술과 안주를 들여온다.
* 아가씨 나가자 장수 들어온다.

매형: 빨리 왔구나. 출근시간에 이렇게 나와도 괜찮겠니?

장수: 괜찮은데…무슨 일입니까? 갑자기…

매형: 급하긴? 콩밭에 서슬을 칠 일이 있니? 자. 먼저 술이나 한잔 하고 보자.

* 매형 술 한 컵을 한 절반 꿀럭꿀럭 마신다.

장수: 그렇게 마셔도 됩니까? 또 전번처럼 그러면 어쩝니까?

매형: 괜찮다니깐? 자, 너도 어서 마셔라.

장수: 매형, 무슨 일이 있는지 용건부터 압시다. 무슨 일입니까?

매형: 글쎄… 아무튼 일이 있어서 여기까지 찾아왔으니 말을 해야지. 그런데…저…사실은 영남이 있지 않니? 그놈이 지금 노는걸 봐선 머리가 괜찮은 놈 같더라. 제 에미를 닮아서 그런지…

장수: 매형은 머리가 나쁩니까?

매형: 나야 나쁘잖구. 대가리가 좋으면 여태껏 밑지는 장사만 했겠니? 그건 그렇고… 영남이 그놈이 크면은 제 앞의 일을 착실하게 할 놈 같아서 그러는데…너도 잘 알지만 지금 농촌에는 소학교가 없

는 형편이 아니고 뭐니? 영남이 당장 소학교에 입학해야 하겠는데 우리 마을에는 학교가 없단 말이다. 향소재지에나 가야 있지. 그런데 향소재지가 우리 집에서 몇 리나 되니? 망창 십리나 되는데 겨울 같은 때는 일곱 살짜리가 어떻게 그 먼데를 다니니? 그래서 생각하고 생각하던 끝에 너와 좀 토론해 보려고 찾아온 거다.

장수: 그럼 무슨 초보적인 방안이라도 있는 겁니까?

매형: 방안일지는 몰라도 내 생각에는 영남이를 너네 집에 데려다가 시내 학교에 넣었으면 좋지 않겠는가 하는 게다. 그런데 네 각시도 지금 임신 중이어서 그러기도 바쁘겠지…그래서 좀 네 의견을 들어보자는 게다.

* 장수는 그 물음이 너무나도 뜻밖이어서 당분간 뭐라고 대답했으면 좋을지 갈피를 잡지 못한다.
* 장수 술을 한 모금 쭉 낸다.

장수: 글쎄 말입니다. 사정이 딱하긴 딱한데 당장 우리 집에 데려오라고 대답하기도 바쁩니다. 이렇게 합시다. 이런 문제는 아마 나 혼자 결정하기 힘드니깐 내 집에 가서 두루 의견을 들이보고 다시 답복을 드리는 거로 합시다. 어떻습니까?

매형: 글쎄… 내 장수가 딱해할 줄 뻔히 알면서도 … 그럼 나도 또 다른 방법을 생각해 보자. 집식구들을 너무 들볶지 말아라. 아직 입학수속까지는 시간이 좀 있으니까…

* 매형 말을 마치자 자리를 털고 일어난다.

장수: 왜 일어납니까? 식사도 안 했는데…식사나 하고 갑시다.

매형: 할 말을 다 했으니 인젠 가야지. 나야 원래 술이 끝나면 밥도 끝이 아니니?

* 매형 신을 신고 나간다.
* 장수도 신을 찾으며 소리친다.

장수: 같이 갑시다. 매형…

장수네 집 주방(저녁)

* 김 씨, 장수, 선자 주방 상에 둘러앉아있다.

장수: 어머니, 오늘 점심에 매형이 저를 찾아왔다가 갔습니다.

김씨: 무슨 일로? 왜 집에는 오지 않고 갔니?

장수: 영남이 일 때문에 왔댔습니다.

김씨: 영남이 일? 왜? 영남이가 애라도 매긴다더니?

장수: 그런 게 아니고 저… 영남이 금년이면 학교 갈 나이가 아닙니
까? 그런데 학교가 마땅치 않아서 여기 연길에 와서 공부하게
하면 어떻겠는가고 토론하러 왔습디다.

선자: 우리 집에 와서 말입니까?

장수: 그런 것 같습데!

선자: 당장 우리 애도 태어나겠는데 여기 와서 어떻게 다닙니까? 말이
됩니까?

장수: 매형 생각에는 그 마을에 학교가 없으니깐 향소재지에 보낼 바
하고는 차라리 연길에 붙였으면 하는 그런 생각 같습데.

김씨: 그런 생각을 할 수도 있는데 도시에서 곁 식구 하나를 더 키운
다는 게 어디 말처럼 그렇게 수월하니? 그러나 네가 이미 말을
꺼낸 바에는 우리가 좀 바쁘더라도 데려오는 게 좋겠다. 선자야,
네 생각은 어떻니?

선자: 아직 입학수속을 할 날자가 멀었는데 왜 갑자기 영남이 입학문
제를 꺼냅니까? 내 생각에는 학교 붙이는 문제는 둘째고 그보다
더 급한 다른 문제가 있는 것 같습니다.

김씨: 다른 문제라니? 무슨 문제?

선자: 예를 들면 후처를 하겠는데 후처로 들어올 사람이 아이를 싫다
고 한다던가 혹은 어떤 일을 하기 위하여 먼저 혹을 떼버리려고
그러는 게 아닌가 하는 생각이 듭니다.

장수: 후처?

* 누님 제사 때 매형과 살갑게 놀던 순희의 모습이 장수의 뇌리를 스쳐
지나간다.

장수: 후처가 아이를 싫다고 해서 매형이 영남이를 우리 집에 빼돌린
다? 설마…어머니, 그럴 수가 있겠습니까?

선자: 지금 재가를 하는 여자들이 누가 혹이 붙은 남자한테로 시집가
려 합니까? 나부터라도 원래 싫습니다.

김씨: 그런데 글쎄 딱히 그런 원인인지도 아직 모르지 않니? 남의 속
을 너무 넘겨짚지 말아라.

장수: 어머니, 아직 입학시간까지 얼마간 남아있으니 우리 이 문제는
천천히 보면서 토론하도록 합시다. 밥이 다 식습니다. 어서 식사
부터 합시다.

* 흥 깨진 식사.

장수네 침실(밤)

* 장수 침대에 누워 책을 보는데 선자 샤워를 하고 들어온다.

선자: 여보시오. 당신 매형 되는 분이 백프로 다른 여자를 봐뒀습니
다. 그리고 그 여자한테도 꼭 달린 아이가 있습니다. 그래서
영남이를 떼버려야 결혼을 한다고 당신 매형한테 도전을 한겁
니다…

장수: 이거…당신 지금 추리소설을 낭독하고 있소? 당신 어떻게 그처럼 상세하게 알고 있소?

선자: 감각입니다. 이건 우리 여자들만이 느낄 수 있는 그런 감각이란 말입니다. 보시오. 자기가 장가를 들기 위해서 에미도 없는 제 아들을 옛날 가시집에다가 턱 맡긴다. 그리고 자기는 양복 입고 구두 신고 과부장가를 든다. 야, 얼마나 이기적입니까? 해도 너무 하단 말입니다. 때문에 우리 견결히 영남이를 받지 말아야 한다는 겁니다.

장수: 아직 사실 정황도 모르면서 너무 이러지 마오. 추리란 어디까지나 현실이 아니란 말이요.

선자: 그러나 추리 없는 현실이 있을 수 있습니까? 그러다가 만약 나의 추리가 현실이 돼서 내가 우리 애기 엄마 되기 전에 영남이 엄마부터 되면 어쩝니까?

장수: 누가 당장 영남이를 데려온다고 했소? 시끄럽소.

 * 장수 책을 던지고 훌렁 누워버린다.

매형네 집 안(밤)

 * 영남이 이미 콜콜 잠들고 있다.
 * 매형 가마목에 앉아 강술을 마신다.
 * 술병 옆에 정애의 사진이 놓여있다.
 * 매형 그 사진을 안주 삼아 술을 마신다.

매형: 여보, 장수가 오늘 답복하기 매우 어려워하던데…내가 죽으면 그래도 장모님이 우리 영남이를 데려가겠지…

 * 매형 또 술을 한 모금 하고 정애의 사진을 들고 본다.

매형: 여보, 내 오늘 당신 따라 가겠소. 내가 이 세상에 있으면 우리 영남
　　　　이 더 잘못 되오. 내가 빨리 죽어야 영남이 시내 학교에 가 붙고
　　　　공부 잘하고 좋은 대학에 가고 좋은 직장을 얻고 잘 사오⋯ 내
　　　　가 있으면 안 되오. 하기에 나도 빨리 당신 따라 가야 되오.⋯내
　　　　이렇게 술이나 실컷 먹다가 취한 듯이 죽은 듯이 당신 옆에 갈
　　　　테니깐 날 차버리지 말고 받아주오, 양? 여보⋯

* 매형 비칠거리며 일어나 수면제병을 들어다 구들에 쏟아놓는다.
* 매형 영남의 볼에 눈물을 쏟는다.

매형: 영남아, 이 애비는 아무래도 너를 더 키울 수 없게 됐다. 이제
　　　　외할머니네 집에 가거든 외삼촌 말⋯외삼촌댁 말⋯최고지시처
　　　　럼 잘 들어야 한다. 그래야 너 행복하게 살 수 있다. 넌 아버
　　　　지 어머니도 없는 애다. 그러니 그분들 말씀을 꼭 잘 들어야
　　　　한다. 알겠니? 영남아⋯

* 매형 구들에 널려있는 수면제를 마구 주어 삼키고 술병을 거꾸로 들고
　마신다.
* 그리고는 영남이 옆에 누워 영남이를 꼭 끌어안는다.

순희네 집 안(새벽)

* 순희 금방 일어나 옷을 입는데 영남이 정신없이 달려 들어온다.

영남: 아줌마⋯아줌마⋯빨리 우리 집에 가보시오⋯우리 아버지⋯우리
　　　　아버지 죽습니다⋯ 빨리⋯
순희: 뭐라니?

* 순희와 영남 부리나케 달려 나간다.

매형네 집 안(새벽)

* 순희와 영남이 신발바람으로 구들에 뛰어올라간다.

순희: 영남아버지, 이게 웬 일입니까? 영남아버지…

향병원

* 향병원을 향해 달려오는 구급차.
* 차가 멎고 의무일군들 매형을 들것에 들고 병원으로 달려 들어간다.

제2회

장수네 사무실

* 급하게 울리는 전화벨소리.
* 장수 밖으로부터 뛰어 들어와 전화를 받는다.

장수: 네. 네? 알았습니다.

* 장수 송수화기를 내려놓고 밖으로 뛰어나간다.

향병원 병실 안

* 매형 침대에 누워있고 순희 호리를 하고 있다.
* 가끔 의무일군들이 들어와 이것저것 검사를 하고는 나간다.
* 장수 황망히 들어온다.

장수: 매형…매형… 왜 이럽니까? 도대체 무슨 말 못할 일이 있어서
　　　이런 길을 택하는가 말입니다.

* 매형 들은 척 만 척 감감 무반응이다.
* 장수 순희와 물어본다.

장수: 아주머니, 도대체 어떻게 된 일입니까?
순희: 저도 잘 모르겠습니다. 새벽에 영남이가 와서 급한 소리를 하기
　　　에 뛰어가 보니 벌써 잘못 됐습디다. 수면제를 많이 자신 것 같
　　　은데 …위험한 고비는 넘었답니다.

장수: 그런데 그새 우리 매형에게 무슨 타개 못할 고뇌라도 있은
겁니까?

순희: 그건 잘 모르겠는데…좀 나가서 얘기할까요?

* 둘은 밖으로 나간다.

병원 밖

순희: 며칠 전에 영남이 아버지가 영남이 외삼촌을 찾아갔던 일이 있
습니까?

장수: 네. 잠간 다녀갔습니다.

순희: 물어봐도 괜찮겠는지…그때 가서 무슨 말을 했습니까?

장수: 네. 저의 조카 영남이를 우리 집에 데려다 학교를 다니게 할 수
없겠는가고 했습니다.

순희: 네. 그럼 알만합니다. 그때 벌써 결심을 내리고 찾아간 것 같습
니다.

장수: 무슨 말씀인지…

순희: 그 후로부터 자꾸 사람을 피해 다니고 혼자 사색하기를 즐기더
란 말입니다. 그러더니 어제 밤에 결단을 내린 것 같습니다.

장수: 그렇다면 매형이 죽기 위해 영남이를 우리 집에 맡기려 했단 말
씀이십니까? 그런데 꼭 죽어야만 할 그런 이유는 뭐랍니까?

순희: 그건 저도 확실히 모르겠습니다. 미안합니다.

* 순희 병원으로 다시 들어간다.

장수: 자살을 하려고 영남이를 우리 집에 맡긴다?

* 장수 이해가 가지 않아 도리머리를 젖는다.

매형네 집 안

* 순희 매형과 마주 앉아있다.

순희: 영남 아버지, 이제부턴 몸보신도 하고 약도 쓰면서 몸을 일으켜
세워야 합니다.

매형: 영애 엄마, 고맙소. 그러나 난 아무래도…아무래도 죽을 놈인데
그냥 죽게 내버려뒀을 걸 그랬소.

순희: 아닙니다. 죽을 땐 죽더라도 부모로서 해야 할 일들은 꼭 해야
합니다. 부모 된 책임이 왜 중하다고 합니까? 자식이야 아무렇게
되던 자기가 살고프면 살고 죽고프면 죽는 게 부모 된 도립니
까? 자식을 낳기만 하는 게 부몹니까? 낳은 자식을 책임지고 잘
키워서 유용한 사람으로 만드는 게 우리 부모 된 사람들의 책임
이 아닙니까? 영남이를 허망 내버리고 자기만 훌쩍 떠나가 버리
면 저승에 가선들 마음이 편할 것 같습니까? 부모란 살고파도
죽어야 할 때가 있는가 하면 죽고파도 살아야 할 때가 있습니다.
지금의 영남이 아버지 처지가 바로 그 후자— 죽고파도 살아야
할 그런 경우란 말입니다. 안 그렇습니까? 영남이 아버지.

매형: 도리는 그런데… 그렇게 하기가 대단히 어렵단 말이요.

순희: 아무리 어려워도 꼭 그렇게 해야 합니다. 영남이를 위해서 영남
이 앞에서 웃으며 살아야 합니다. 그렇게 하실 수 있지, 예?

매형: 고맙소. 내 그렇게 노력하겠소.

정서 화면

* 음악 속에 아래의 화면이 엇바뀐다.
* 매형 영남이와 함께 맛나게 아침밥을 먹는다.
* 매형 영남이와 함께 연을 띠우며 즐긴다.
* 매형 인삼장에서 영남에게 이것저것 가리켜 보이며 웃고 있다.
* 매형 영남이를 데리고 공원놀이를 하고 있다.

산 속

* 순희 가래토시나무를 흔들면서 가래토시를 뜯고 있다.
* 가래토시들이 잘 떨어지지 않는다.
* 할 수 없이 나무로 기어오르는 순희
* 그러나 얼마 오르지 못하고 엉덩방아를 찧으며 떨어진다.
* 순희 돌멩이를 찾아 올려 뿌린다.
* 떨어진 가래토시를 주어 담는 순희

순희네 집 밖

* 순희 화롯불에 가래토시를 다리고 있다.
* 이때 영애 달려온다.

영애: 어머니, 이게 뭡니까?

순희: 가래토시물이란다.

영애: 그 물 해서 뭘 합니까?

순희: 이 물을 앓는 사람이 먹으면 병이 말끔히 떨어진단다.

영애: 그럼 이 물 누가 먹습니까?

순희: 영남이 아버지 지금 병에 걸렸는데 이 물을 마시면 인차 떨어진
단다.

영애: 그럼 내 영남이 아버지한테 가져다주랍니까?

순희: 뜨거워서 넌 안 된다. 우리 같이 가자. 어머니가 이 약을 들고…

영애: 네. 갑시다.

* 순희 약그릇을 들고 영애와 함께 걸어간다.

매형네 집 안

* 매형과 영남 기구를 배구공처럼 치면서 놀고 있다.
* 이때 순희와 영애 들어온다.

영애: 아저씨, 우리 어머니 아저씨 약을 가져왔습니다. 약 잡수시오. 영
남아, 우리 둘이 놀자. 너네 아버지 약 잡숫게스리…

* 영애 영남이와 기구치기를 논다.
* 순희 매형에게 약그릇을 내민다.

순희: 따뜻할 때 빨리 마시시오.

매형: 뭐요? 이건?

순희: 가래토시 다린 물입니다. 암에 좋다고 해서…

매형: 뭐라오? 방금 뭐라고 했소? 암…암에 좋다고? 내가 암에 걸린
줄 어떻게 알았소?

순희: 내 이래보여도 관상을 보면 다 압니다. 빨리 마시시오! 독은 독
으로 때린다고 이 독한 가래토시물이 들어가면 암세포가 꼼짝
못한답니다.

매형: 감사하오! 독은 녹으로 때려야 하지!

산 속

* 매형 괭이를 메고 산속을 뒤진다.
* 열매 달린 박새꽃! 한창 독을 쓰고 있다.
* 매형 괭이로 박새뿌리를 파서 옷자락에 쓱쓱 문대고 그대로 씹어 넘긴다.
* 다시 숲 속을 뒤지는 매형
* 뱀 한 마리가 스르륵 지나간다.
* 뱀을 쫓아가며 괭이를 휘두르는 매형
* 매형 뱀을 잡아들고 시냇가로 내려간다.
* 졸졸 흘러가는 벽계수
* 매형 뱀의 껍질을 바르고 꾸드득 꾸드득 뱀을 씹어 삼킨다. 그리고는
엎드려서 물을 들이켜는 매형!

매형: 영남이를 위해서 하루라도 더 뻗치고 살자! 그러다 혹시 기적이
라도 날는지 누가 알랴?

장수네 침실(밤)

* 선자 침대에 누워있다.
* 장수 옷을 벗고 이불속에 든다.

장수: 여보 우리 영남이를 데려다 기르기요!

선자: 우리 아기도 당금 나오겠는데 무슨 남의 아이를 데려다 기른다
고 그럽니까?

장수: 내 알아보니 그저 그런 일 같지 않습데! 매형이 영남이 때문에
수면제를 먹고 자살까지 하려 했다오!

선자: 웃기지 마시오! 그래 제 자식을 키우기 싫어서 자살까지 한단
말입니까? 세상에 그런 아버지 어디 있습니까?

장수: 남자 보톨이 아이 하나 키운다는 게 헐하오? 제 몸 하나 건사하
기도 바쁘겠는데! 그러니 우리 데려다 키워주기요!

선자: 모릅니다. 당신 키우겠으면 데려오시오! 난 내 아이 키우기도 힘
듭니다.

장수: 이 여자가 왜 이렇게 아다모끼오?

선자: 내 어디 아다모낍니까? 만약 영남이 아버지 없다면 몰라도 아버
지 있는데 왜 우리가 키워야 하는가 말입니다.

장수: 당신 못 키우겠으면 가만 입 다물고 있소! 나와 어머니가 키울
테요!

선자: 마음대로 하시오!

* 선자 이불을 뒤집어쓰며 앵 돌아진다.

인민경기장

* 공을 몰고 넘기며 대방의 문전으로 맹돌격하는 연변축구팀. 주력선수의 힘
찬 숫! 털렁! 보기 좋게 그물을 치는 공. 천지가 떠날 듯한 축구팬들이 함성

* 장수도 벌떡 뛰어 일어나며 함성을 지른다.
* 장수의 뒤에 앉았던 한 여인도 벌떡 얼어나더니 함성을 지르면서 장수
  의 잔등을 북치듯 뚜드려 댄다.

장수: 여보시오! 내 등이 북입니까?

여인: 엄마나! 미안해요! 좋다는 게 그만…

장수: 더 치십시오! 괜찮습니다.

여인: 죄송합니다. 죄송합니다.

맥주집 앞

* 장수 맥주집 앞에까지 걸어와 맥주집 안을 들여다본다.
* 흥분된 축구팬들 연이어 맥주집으로 들어간다.
* 장수도 그들을 따라 맥주집으로 들어간다.

맥주집 안

* 장수 빈 자리에 앉아 맥주를 청한다.

장수: 아가씨, 맥주 두 컵에 꽁치 한 마리 가져다주오.

* 맥주를 시키고 두루 집 안을 들여다보던 장수의 눈길이 한 여인의 몸
  에가 멈춰 선다. 방금 경기장에서 자기 등을 북처럼 뚜드리던 그 여인
  이 술을 마시고 있는 것이다.
* 그 여인도 장수를 알아본 모양 알은체를 한다.

여인: 아니, 북 아저씨…옳지요?

장수: 네. 북 아저씨…맞습니다. 그런데 축구구경 혼자 오셨었습니까?

여인: 네. 원래 혼자밖에 없으니까요.

* 복무원아가씨 맥주와 꽁치를 장수의 상에 가져다 놓는다.

여인: 그런데 아저씨도 축구 구경 혼자 오신 모양입니다.

장수: 네. 저의 마누라는 축구에 한심한 외항입니다. 꼴이 자기 문대에 들어가도 박수를 치는 그런 수준급이랍니다. 그런데… 볼라니 아주머니는 대단한 축구팬입니다. 혼자서도 축구 구경을 다니는걸 보면 말입니다.

여인: 네. 그런 사연이 있습니다.…사실 전 고독한 마음을 풀려고 축구 구경을 합니다. 축구를 보노라면 마음속의 모든 잡념이 다 사라지고 그 시간만이라도 매우 유쾌하게 살 수 있지 않습니까?

장수: 평시에 무슨 번뇌라도 있는 겁니까? 그럼…

여인: 저한테 일곱 살 난 남자애가 있었습니다. 그런데 작년에 남편과 이혼을 했습니다. 그 남편이 아들을 독차지하고 날 아이 보러도 못 가게 하지 뭡니까? 남자들은 잘 모를 겁니다. 여인들의 모성애를 말입니다. 모성애라는 게 얼마나 지극한 사랑인지 아십니까? 자기가 낳은 이이를 마음대로 볼 수도 없는 어머니의 심정…이건…그만 합시다.

 * 여인 마시라는 말도 없이 자기 앞의 술을 마신다.

여인: 전 내 아들을 위해서 머리를 숙이고 남편한테 도로 들어가려 했습니다. 그런데 그 남자가 개 쫓듯 내쫓는 것이 아니겠습니까? 우리 아들은 영영 엄마 없는 애로 되었습니다.

 * 여인 손수건을 꺼내 눈굽을 찍으며 서럽게 훌쩍거린다.

맥주집 밖

 * 장수 밖으로 나온다.
 * 장수의 머리에 여인의 말이 메아리친다.
 * "우리 아들은 영영 엄마 없는 애로 되었습니다.…엄마 없는 애로 되었습니다.…엄마 없는 애로 되었습니다.…"

장수네 아파트 층계

* 장수 층계를 올라가는데 선자 내려오다가 마주친다.

선자: 여보시오, 영남이 아버지 왔습니다.

장수: 그랬소? 무슨 일로?

선자: 장가를 든답니다. 여자까지 데리고 왔습니다. 그때 내 뭐랍디까? 장가 들길래 영남이를 우리 집에 맡긴다고 하지 않았습니까? 보시오. 내 말이 틀립니까? 둘이는 이미 결정까지 다 하고 우리 집에 인사하러 왔단 말입니다.

장수: 그런데 당신을 어디 가오?

선자: 술안주라도 몇 접시 시켜와야지 어쩝니까? 약혼인사를 왔는데… 그 여자 영남이도 키운다는 것 같습디다.

장수: 알았소. 좀 좋은 채들을 시켜오오.

* 선자 층계를 내려가고 장수 층계를 올라간다.

장수네 객실

* 매형과 순희 김 씨와 마주 앉아있고 영남이와 영애 저희들끼리 놀고 있다.
* 장수 들어온다.

장수: 오셨습니까? 반갑습니다.

매형: 장수 왔구나. 못 보고 가는가 했더니… 빨리 여기 와 앉아라.

김씨: 장수야, 영남이 애비가 후처를 했구나. 내 보기에는 참 좋다. 인물도 잘 쓰고 예절도 밝고 … 우리 영남이도 제 아들처럼 잘 키워주겠단다.

매형: 장수야, 너는 어떻게 생각하겠는지 모르겠다만 내 처지에 이렇게 하는 것이 좋을 것 같아서 결정을 했다. 결혼 전에 아무래도 옛

장모님과 이런 사연을 말씀 올리는 게 도리 같아서 오늘 찾아온 거다.

장수: 잘했습니다. 축하합니다. 벌써 두 분은 오래전부터 온양이 된 것 같은데 행복을 빌겠습니다. 그런데 인젠 매형을 뭐라고 부를까요? 저 아줌마를 누님이라고 부를 수 없으니 매형이라고 계속 부르기도 멋 적고…

매형: 까짓…부르고픈 대로 불러라. 아무렇게 부르던 난 이미 이 여자와 정식 결혼을 할 테니깐…

* 매형 말도 마치지 않고 자리에서 일어난다.

매형: 여보, 인젠 할 말을 다 했으니 우린 가보기요.
장수: 아니, 점심때가 다 됐는데 어딜 간다고 그럽니까?
김씨: 며느리가 식당에 갔는데 잠간 기다렸다가 먹고 가오.
매형: 급한 일이 또 있어서 가봐야 합니다. 장수야, 잘 있어라.

* 매형 순희와 영남이 영애를 데리고 나간다.

장수: 후처 바람에 팬티 벗겨지는 줄 모른다더니 참…

매형네 집 안

* 매형과 순희 신방을 꾸리느라 들락날락 한다.
* 영남이와 영애 좋아서 뛰논다.

매형: 영남아, 이제부터 넌 저 영애의 친 오빠다. 오빠는 누이동생을 사랑할줄 알아야 한다.
영남: 내 다 압니다. 내 영애를 얼마나 고와한다고 그럽니까?

순희: 영애야, 영남이 인젠 너의 친 오빠다. 그러니 이제부턴 이름을 부르지 말고 오빠라고 불러야 한다. 알만하니?

영애: 오빠!

매형: 영남아, 그리고 이 아줌마도 오늘부터는 어머니라고 불러야 한다. 한번 불러봐라.

영남: 어머니…

순희: 영애야. 너도 아저씨를 아버지라고 불러야 한다. 알만하니?

영애: 네. 아버지…

매형: 영애야…

  * 매형 영애를 안고 쳐든다.

순희: 영남아…

  * 순희 영남이를 쳐든다.
  * 행복한 웃음소리

매형네 집 밖(밤)

  * 교교한 달빛아래 매형과 순희 손잡고 서있다.

매형: 여보, 고맙소. 내 이젠 저승에 간대도 시름 놓고 웃으면서 가게 됐소.

  * 매형 순희를 끄당겨 꼭 끌어안는다.

장수네 집 객실

  * 김 씨와 장수 매형네 잔치에 갈 준비를 한다.

김씨: 장수야, 선자는 왜 같이 안가겠다니?

장수: 그런 모양입니다.

김씨: 그래도 가보는 게 좋지 않겠니? 남의 잔치에도 다닐라니… 한
번 더 들어가 말해봐라.

장수네 침실

* 선자 그냥 자리에 누워있다.
* 장수 들어와 선자를 동원한다.

장수: 여보, 같이 가기요. 남의 잔치에도 갈라니…매형이 좋아하겠소?

선자: 당신과 어머니 가면 안 됩니까? 내 몸이 불편해서 못 왔다고 잘
말해 주십시오.

장수: 난 뭐 가기 좋아서 가는 줄 아오? 누님 자리에 다른 여자가 들
어오는데 내라고 무슨 기분이 좋겠소?

선자: 그럼 당신도 가지 마시오. 어머니 혼자 갔다 오라고 하시오. 싫
은 걸음을 할 턱이 있습니까?

장수: 그렇다고 안 가기도 뭣하지 않소?

선자: 그렇게 낯이 가려우면 가시오. 난 안 가겠습니다.

* 선자 다시 홀렁 누워버린다.

매형네 집 안

* 잔칫상이랍시고 자그마한 상이 차려져있다.
* 영남이와 영애 민족옷차림에 꽃바구니를 들고 서있다.
* 매형과 순희도 한껏 멋있게 차려입고 상 앞에 앉아있다.

순희: 안 오지 않겠습니까? 시작합시다.

매형: 안 오면 안 온다는 전화라도 있겠지. 지금 혹시 오는 길에 있을
지도 모르니깐 좀 더 기다려보기요.

마을길

* 택시가 마을길로 접어들어 온다.
* 김 씨와 장수 택시에 앉아있다.

매형네 집 안

* 김 씨와 장수 들어온다.

매형: 어서 올라오십시오. 장수, 빨리 올라오라.
순희: 먼 길 오시느라고 수고하셨습니다.

* 방안을 둘러보던 김 씨 너무나도 간단한 모임이라 의아해 한다.

김씨: 오늘 잔치라고 하지 않았소?
매형: 네, 옳습니다. 어머님과 처남 오기를 기다리고 있는 침입니다.
김씨: 그런데 잔치손님들은 왜…
매형: 청하지 않았습니다. 처녀총각 결혼식도 아닌데 손님 청할 필요가
있습니까?
김씨: 그럼 그저 이렇게 결혼식을 에때운단 말이요?
매형: 네. 그기로 했습니다. 식이라 하고 입내만 내면 되지 않습니까?
김씨: 그럼…들어오는 사람이 너무 섭섭하지 않겠소?
순희: 아닙니다. 제가 이렇게 하고 한겁니다.
김씨: 그럼 잔치손님이 그저 우리 둘뿐이란 말이요?
매형: 손님이 아닙니다. 저의 부모친척이지요. 어서 자리에 앉으십시오.

* 모두 자리를 정돈해 앉는다.

매형: 그럼 지금부터 결혼식을 시작하겠습니다.

* 매형이 눈치를 하자 영남 녹음기 단추를 누른다.
* 음악이 나오자 영남이와 영애 매형과 순희에게 꽃보라를 뿌린다.
* 매형과 순희 김 씨에게 큰절을 한다.

김씨: 아무랬든 잘 사오. 잘 사오…

* 김 씨 옷고름으로 눈귀를 찍는다.

산소

* 김 씨와 장수 정애의 무덤 앞에 온다.

김씨: 정애야, 넌 어쩌면 서른 살밖에 못 살고 가니? 훤한 날이 없이
그저 아글타글하다가 훌쩍 가버렸구나… 그나저나 인젠 영남이
를 키워줄 여자가 나져서 반 시름은 놓았다. 후에 어떻게 키워줄
진 몰라도 아무튼 네 남편 혼자 키우기보다야 낫겠지… 그런데
그들의 결혼식에 참가하고 보니 내 가슴이 좋지는 않더라. 네 자
리에 다른 여자가 앉은걸 보니 이 에미 속이 마구…어이구…
장수: 어머니, 이런다고 죽은 누님이 되살아납니까? 그만 인젠 돌아갑
시다.

* 장수 김 씨를 모시고 산을 내린다.

장수네 침실

* 선자 누워 있다가 장수 들어오자 일어나 반긴다.

선자: 잔치 보러 갔던 분이 왜 벌써 옵니까?

* 장수 대답도 없이 자리에 훌렁 눕는다.

선자: 죽은 사람이 불쌍하지 산 사람이야 일 있습니까? 마누라 죽자 인차
새 마누라 해서 잔치를 하고…요즘 세월이 얼마나 좋습니까?

장수: 이거 좀…

선자: 내 말이 틀립니까? 하기에 똥물구덩이에서 뒹굴어도 죽지 말고
살아야 한다는 겝니다. 죽은 정승이 산 개보다도 못하다지 않습
니까?

장수: 이거 좀 닥치오. 이건 붙는 불에 키질이요?

선자: 소리는 왜 지릅니까?

＊ 선자 앵돌아진다.

장수네 사무실

＊ 장수 신문을 보고 있는데 노크소리 난다.

장수: 네. 들어오십시오.

＊ 매형 가방을 들고 웃으며 들어온다.

장수: 아니, 어찌 된 일입니까? 사무실까지 다 찾아오고…

＊ 매형 시물시물 웃으며 가방에서 사진을 꺼내 장수에게 보인다.
＊ 매형과 순희, 영남이, 영애가 찍은 새 가족사진이다.

매형: 전번에 너네 집에 약혼인사 하러 왔을 때 찍은 사진이다. 잘됐
지? 사진이…

장수: 네. 아주 잘됐습니다. 우리 누님과 살 땐 변변한 약혼사진 한 장
도 없더니 …사진이 참 잘됐습니다. 사진관에 양본으로 붙여놨으
면 좋겠습니다.

매형: 너무 그렇게 비꼬지 말아라. 바로 네 누님과 살 때 변변한 사진 한 장 찍은 것이 없기 때문에 이번에 그 교훈을 살려서 찍은 거다. 그건 그렇고 너 오늘 나와 함께 시내돌이나 좀 하자.

장수: 그럴 시간이 없습니다. 아직 퇴근시간도 안 됐고…

매형: 그럼 퇴근시간까지 내 여기서 기다릴게!

장수: 도대체 무슨 일이 있습니까?

매형: 너 시체멋을 내보다 더 잘 알지 않니? 내가 물건 사는 걸 좀 고문해 달라고 그런다. 내야 물건 볼 줄을 알아야지…

* 장수 일어나 매형과 함께 나간다.

백화상점 안

* 매형 고급옷매대로 가서 가장 멋진 옷을 골라든다.

매형: 장수야, 이 옷이 어떻니? 우리 그 여자 몸에 말이다.

장수: 좀 과분하다 뿐이지 아주 좋습니다. 그 아줌마 입으면 날개가 돋친 것 같겠습니다.

매형: 그렇니? 그럼 이걸 사기로 하자.

* 옷을 사든 매형 이번에는 구두 매대로 간다.
* 매형 또 제일 멋진 구두를 골라든다.

매형: 장수야, 이 구두가 어떻니? 지금 시체에 맞을까?

장수: 물건 볼 줄을 나보다 더 잘 알면서 난 뭘 하러 데리고 왔습니까? 그렇게 비싼 물건이 나쁠 수가 있습니까?

매형: 그럼 이걸 사기로 하자.

장수: 인젠 됐습니까?

매형: 아직 제일 중요한 물건을 못 샀는데 이건 꼭 너의 지도를 받아야 될 것 같다.

* 이번에 매형은 장수를 끌고 금은장식품 매대로 간다. 거기서도 매형은 비싼 목걸이와 금반지를 골라든다.

매형: 장수야, 이런 게 지금 시체에 맞니?

장수: 네. 맞다 뿐입니까? 빨리 사주시오.

* 매형 금목걸이와 금반지를 사들고 돌아서 보니 장수가 보이지 않는다.
* 매형 휘 둘러보니 장수 흡연실에 들어가 담배를 피우고 있다.
* 매형 그리로 뛰어간다.

매형: 야, 눈에는 만풍년인데 돈이 없어서 이것 밖에 못 샀다. 이게 첫 선물이자 마지막 선물이겠는데…

장수: 더 사시오. 돈이 모자라면 내가 꿔서라도 들이 바치겠습니다. 그러니 얼마든지 사고픈 대로 다 사시오.

* 장수 피우던 담배를 동댕이치고 징징 걸어간다.
* 매형 급히 따라간다.

매형: 장수아, 너 왜 이러니? 내가 잘못한 게 있니?

장수: 잘했습니다. 이따위 물건 사는데 나는 뭘 하러 불러왔습니까? 날 놀리는 겁니까? 기를 채우는 겁니까?

매형: 장수야, 내가 이러면 네가 좋아하지 않을 줄을 내 안다. 그러나 내 경우에는 이렇게 하지 않으면 안 된단 말이다.

장수: 우리 누님과 살 때는 온전한 치마 한 벌 사줬습니까? 이건 너무 한 게 아닙니까?

매형: 내 아까도 말했지만 네 누님과 살 때 그렇게 해주지 못했기 때문에 오늘 이렇게 하는 게라고 말하지 않았니?

장수: 됐습니다. 그래서 그 여자를 홀리기 위해 영남이도 우리 집에 맡기려 한겁니까?

매형: 그따위 소린 다 개방귀하고 해라. 너 아무 말이나 막 해도 되는
거니? 내가 그렇게 양심마저 개를 떼 준 그런 사람으로 보이는
가 말이다. 내 여태껏 양심에 미안한 일을 한 적이 없는 사람이
다. 오직 미안하다면 내가 죽기 전에 네 누님을 먼저 보낸 것뿐
이다. 내가 만약 손톱만치라도 양심에 어긋나는 일을 했다면 나
부터 개새끼다. 개새끼…

* 매형 밸을 참지 못하여 밖으로 달려 나간다.

산소

* 매형 무덤 앞에 앉아 술 나발을 분다.
* 매형 술병을 놓고 사온 물건을 두 손으로 받쳐 든다.

매형: 여보, 나도 인차 당신 따라 가겠소. 그런데 당신 곁에 가 눕기
전에 당신한테 해주지 못해 미안했던 일들을 깨끗이 처리해 놓
고 가려는데… 그 일이 왜 그렇게도 힘이 드오? 내 당신 생전에
좋은 옷 한 벌도 사주지 못한 게 지금 한이 되어 오늘 고운 옷
과 금반지…금목걸이를 샀소. 그런데 이걸 당신의 무덤에 파묻어
두면 무슨 소용이 있소? 그래서 당신 대신 우리 영남이를 잘 키
워줄 새 사람에게 주려고 그러오. 내 이 처리가 잘못 된 거요?
당신 좀 말해보오. 난 재간껏 잘하노라고 한건데…여보, 당신이
면 어떻게 하겠소?

* 갑자기 매형 배를 안고 신음하다가 그 자리에 쓰러진다.

장수 사무실

* 장수 무엇인가 골똘히 쓰고 있는데 전화벨이 울린다.

장수: 네. 네? 알았습니다. 곧 가겠습니다.

　* 장수 밖으로 뛰어나간다.

매형네 집 안

　* 매형 구들에 누워있고 순희와 영남, 영애 그 옆에 앉아있다.

영남: 어머니, 우리 아버지 죽습니까?

　* 순희 대답을 못하는데 이때 장수 헐떡거리며 들어온다.

장수: 매형…매형…

　* 매형 반응이 없자 장수 순희에게 물어본다.

장수: 매형이 왜 이럽니까?
순희: 토혈을 심하게 하고 누웠는데 아직 혼미는 오지 않은 것 같습니다. 그런데 자꾸 영남이 외삼촌을 찾습니다.
장수: 네? 저를요?
순희: 여보시오, 영남이 외삼촌이 왔습니다. 눈 좀 뜨시오.

　* 매형 간신히 눈을 뜨고 장수를 찾는다.

매형: 장수…장수 왔니?
장수: 네, 매형…어찌 된 일입니까?
매형: 매형? 매형… 그 소리 참 듣기 좋구나…여보, 당신은 애들을 데리고 잠간 나가주오. 내 장수와 조용히 할 말이 있어서…

　* 순희 영남이와 영애를 데리고 나간다.

매형: 장수야, 내 오늘 속에 숨겼던 얘기를 다 털어놓을 게 잘 들어라. 너 지금 나를 매형이라고 부르기 바빠하고 또 저 영남이 엄마를 누님이라고 부르지 않고 있는데 내가 어떻게 되어 저 여자를 후처로 맞아들이게 됐는가 하는 전후사연을 얘기해 줄게…난 네 누님을 따뜻하게 사랑해주지 못했다. 그랬기에 늦게나마 사랑의 중요성을 알게 된 거다. 난 네 누님의 때 이른 죽음이 슬펐다. 그래서 또 인생의 참뜻을 알게 되었다. 이 세상에서 사랑이란 정녕 얼마나 귀중한 것인가를 내 인생의 마지막 순간에야 비로소 어슴푸레나마 알게 되었단 말이다. 넌 몰랐을 거다. 난 진작 간암말기라는 사형선고를 받은 사람이다…

 * 장수의 눈이 와뜰 커진다.

매형: 네 누님이 입원했을 때부터 나는 간 부위가 이상하게 아파나는 감촉을 느꼈다. 그러나 죽어가는 환자를 눕혀놓고 내 병 치료를 할 수는 없는 게 아니니? 그래서 난 술로 아픔을 누르며 병을 키웠다… 네 누님이 죽은 후에 병원에 가 검사를 했는데 이미 늦었다더구나… 난 사신이 청첩을 들고 나를 모시러 오기 전에 꺼벅 나절로 죽어버리려 했다. 그래서 난 너를 찾아갔다. 영남이를 맡아달라고 말이다. 그날 수면제를 먹고 죽으려 했는데 영애 엄마 때문에 죽지 않고 또 살아났지…내 생활에 순희라는 여자가 끼어들었단 말이다…

매형네 집 밖(회상. 밤)

 * 순희 집 밖에 와서 매형을 부른다.

순희: 영남 아버지, 쉽니까?

매형의 소리: 아니… 아직 안 자는데 무슨 일이 있소?

순희: 잠간 좀 나와 주겠습니까? 할 얘기가 있어서 그럽니다.

＊ 매형 옷을 입으며 나온다.

순희: 좀 걸을까요?

＊ 둘은 나란히 걸어간다.

동구 밖(회상. 밤)

＊ 순희와 매형 큰 느티나무 밑에 와 멈춰 선다.

매형: 무슨 일이 있소?

순희: 저… 영남이한테도 엄마가 있으면 좋지 않습니까?

매형: 무슨 말인지?

순희: 후처를 할 생각이 없으신가 말입니다.

매형: 보다시피 내 처지에 … 나 같은 암 환자한테로 오겠다는 여자가 있겠소?

순희: 꺼리지 않는다면 제가 들어오겠습니다.

매형: 무슨 이런 농담을 다 하오?

순희: 농담이 아닙니다. 전 흔쾌히 영남이 어머니로 되겠습니다.

매형: 아니, 안되오. 나한테 무슨 병이 있다는 걸 잘 알고 있지 않소?

순희: 알고 있기 때문에 제가 영남이 엄마질을 하겠다는 겁니다.

매형: 무슨 말인지…이건 정말 무슨 말인지… 아무튼 안 됩니다. 이건 너무나도 막대한 희생입니다.

순희: 그것이 얼마만한 희생이 된다는 것도 따져보았습니다. 그러나 전 부모 없이 자라날 고아의 고통도 따져보았습니다. 전 어릴 적에 부

모를 잃고 양어머니 손에서 자랐습니다. 양어머니는 친자식이 셋이
나 있으면서도 저를 친자식처럼 키워주었습니다. 그래서 저의 오늘
도 있게 된 겁니다. 영남이 아버지가 저를 받아만 준다면 우리 양어
머니처럼 영남이를 잘 키울 자신이 있습니다.

매형: 그런데 난 내일일지 모레일지 저 세상으로 가야 할 사람이요.

순희: 그러기 때문에 영남이한테는 더군다나 더 빨리 어머니가 있어야
한단 말입니다. 제가 영남이 아버지를 보고 지금 그 집으로 들어
가겠다는 게 아닙니다. 산 사람 앞에서 이런 말을 하기는 거북하
지만 어느 날 정말 영남이 아버지가 잘못된다면 영남이는 어떻
게 되는 겁니까? 극상해야 외삼촌네가 데려가겠지요? 그들도 물
론 영남이를 잘 키워주리라고 믿습니다. 그러나 그들은 어쨌든
영남이 어머니로는 될 수 없습니다. 애들에겐 그래도 어머니가
있어야 합니다. 그러니 절 받아주십시오. 난 영남이의 훌륭한 어
머니로 될 수 있습니다.

매형: 당신…당신…여보—

* 매형 순희를 덥석 품에 안는다.

매형네 집 안

* 매형이 말을 계속하고 있다.

매형: 나는 이런 여인의 마음이 고마워서 그에게 주려고 그날 마지막
선물을 산 거다. 그 선물이 그 여인의 희생에 비하면 하잘 것도
없는 것이지만… 이처럼 마음 착한 여인에게 영남이를 맡겼으니
난 인젠 죽는대도 마음이 편할 것 같다. 먼저 간 네 누님도 시름
을 놓을 거다.

* 매형 말을 마치고 두 눈을 꼭 감는다.

* 매형의 눈에서 눈물이 흘러내린다.
* 장수도 눈물을 훔치며 훌쩍거린다.

장수: 매형… 옹졸했던 이 처남을 용서해주시오. 매형…

매형: 고맙다. 장수야…내가 죽은 후에라도 우리 저 사람을 종종…
　　　종종…

* 장수의 손을 잡았던 매형의 앙상한 손이 맥없이 스르르 풀린다.

장수: 매형…매형…

산소

* 정애의 무덤 옆에 새 무덤 하나가 더 솟아있다.

마을 앞거리

* 장수 택시를 기다리는데 택시 와서 멈춰 선다.
* 장수 순희에게 인사를 하고 택시에 올라탄다.
* 순희 한 손에 영남이 손을, 한 손에 영애의 손을 쥐고 서서 장수를 바
  랜다.
* 떠나가는 택시…
* 마을을 벗어져나가던 택시 갑자기 멈춰서고 장수 택시에서 내린다.
* 장수 자기를 바래며 서있는 순희를 바라본다.
* 확대되어 안겨오는 순희와 장수의 얼굴
* 장수 마침내 순희를 부르며 달려간다.

장수: 누님- 누님-

* '누님' 소리 메아리쳐 울려 퍼진다.

· 저자 ·

리광수

· 약 력 ·

1949년 3월 17일 안도현 영경향 유수촌 출생
연변대학 중문계조문학부 학습
안도현문화관 문학보도원, 연변군중예술관 《해란강》잡지 편집원
연변문예창작평론실 전직 창작원
연변문예창작실 주임, 연길시문화국 국장
연변연극단 대리단장
연변문련 부주석, 연변희곡가협회 주석, 연변문학예술계연합회 부
주임 겸임

· 주요 작품 ·

소설집『새로운 길』, 장막극『도시+농민=?』,『사랑3부작』,『희곡창
작』등 다수

● 춤 없인 못 살아

· 초판 인쇄	2006년 9월 30일
· 초판 발행	2006년 9월 30일
· 지 은 이	리광수
· 펴 낸 이	채종준
· 펴 낸 곳	한국학술정보㈜
	경기도 파주시 교하읍 문발리 526-2
	파주출판문화정보산업단지
	전화 031) 908-3181(대표) · 팩스 031) 908-3189
	홈페이지 http://www.kstudy.com
	e-mail(출판사업부) publish@kstudy.com
· 등 록	제일산-115호(2000. 6. 19)
· 가 격	26,000원

ISBN 89-534-5732-7 93810 (Paper Book)
      89-534-5733-5 98810 (e-Book)